Contando estrelas

Helen Dunmore

Contando estrelas

Tradução de
VERA WHATELY

1ª edição

EDITORA RECORD
RIO DE JANEIRO • SÃO PAULO
2014

CIP-BRASIL. CATALOGAÇÃO NA FONTE
SINDICATO NACIONAL DOS EDITORES DE LIVROS, RJ

D94c   Dunmore, Helen, 1952-
        Contando estrelas / Helen Dunmore; tradução de Vera Whately. – Rio de Janeiro: Record, 2014.

        Tradução de: Counting the stars
        ISBN 978-85-01-09069-0

        1. Romance inglês. I. Whately, Vera. II. Título.

                                        CDD: 823
13-2784   CDU: 821.111-3

TÍTULO ORIGINAL EM INGLÊS:
Counting the stars

Copyright © 2008 by Helen Dunmore

Texto revisado segundo o novo Acordo Ortográfico da Língua Portuguesa.

Todos os direitos reservados. Proibida a reprodução, no todo ou em parte, através de quaisquer meios. Os direitos morais da autora foram assegurados.

Direitos exclusivos de publicação em língua portuguesa somente para o Brasil adquiridos pela
EDITORA RECORD LTDA.
Rua Argentina, 171 – Rio de Janeiro, RJ – 20921-380 – Tel.: 2585-2000, que se reserva a propriedade literária desta tradução.

Impresso no Brasil

ISBN 978-85-01-09069-0

Seja um leitor preferencial Record.
Cadastre-se e receba informações sobre nossos lançamentos e nossas promoções.

Atendimento e venda direta ao leitor:
mdireto@record.com.br ou (21) 2585-2002.

EDITORA AFILIADA

Para Jane, Mary e Eric

quem quiser enumerar
seus milhões de casos amorosos
deve antes contar
cada grão de areia da África
e todas as estrelas resplandecentes

Um

É assim que começa.

No esconderijo que Manlius nos emprestou: você se lembra, é claro que sim. Seu olhar vago não me engana nem por um segundo. Você não gostou do lugar.

— Que espelunca — você disse naquela primeira vez, olhando em volta da sala enquanto meu coração batia com força, apavorado de tê-la comigo ali. Um calafrio percorria minha pele. Minhas mãos tremiam. Minha cabeça estalava, como se alguém batesse nela com uma espada. Um ruído tão forte que eu mal ouvia suas palavras, muito menos conseguia falar com você.

A pequena vila de Manlius parecia deslocada ao lado dos blocos de apartamentos que se elevavam dos dois lados. Era um pedaço de campo na cidade, um fragmento da história familiar de muito tempo atrás. Agora não existe mais. Houve um incêndio — um incêndio muito conveniente — quando o escravo se ausentou para cuidar de negócios do seu amo. Então, nada mais de vila, apenas um gostinho, um pedaço de terra calcinada que foi imediatamente adquirida por um incorporador. Manlius provavelmente recebeu uma ninharia pela terra, sem perceber o valor do projeto e sem jamais suspeitar que seu velho e leal escravo tivesse sido subornado.

Esse é o mundo de Manlius. Os escravos são bem-tratados, e em troca oferecem um bom serviço. As esposas são discretas, fiéis e férteis. Ele só infringiu as regras uma vez na vida, quando se casou com uma moça que "não era uma de nós". Você é tão inocente, Manlius. Eles já ergueram um prédio de cinco andares no lugar onde ficava a vila, para igualar-se aos blocos de apartamentos dos dois lados. Não é preciso um ábaco para calcular o lucro que o incorporador teve. Como sempre, o novo local tem uma bela fachada e nada mais. É uma construção suspensa, apoiada em vigas esparsas e algumas fileiras de tijolos, que desabará dentro de uma ou duas décadas, mas até lá abrigará dúzias e dúzias de rentáveis inquilinos. Eles serão sugados até o lucro jorrar feito sangue, e esmagados como percevejos quando os prédios ruírem, ou queimados vivos quando se virem presos no último andar. É assim que construímos Roma nos dias de hoje.

A pequena vila de Manlius era plantada na terra, como uma oliveira agarrada ao solo tirando dele sabor e cor. Ninguém vivia ali há anos, afora o velho escravo. As fontes estavam secas, e não havia uma única flor no jardim.

— Nós não temos para onde ir — eu disse a Manlius um dia. — Ela não pode vir à minha casa. Eu não posso ir à casa dela. Estou ficando maluco. Às vezes acho que preferiria não a ver mais a continuarmos desse jeito.

Manlius mandou abrir e limpar a vila para nós. O escravo trouxe pacotes com roupa de cama, vinho, uma cesta com bolos e outra com figos, depois foi dispensado pelo resto do dia. Mesmo escravos velhos e mancos sabem correr até o mercado para contar fofocas. Manlius sabia que eu não ia querer o empregado por ali quando você chegasse.

Você não ficou animada como eu esperava quando falei da oferta de Manlius. Não estava habituada a entrar em pequenas vilas na parte feia da cidade. Declarou que precisava de um quarto separado para se banhar, pentear o cabelo e retocar a maquiagem mais tarde.

Mais tarde! Essa é a minha menina! Sempre pratica. Você jamais voltaria para seu marido levando o cheiro de outro homem, com o rosto borrado de carmim e o cabelo trançado por cima dos ombros. Não, você fazia seu papel no jogo, que não tinha nada a ver com ocultação e tudo a ver com mostrar que havia feito o devido esforço para ocultar. Você não veio sozinha. Com sua característica discrição, trouxe Aemilia; não dentro da liteira, com você, mas correndo logo atrás dela à vista. Parecia completamente reconhecível. Aemilia, com aqueles olhos estranhos e a risada alta que mais parecia um peido quando soltada nos momentos errados. Creio que ela ria assim por medo. E tinha motivos de sobra para isso, não tinha? Se seu marido descobrisse a cumplicidade de Aemilia, ela seria chicoteada ou torturada até contar todos os detalhes daquelas aventuras.

Ou temia sua fúria se usasse o tom errado de sombra nas pálpebras.

Mas creio que Aemilia temia o arranjo todo no qual não possuía alternativa senão se agachar no quarto ao lado com as mãos nos ouvidos, esperando que nós terminássemos. Sabia desde o começo que aquilo não era uma brincadeira. Nós estávamos envolvidos muito seriamente, aliás. Até o pescoço. Você precisava admitir isso, não é?

Manlius arranjou um teto para vivermos nosso amor. Aemilia fazia vista grossa, derrubava coisas e demonstrava o medo que sentia. Na verdade, ao olhar para trás, a única pessoa que não tinha medo e que se portava todo o tempo com perfeita naturalidade era você.

Naquela primeira vez, eu andava de um lado para o outro no quarto quando você chegou. Sim, andava de um lado para o outro, compassadamente, como um ator de uma peça ruim. Pode parecer um clichê, mas, quando alguém está tomado de amor e de medo, seu corpo tem de se movimentar de um lado para o outro, de um lado para o outro, pois algo nesse ritmo impede que seu coração saia pela boca. Eu ouvia meus próprios passos, mas durante todo o tempo fiquei atento aos passos pesados de seus escravos. Finalmente eles chegaram. Ouvi o arrastar das suas sandálias quando colocaram a liteira no chão para você descer. Imaginei-a descendo rapidamente, enrolada no seu manto, para que ninguém a visse entrando pela porta.

Fiquei parado no quarto e ouvi seus passos. O ruído e o eco da ponta de seus pés e dos calcanhares na pedra. Dá azar os pés da noiva tocarem a soleira da porta.

Você já havia sido uma noiva. Eu não queria pensar no seu casamento, no seu marido esperando para carregá-la nos braços, enquanto as tochas brilhavam, a multidão gritava e cantava e as crianças se espalhavam para pegar as nozes que eram jogadas para elas. Num segundo seu marido a removeu da vida antiga e a levou para uma nova. Seus pés nas sandálias douradas de noiva não tocaram a soleira da porta na noite de núpcias. Seu marido é um homem de tradição. Tudo transcorreu conforme o esperado.

Ruído e eco, ruído e eco. Seus passos eram rápidos e firmes quando você entrou na vila de Manlius.

— Os liteireiros passaram horas infernais procurando este lugar — disse você, olhando em volta e erguendo as sobrancelhas. — Aemilia não conseguiu nos seguir, espero que não esteja perdida por aí. Que buraco!

— Aemilia?

— Sim, Aemilia — respondeu você com impaciência. — Ela é um gênio com cabelos, mas não tem nenhum senso de direção.

Seu cabelo estava preso na nuca, como se o coque tivesse sido feito com a maior naturalidade. Natural e perfeito. Mechas escapavam do apanhado de cabelo enrolado. Eu ainda não tinha visto os dedos de Aemilia trabalhando, fazendo o penteado ser o mais natural possível. Seu cabelo brilhava. A pequena curva da sua bochecha era perfeita como uma concha. Você brilhava tanto na vila de Manlius que eu mal conseguia olhá-la.

— Não parece muito contente em me ver — você declarou, desprendendo o broche para tirar seu manto. Antes que eu pudesse responder, Aemilia chegou arfando e se desculpou. Teve de correr para manter-se junto à liteira, mas mesmo assim afastou-se e pegou um caminho errado.

Ela jogou uma cesta grande no chão, e você falou com a cara fechada "Cuidado, Aemilia", de uma maneira que eu mais tarde conheceria muito bem. Uma maneira áspera, mas íntima. Aemilia tinha ciência de todas as dobras do seu corpo. Sabia tudo que você fazia.

Aemilia estava suada e ofegante. Parecia um bloco de terra ao seu lado. Você deixou o manto escorregar por seus ombros sem nem ao menos olhar para ver se ela estava ali para pegá-lo. Ela o apanhou, dobrou-o, colocou-o por cima do braço e pegou a cesta com a outra mão. Depois entrou em um quartinho junto ao quarto de dormir.

Eu achei que os deuses permearam suas roupas com sua própria graça. O manto caiu em lindas dobras, mesmo nas mãos de Aemilia. Você era naturalmente bela. As horas que gastava com açafrão, carmim, giz e antimônio não tinham nada a ver com isso.

Com o tempo você me ensinou todas as suas artes. *"Esse é um pincel para passar sombra nas pálpebras, mas a base deve ser passada com a ponta dos dedos."* Eu a observava, sem querer perder um grão do pó que caía do pincel; mas ao mesmo tempo sentia-me entediado, mortalmente entediado, realmente todo dolorido com isso.

O verdadeiro tédio é vizinho do desejo. Quando está entediado, seu corpo dói tanto que você faz qualquer coisa para se livrar dessa dor. Então aprende que a dor nunca passa, apenas muda. Eu estava sozinho com você e tinha medo de olhá-la.

Os quartos foram varridos e borrifados com água fresca, mas ainda cheiravam às vidas distantes que não habitavam mais ali. Antes de você chegar, tive ideias loucas. Por que não mandei buscar gelo nos Alpes para refrescar o Falerno? Por que não cobri a cama com pétalas de rosas? Era uma cama comum de carvalho, que rangia quando eu me sentava. "Acostume-se com isso, caminha", pensei, "você vai ranger muito mais antes de acabarmos com você." Eu havia chegado tão cedo que já me sentia mal de tédio e desejo quando você veio.

Ouvi seus passos na pedra, trazendo nossa própria má sorte. Nossa má sorte, exatamente como a de qualquer um, mas que achamos ser diferente porque pertence a nós dois. Eu devia ter lhe oferecido calor e água, como um noivo faz com a noiva quando ela vai à sua casa pela primeira vez. Essa ideia não passou pela minha cabeça. A casa não era minha. Você não era minha noiva, era esposa de outro homem. Eu era muito literal para um poeta. Não tinha ideia de que esses fatos podiam ser mudados, ou de que você e eu podíamos ser parte dessa transformação.

Quando você entrou no quarto, o ar seco e empoeirado da pequena vila de Manlius mudou completamente. Você trouxe o perfume das rosas consigo. Achei que pertencia ao seu corpo, e que iria lambê-lo quando passei a língua pelo suor da sua pele.

É claro que logo depois descobri. Era sua fragrância de rosas da Turquia, tão cara que até mesmo os olhos do seu marido decerto encheram-se de água ao ver a conta.

— Suponho que isso vá aguentar — você disse, experimentando a cama com a mão.

Você me queria, e eu a queria. Era muito simples, então. Aemilia desapareceu. Você soltou a liga, tirou a túnica de seda verde e jogou-a no chão como se fosse um trapo. Não era um ato sensual nem tímido. Você não usava roupa de baixo. Era traje demais para aquele dia, me disse mais tarde. A seda da túnica tocando seu corpo nu aqui e ali era suficiente para você. Usava um manto quando chegou, e ninguém viu nada por trás daquela túnica transparente, feita de seda de Cós. Eu a imaginei sentada na liteira, enrolada no manto, tão anônima quanto um embrulho, só com a cabeça para fora, como um broto saindo da terra escura. Ou como a menininha que você era antes mesmo de eu nascer, com 8 anos, sentada junto a um braseiro do pátio no inverno.

Como você teria sido aos 8 anos? Seria inocente naquela época? Se é que a inocência pode ser perdida pelo que nos fazem e pelo que fazemos aos outros. Você era uma criança, e diziam que seu irmão ia para sua cama a fim de se confortar, de início. Ele era dois anos mais moço, porém era grande e forte para a idade. *"Dizem que o Belo Menino Clódio já era adulto aos 11 anos."* Você ficava sentada ali, enrolada em um manto com seu irmão, sentindo as bochechas cada vez mais quentes. Belo Menino e Bela Menina.

Não vamos pensar em tudo isso. Voltemos ao dia, ao primeiro dia. Minha linda menina. É assim que me lembro de você, sentada na cama, nua, despreocupada, mostrando-me tudo com ar natural. Como quem diz "Aqui estou eu. É assim que eu sou". Depois bebeu um pouco de vinho e riu. Seus dentes ficaram manchados de vinho.

Eu a chamava de várias coisas. Deusa brilhante, cáustica, puta, dominadora, visita celestial. Mas nos dias mais felizes você era apenas minha menina.

Depois que se foi, de novo enrolada no manto, fiquei zanzando pela vila, aturdido, me movimentando, puxando os cotovelos para trás como asas de um pássaro, fazendo flexões para ter certeza de que ainda tinha um corpo, depois de tudo aquilo. Espanto, descrença, contentamento — sim, é claro que tive todos esses sentimentos. Era como acordar em uma dessas manhãs de maio bem antes de o sol nascer, quando os morros baixos da cidade estão cobertos de uma névoa rosa e dourada. Tudo está adiante, tudo está esperando, nada está velho ou gasto ainda. Os últimos vagões saíram roncando da cidade depois de fazerem as entregas noturnas, e o dia estava prestes a começar. Uma mãe punha o bebê no peito, e ele sorria ao chupar o mamilo jorrando leite.

Você veio me ver, e é claro que me deixou saudoso. Mais um toque, mais um olhar. Um ábaco inteiro de beijos, com as contas voando de lado a lado quando tentamos contá-las. Seu cheiro depois do sexo era salgado e ácido. O farfalhar da seda quando você se vestiu. Até mesmo quando foi para a porta com Aemilia puxando aquela eterna cesta, eu já implorava por você novamente.

Mas não em voz alta, Clódia. Eu tinha alguma dignidade então. Ou talvez fosse apenas um pingo de bom senso, que em breve se dissolveu na maré da minha ânsia por você. Talvez eu já imaginasse com que rapidez seu desprezo podia corroer o corpo um dia acariciado.

Fiquei andando pelo pátio seco. O escravo havia varrido tudo, mas em um canto vi uma pequena pilha de lixo. Fui examinar o que era, e senti um fantasma passando pelo meu corpo e me deixando arrepiado. Era um pedaço de pão sobre a borda de um vaso quebrado. Havia papoulas despedaçadas por cima. O canto silencioso da área parecia um túmulo, com oferendas deixadas ali para os mortos.

Foi Aemilia quem fez isso, pensei. A mando de alguém. Ajoelhei-me junto às oferendas. Tive vontade de chutar aquilo, mas não consegui tocar em nada. O pão estava ensopado de vinho, já com cheiro de mofo. Moscas voavam à volta. O ar do pátio estava abafado.

Qual seria o motivo de Aemilia? Além do mais, uma escrava não ousaria desafiar os deuses com um funeral simulado. De repente tive certeza de que essa oferenda de morte fora deixada ali para mim. "*Você pensa que está no início, mas já está no fim. Seu amor é como a carne de um homem morto. Em breve ficará podre e fedorento.*"

Agora acho que foi o antigo escravo que deixou essas oferendas. O que será que está enterrado lá no fundo do pátio? Talvez uma criança. Um bebê escravo que chegou a respirar, espirrou, pensou melhor sobre o destino que o esperava e morreu.

Pensávamos que tínhamos vindo para uma vila vazia, um papel em branco onde escreveríamos nossa própria história. Mas estávamos errados.

Eu estava errado. Era eu que me iludia. Imagine, Clódia, eu pensava que seu passado não importava. O calor da nossa paixão o afastava como uma névoa. Uma boa comparação, mas não a verdade, é claro. Você era casada e tinha uma filha, levada para fora de Roma para ser criada "à moda antiga". Você teve esse mesmo tipo de educação antiquada, mas com alguns elementos inusitados. Irmãos e irmãs crescendo juntos, muito íntimos. Íntimos demais em alguns casos, se é que os boatos eram verdadeiros. E agora os irmãos adultos mostravam suas garras na grande arena de Roma. Seu irmão favorito — o Belo Menino Clódio — tornou-se um dos articuladores políticos mais cruéis da cidade, com seu exército privado de brutamontes, que respaldavam suas ambições e iniciavam uma revolta sempre que ele quisesse.

Eu sabia de todas essas coisas. Tornar-se romano não é apenas uma questão de onde mora, quem conhece ou o que faz. É um estado de espírito. Eu achava que era romano agora. Tinha saído da província e mergulhado em uma vida que me seduzia, até mesmo quando não mais me encantava. Fofocas, poesia, casas de banho, sexo com meninas, sexo com meninos, teatro, música, quem está na moda, quem está fora de moda, epigramas, sátiras, novos livros, novas roupas, vinho velho, novos amigos e até mesmo novos inimigos. Eu estava muito longe de Verona, nadando com tanto vigor quanto qualquer outro, ou pelo menos era o que eu pensava.

— Você vai ao tribunal esta manhã? Calvus vai apresentar uma defesa.

— Vai à casa de Ipsitilla? Ela está dando uma festa.

— Vai jantar?

— Vem conosco?

— Vem, Catulo?

Sim, eu era muito romano. Ia a todo lugar e conhecia todo mundo. Sabia tudo sobre o passado de Clódia, mas não acreditava que isso pudesse "nos" afetar. O calendário recomeçou no dia em que nos conhecemos.

Não consigo tirar a vila de Manlius da cabeça. Suas perfeitas proporções e história sóbria, um pedaço da Roma antiga e heroica na nossa cidade moderna de vilas palacianas e cortiços barulhentos e bambos. A Roma antiga se foi, tinha de ir. Foi substituída por uma colmeia com dezenas de moradores.

Eu passo por lá às vezes. Na minha cabeça vejo a vila, mais real que qualquer fantasma. Mas a alta construção avulta-se sobre mim. Os moradores dos apartamentos comem, bebem, fazem amor, juntam-se para apostar na sua equipe favorita de bigas, discutem e morrem sem a menor ideia de que você um dia esteve lá, naquele mesmo pedaço de terra, retirando graciosamente a túnica de seda pela cabeça em um único movimento e jogando-a de lado, quando veio andando na minha direção, nua, pela primeira vez.

Dois

Meio-dia. A hora branca em que os fantasmas caminham. Maio, o mês em que o calor de Roma ainda é suportável, embora o mau cheiro das casas pobres da Subura aumente a cada dia. Há água na fonte da vila agora. Manlius ordenou e os canais foram abertos. O escravo trouxe em vasos de lavanda e cravo.

— Como você vem aqui com tanta frequência — disse Manlius, com um sorriso forçado que transformou suas feições sombrias e sérias —, vamos colocar o lugar em ordem.

Mas "com tanta frequência" significava apenas umas duas horas por dia, depois um intervalo de uma semana. Catulo e Clódia nunca tinham passado uma noite juntos. Ela pode ser imprudente, mas é também muito ocupada. Tem amigos a encontrar, livros para ler, poesia a escrever, apostas a fazer, massagens e tratamento de cabelo, visita à costureira e ao podólogo, viagens a planejar, novos pratos a considerar para seus jantares. O *chef* deles é um verdadeiro artista, a quem seu marido paga centenas de milhares de sestércios. Administrar uma casa grande toma tempo, que dirá administrar um grande marido...

A vida de Clódia é como uma caixa de joias: quando aberta, revela vários compartimentos separados revestidos de marfim. Quando ele disse isso, ela morreu de raiva.

— E você? E todos esses saraus de poesia com seus amigos? Você passa metade da noite com Cornelius ou Calvus bebendo até de madrugada, depois passa dias perambulando pelo Fórum e pelas casas de banho. Sempre que há uma multidão, *você* está no centro. E não pense que não sei de todas essas mocinhas que visita à tarde. Se isso o faz sofrer por mim, então você é um excelente ator, meu caro poeta.

A raiva dissipou-se, e ela riu como se as mentiras dele lhe agradassem, mas ele ficou pasmo. Era essa a ideia que Clódia fazia dele? Não, era ela a verdadeira atriz. Preferia não admitir a paixão dele, uma paixão que coloria todas as horas da sua vida.

— Você tem a sua vida, eu tenho a minha — continuou Clódia, fechando o espelho articulado de prata. — Todo mundo é assim. Nós estamos juntos agora, então por que pensarmos no que acontece quando estamos separados? Isso só estraga as coisas.

Não estragar as coisas era uma das leis tácitas de Clódia. Ela gosta de viver no presente, onde se sente em casa.

— Nós não somos *todo mundo* — falou ele, também com raiva.

A fonte do pátio espirra água em sua bacia sem parar, até o som que produz se tornar parte da monotonia do calor. Ela esteve com ele durante uma hora. Os dois se deitaram, ligados um ao outro pelo suor. Ele olha seu perfil, a alguns centímetros, porém distante. Os olhos dela estão semicerrados. Ele pode ver que brilham, mas não para onde estão olhando. Talvez para nada. Talvez ela não esteja pensando em nada.

Está quente demais para falar, escrever ou se mexer. O quarto está abafado. Até o pardal dela está imóvel no canto da gaiola. Clódia começara a criar o hábito de trazer seu pardal para a vila. Ela trazia a gaiola em seu colo na liteira e a cobria com um pano para o pássaro não piar.

Parece quente demais para falar, escrever ou se mexer, mas Clódia se levanta com uma decisão repentina, balança as pernas do lado da cama e atravessa nua o ar quente e espesso, como se estivesse atravessando o mar.

Aemilia deve ter aquecido a água para o banho da sua senhora. Ela ajeitou o quartinho ao lado como se fosse um budoar. Ficara de pé atrás de Clódia, penteando seu cabelo assim que ela sentou na cadeira que Manlius trouxe de algum lugar. Falta ainda a maquiagem. Faz parte do trabalho de Aemilia deixar os lábios grossos de Clódia vermelhos e brilhantes, espalhar a base e massagear seu rosto, limpar a maquiagem borrada e substituí-la por uma sombra de um cinza sutil e um delineador preto, para criar seus famosos olhos de "Hera".

Ele a prefere sem maquiagem. Quando diz isso, ela ri. *Isso é bobagem.* A mulher por quem ele se apaixonou é a mulher que Aemilia ajuda a criar. *Eu seria um rascunho de mim mesma sem minha maquiagem. Você iria querer me reescrever.*

Mas ele gosta do seu rosto lavado. É bem verdade que, quando as mulheres não estão maquiadas, olham de lado ou para baixo, como se estivessem se escondendo. São como soldados, ele pensa, construindo fortalezas de máscaras e delineadores para defender as cidades delas próprias. Ele sorri. O pardal ainda está observando-os. Às vezes, desconcertado, Catulo olha por cima do corpo de Clódia quando estão fazendo amor, e vê os olhos do pardal. Seu olhar penetrante não significa nada. O pardal não pode pensar. Pode apenas saltitar, cantar e tirar migalhas de bolo da mão da sua dona.

O pardal olha-o com desconfiança agora, como se soubesse do que ele é capaz. Afinal, acabou de gemer e estremecer sobre o corpo da sua dona.

Às vezes é ela quem vai por cima dele, fluida como um peixe, com os dentes à mostra. Às vezes se afunda na cama e agarra o lençol quando ele monta nela, e seus gritos roucos e abafados fazem o pardal pular nervosamente de um poleiro para outro.

É um pulo curto. O poleiro é estreito, e a gaiola, não muito grande. Não importa, pois Clódia está sempre levando seu pardal para brincar. Está tão habituada com o trinco da gaiola que abre a portinha sem olhar e põe a mão lá dentro. O pardal pula sobre seu pulso e aperta as garras delicadamente no seu polegar. Ele chilreia quando ela o tira da gaiola, passando-o do pulso para a palma da mão e levando-o para junto do seu rosto.

Ela esfrega o corpo dele em sua bochecha, as asas fechadas. Ele nunca tenta abri-las nessa hora. Seu corpo é esguio, e ela o passa sobre a bochecha macia na direção de suas penas. O bico toca seus lábios, um bico retesado e firme, fechado como as asas. Faz o contorno dos lábios, apertando-os um pouco. Ela ri. Esse é o sinal. Ele belisca aqueles lábios grossos com delicadeza.

Depois de algum tempo ela o segura mais à distância, dentro da palma da mão, e o corpo dele pulsa ali, escondido. Só aparecem seus olhos escuros e o bico fechado. Ela ri de novo e aperta-o com carinho, para que ele sinta a pressão da sua mão. Ele não reage.

Catulo gosta de ver Clódia com o pardal. Ela é meiga e calorosa. Às vezes esconde essas qualidades, como esconde o passarinho na mão, mas elas estão ali. Ele acredita na verdadeira Clódia, em toda sua ternura. Ou pelo menos diz a si mesmo que acredita...

Mas às vezes há algo de desconcertante entre ela e o pardal. Sua menina nua e ávida e o passarinho. A forma como ela passa o bico do passarinho nos seus lábios.

— Ele é um bom amigo — diz ela. — Acredito em tudo que diz. Não se pode dizer isso de muitos amigos, não é? — pergunta rindo.

O pardal provavelmente ri também. O homem recosta-se e deita a cabeça sobre os braços cruzados.

Às vezes, quando você se põe em uma posição de relaxamento, crê que está relaxado. Ele faz de conta que está à vontade, tirando um cochilo depois do sexo, em um dia em que o calor é tão intenso que chega a dar medo. As ruas estão vazias. Os cachorros deitam-se em sombras finas como a lua crescente. Nenhum homem de bom senso faz qualquer outra coisa a não ser deitar-se na cama, com os braços cruzados para trás como um travesseiro, sonhando e ouvindo o som da fonte.

Quanta mentira. Ele está ouvindo Clódia, é claro, e tenta entender suas risadas. Ela se escondeu em seu santuário, e ele não pode segui-la, pois conhece exatamente o olhar frio, duro e ligeiramente desdenhoso que ela lhe dará. Aemilia limpará suas têmporas com álcool ou diminuirá a vermelhidão de suas bochechas. As duas estarão concentradas nesses rituais.

Ele sabe exatamente o que se passa entre elas, afinal é claro que olhou pelo vão da porta que Clódia deixou entreaberta. Há poucas semanas ela ainda ficava feliz de ser observada, ou de deixá-lo mexer em seus vidrinhos preciosos e suas garrafas com rolhas. Mas depois de um tempo disse que Aemilia não conseguia se concentrar quando ele estava ali.

— Você a está deixando desconcentrada, meu querido poeta. Não tem ideia do quão amedrontador você parece quando olha dessa forma. É pior que um gato observando um passarinho.

Clódia deixou a porta entreaberta algumas vezes mais. Ele observava como se estivesse assistindo a uma peça de teatro, não na plateia, mas em um espaço invisível no palco, perto o suficiente para tocar os atores. Observava como se fosse ser interrogado no tribunal sobre as técnicas da maquiagem. Observava o modo como Aemilia passava um pequeno pincel em um pó cinzento, fazendo um traço sobre a sobrancelha e espalhando-o cuidadosamente com uma esponja, enquanto Clódia baixava os olhos e mantinha-se absolutamente imóvel. Observava enquanto Aemilia massageava as gengivas da sua senhora com uma pasta especial feita de flor-de-lis, menta e sal, e enquanto Clódia lavava a boca e cuspia na bacia de bronze. Mas por que não pode mais observar a mulher que acabou de untar com suor, saliva e sêmen? Que segredo ainda resta? Aemilia, no entanto, agora fecha a porta com um olhar pudico e triunfal. Devem ser ordens de Clódia.

Aemilia derrama o perfume lentamente, com um cuidado que pareceria exagerado a alguém que não soubesse o preço da fragrância de rosas, ou a rapidez com que Clódia se encolerizava. Clódia levanta as mãos e esfrega o perfume no cabelo solto e grosso. Mas só um pouco e superficialmente, depois se cansa e faz um gesto para Aemilia terminar o trabalho. Ela se alegra, pois adora perfumar o cabelo da sua senhora, e Clódia, por má vontade ou teimosia, raramente permite fazê-lo.

Com seus dedos fortes, Aemilia massageia o couro cabeludo de Clódia, e reparte o cabelo em várias mechas para que cada uma delas possa ser trabalhada separadamente. Massageia primeiro de leve com os dedos, depois com mais força com as palmas das mãos. Finalmente, com as pontas dos dedos parecendo borboletas, toca nas têmporas de Clódia. Quem imaginaria que o toque de Aemilia pudesse ser tão delicado?

O quarto fica impregnado do cheiro do cabelo de Clódia, quente e úmido depois do sexo. Os olhos dela estão fechados. Depois de massagear a cabeça de sua senhora durante uns 15 minutos, Aemilia pega um pente de marfim e começa a penteá-la, espalhando as mechas e deixando-as cair sobre os ombros nus de Clódia. Quando encontra um nó, o desfaz com delicadeza, observando se os ombros de Clódia estão tensos, o que significa que ela estará pronta para lhe dar um tapa na mão.

Mas hoje não tem tapa. Ele teria ouvido, mesmo por trás da porta. Clódia não é fraca e não se sente inibida se tiver de bater.

É como um desses animais de estimação ou essas crianças sobre quem a mãe diz brincando "ela não conhece a própria força". Aqueles que recebem a mordida ou o tapa percebem rapidamente. A tática de Aemilia é cair em lágrimas e atirar-se ao chão, soluçando, até Clódia dizer "Tudo bem, Aemilia" e lhe dar um pedaço de marmelada. É um jogo, e ambas sabem disso. Depois dessa cena de raiva, Clódia deixa que a escrava perfume seu corpo e massageie seus pelos pubianos.

— Um dia desses a senhora vai me matar — resmunga Aemilia. — A senhora não sabe a força que tem.

Catulo se pergunta se ela teria razão. A menina dele seria capaz de matar? E, se matasse, qual seria a expressão do seu rosto? Ele costumava pensar que conhecia todas as suas expressões, mas agora não tem mais tanta certeza.

Pardal, pardal. Belo pardalzinho, querido pardalzinho que minha menina tanto ama. Um poema chocante tem circulado por aí, sugerindo que sua menina usa o pardal não apenas para acariciar suas bochechas ou seus lábios. Afinal, ele é completamente domesticado. Clódia acha que foi ele quem escreveu o poema. Tem fé na sua malícia.

Catulo rola sobre as dobras do lençol suado e olha para o passarinho. Tão confiante na sua gaiola, tão certo de que é querido, bem-cuidado, possuído. Pule para cima e para baixo, passarinho, e acredite no que quiser. Pode até acreditar que sua dona é amável, se quiser.

Amável? Ela não reconheceria a palavra se saísse da sua própria boca. Dar-lhe-ia um chute, como se faz com um galho quebrado que caiu no caminho de cascalho.

Aquela puta da Aemilia ainda está com ela. É uma pena a porta ser tão espessa, espessa demais para ele ouvir as duas rindo, cochichando, suspirando. Aquela porta fechada é uma peça da engrenagem que ele não pode deixar de entender. A mensagem é a seguinte: *Você acha que preciso de você, mas não preciso. Posso me soltar do seu corpo depois de copular e voltar para meu próprio mundo, onde o que mais importa é se o perfume que meu empregado encomendou da Turquia é da mesma qualidade que o perfume do ano passado da Síria. E no meu mundo eu amo tanto meu pardal quanto você. Ou mais. Mil beijos, e centenas mais. Beijos, beijos, beijos, beijos, beijos até você se cansar de contar.*

Mas o homem tem de contar cada um de seus beijos, Clódia, quando são dados a outra pessoa.

Sim, pode me olhar assim, pardalzinho. Sua dona vai voltar logo. Nem mesmo ela conseguirá manter esse ritual por muito tempo — os tapas, as lágrimas, o cheiro dos cosméticos e o suor fedorento de Aemilia, pois ela nunca lava bem as axilas, não importa o quão duramente você a mande fazer isso. Talvez ela saiba que você gosta dessa catinga, não é, Clódia? Você me disse isso uma vez, quando estávamos deitados bem juntos como se fôssemos um só corpo, um só sangue. Você nem me parecia mais uma mulher. Segurei-a como seguraria um filho que me fosse entregue lavado e embrulhado depois de nascer. Sim, isso é cômico, não é?

Eu a segurei assim. Você estava frágil, quente, terna, unida a mim pelo suor do sexo, como se tivéssemos sido ligados pelo sangue do nascimento. Eu nunca amei ninguém com tanta pureza quanto a amei naquele dia. Até mesmo seus pensamentos pareciam frágeis como ovos, podiam ser guardados nas minhas mãos com o maior carinho. De repente, você se mexeu um pouco e abriu os lábios. Eu a segurei mais junto a mim, minha Clódia, para poder saborear suas palavras, que se formavam como milagres saídos da respiração e da saliva e de tudo mais de que são feitas as palavras.

— O cheiro das axilas de Aemilia é sedutor, não é? É realmente excitante... — você murmurou.

Então você voltou a esses pensamentos que eu guardara com tanto carinho, sem dúvida com um sorriso tolo em meu rosto. Um sorriso assim é um sinal de fraqueza e deve ser castigado. O sol se escondeu, Clódia. É sempre assim com você, não é? Uma bela manhã, um pouco de névoa sobre o campo rosado — e então os deuses acordam arrotando e peidando e vem uma chuva de granizo como se fossem ovos sujos. A lavoura é arruinada. Todo mundo corre em busca de abrigo, praguejando.

Catulo rola de costas de novo e olha para o teto. A melhor coisa a fazer é se levantar, despedir-se com calma e carinho e sair para os Banhos a fim de tirar todas as suas impurezas. Encontrar os amigos, ouvir fofocas, ser convidado a jantar em algum lugar, beber demais, terminar a noite numa névoa, onde tudo pode acontecer e realmente não importa se nada acontece. Sair para se encontrar com outra mulher, talvez Cíntia, ou Ipsitilla. O desafio é ser feliz sem Clódia. E, se não for possível, ele pode ao menos parecer feliz sem ela por apenas uma noite. Ele conseguiu isso durante anos e anos, antes de saber que ela existia. Seria bom ver Ipsitilla... ela tem uma risada bonita, calorosa e suja...

A porta se abre. Às vezes ele tem certeza de que Clódia pode ouvir seus pensamentos. Quando a corda que o prende começa a se soltar, ela a puxa de novo com força.

— Vamos para Baiae? — diz ela, sorrindo para ele da porta.

— Baiae? — repete ele, estupidamente.

— É hora de sairmos de Roma. O calor está pior que nunca este ano. Todo mundo sairá até o meio da semana que vem. Quero passar pelo menos seis semanas em Baiae antes de irmos para as montanhas.

— Todos? Até mesmo seu marido? — pergunta ele. — Ele também vai para Baiae?

— É claro que não — responde ela, com frieza. — Ele sempre viaja pelos estados no final de maio e em junho. Além do mais, não dá para imaginá-lo em Baiae. Há muita coisa que ele desaprova lá, não saberia o que julgar primeiro.

— Mas você saberia.

— Eu olharia para você — diz ela. Clódia atravessa o quarto e vai para junto dele, ajoelha-se ao lado da cama e lhe dá um beijo na testa. É impossível acreditar que seu olhar suave e aberto possa endurecer-se. — Vamos. Vamos para Baiae. Nós nos divertiremos muito. É claro que precisamos ter bom senso... mas você sabe que as coisas são muito mais livres lá. Vou fazer um curso de tratamentos termais.

— Tratamentos termais?

— Para o reumatismo do meu ombro — explica ela. — Tem me incomodado cada vez mais desde... quando foi mesmo? Setembro do ano passado.

— Sim, setembro do ano passado — murmura ele.

— Não tenho dormido bem. E perdi peso, olhe! Toda noite sonho e me reviro na cama, e às vezes grito...

— Então seu marido manda você para Baiae.

— Eu resolvo ir. Fiz um exame completo em mim e considerei todos os meus sintomas.

— Quais são?

— Sinta meu pulso. Não aí, ali. Não dá para ver que está acelerado? Isso é sinal de febre. E meus lábios nunca estiveram tão secos. Tenho sede o tempo todo. Quero uma coisa mas não sei o que é.

— Não sabe?

Ela aperta os olhos, e sua suavidade desaparece.

— Acha que é você. Acha que me apanhou, não é?

— Nós nos apanhamos. Por que não pode admitir isso?

Ela ri, sem muito prazer.

— Acha que pode me pôr em uma gaiola, como meu pardal, que vou ficar pulando até você aparecer com um pedacinho de bolo e eu ter de cantar para ganhá-lo? Até mesmo meu pardal é mais esperto do que parece. Ele me diz coisas que ninguém mais sabe. Às vezes creio que o amo mais que qualquer outra coisa no mundo.

Ele se senta de repente e vira as costas para ela.

— Preciso ir embora.

— Por que se zanga por qualquer coisinha? Não faz diferença para você se eu amar meu pardal.

— Você vai longe demais, Clódia. Sabe muito bem o que disse. Eu não sou um dos seus meninos bonitos que engolirão qualquer coisa.

— Posso lhe garantir, meu amigo, que não são eles que engolem coisa alguma.

— Sua puta.

— Não foi isso que você disse há dois dias. "Mil beijos, e centenas mais, e outras tantas centenas..." Não foi? — Com um movimento rápido ela sobe na cama, enrosca-se nele e põe os braços no seu pescoço. — Por que estamos discutindo? — murmura.

— Por que não vamos logo para Baiae? Eu sou uma boa médica, posso prescrever tanto para você quanto para mim. Deixe-me ver... — Solta-se dele e põe as mãos em volta do seu rosto. — Você está pálido e tem olheiras. Lembra a primeira vez em que me viu, no nosso jantar? Estava muito bonito, com a pele dourada. Toda vez que eu me movimentava, sentia seus olhos sobre mim. E era muito engraçado, me fez rir demais...

Ele se lembrou. A mesa estava coberta de lagostas, peixes e um leitão inteiro. Ele não comeu quase nada. Achou que tinha perdido a fala depois que a viu, mas não, ele a fez rir muito. Sentiu-se poderoso. Fazia o que quisesse com as palavras. Podia tecê-las com magia para prendê-la.

Seu marido comeu um prato simples de carne assada. O jantar elaborado era para os convidados. Um homem da escola antiga, de apetite frugal, o grande cônsul Metelo Céler.

— Todos queriam conversar com você — continua Clódia. — Era muito mais animado que qualquer um da mesa, como se tivesse um segredo que ninguém conhecia. Até mesmo meu marido achou uma boa ideia pedir-lhe para recitar depois do jantar. "O mais brilhante dos jovens poetas", disse ele mais tarde. "Aqueles que alegam que não há nada nessa 'nova poesia' não estão usando os ouvidos."

— Ele realmente disse isso?

— Estava repetindo o que alguém havia dito. Você deu brilho à nossa mesa, meu querido poeta, e meu marido é um homem que sabe respeitar coisas que pessoalmente não lhe interessam. Agora você está pálido. Não parece bem. Vou prescrever... deixe-me ver... sim, o remédio perfeito são os banhos termais de Baiae. E é preciso beber as águas também. O ar de Baiae é tão bom que em breve você estará dourado de novo.

"Escute, você não imagina como lá é bonito no início da noite, quando ainda não está totalmente escuro mas as primeiras estrelas já podem ser vistas. Os sapos coaxam e os grilos trinam nos arbustos de murta. Você aponta para uma estrela, depois para outra, e de repente há tantas que não dá para contá-las, e antes que perceba a lua aparece também. Então... essa é a melhor parte... fica andando pela praia até deixar todas as vilas para trás e livrar-se de todos os senadores ofegantes que acham que porque estão andando por ali com túnicas curtas toda mulher de Baiae irá querer ver o que têm por baixo.

"A certa altura encontra uma prainha, tira as roupas e entra no mar. A água é diferente à noite, sabia? Mas é claro que é preciso levar uma companhia, pois é perigoso banhar-se sozinho. E essa companhia entra no mar também, você estica os braços e a encontra."

— Sim — murmura ele, puxando-a para junto de si.

— Segure-me assim — diz ela —, exatamente assim.

Três

A calma superfície do mar tremula à luz do fim da manhã. Catulo afugenta uma cobra enroscada na estrada de terra, que se desenrosca e some pelo mato. É preciso lembrar de pisar com mais força para que as cobras sintam seus passos e fujam.

Ele já está em Baiae há dez dias. Estabeleceu uma pequena rotina: levantar cedo, comer pão com queijo ou uns figos secos, e levar sua pena e seu bloco de papel para o terraço coberto de videira. Lá é muito tranquilo. Ele recebe poucas visitas e retribui o mínimo possível. Veio para cá com poucos escravos. Lucius, seu servo, ficou em Roma.

— Não há nada para você fazer em Baiae, Lucius. Não vou dar festas. Vou para lá beber as águas e escrever.

Lucius olhou-o desconfiado.

— Mais uma razão para eu ir lá cuidar de tudo, se é de paz e sossego que precisa.

— Sua presença em Roma é importante para mim. Você é a única pessoa em quem confio.

Lucius concordou, pensativo.

Não haverá muitas festas, mas Catulo não se importa. Todos os amigos que realmente gostaria de ver estão em Roma ou no campo. Baiae é um lugar da moda, muito caro para eles.

Os seus verdadeiros amigos são aqueles que leem pela vigésima vez o rascunho de um poema como se fosse a primeira. E ele retribui da mesma forma. Ao pensar neles fica emocionado. Seu querido Calvus, com corpo de grilo e mente brilhante e aberta. Fabullus, a quem se pode contar qualquer coisa porque, como ele próprio diz, "é um túmulo com relação a segredos". Veranius, de olhos verdes e sorridentes. Amigos que sabem quando elogiar um poema e quando criticá-lo.

— Tem duas boas linhas e é bem-arquitetado tecnicamente, mas você deu detalhes demais. Só não descreveu a linda bunda de Juventius e o que gostaria de fazer com ela, o que caberia bem aqui. Até mesmo você está entediado com isso.

— Tédio é um bom assunto para um poema. E sentir tédio ao ver um belo traseiro é pelo menos original.

— Sim, mas um poema *entediante* é indesculpável.

Calvus, Fabullus, Veranius. Sua gente, aqueles para quem ele escreve. Aqueles que sabem de onde vêm os poemas, quais são seus pontos positivos e quais os falhos. Eles conhecem o mistério bem o suficiente para saber quando o coração é atingido.

Catulo escreve, apaga, escreve de novo. As palavras são como mosquitos, estão fora de alcance. Hoje ele gostaria de fazer qualquer coisa menos escrever. Até mesmo uma manhã em companhia de um dos egotistas mais famosos de Roma — talvez Sextius — seria melhor que essa coceira de palavras que não podem ser coçadas.

Uma brisa suave agita as espirradeiras. Suas flores de um vermelho-escuro tremulam, depois permanecem imóveis. Todo mundo se empolga com Baiae. Ele vê sua beleza, mas não sente emoção. Preferiria estar na ilha de Sírmio, à beira do lago ao norte. Preferiria estar em qualquer lugar que não ali, onde todos se divertem e ele não consegue parar de pensar em Clódia, com seus vestidos finos de seda, a cabeça jogada para trás, mostrando a garganta quando ri.

Ele não vê razão para tanto riso. O marido dela é o famoso Metelo Céler, com seus passos largos de militar, percebe todas as situações, tem poder e glória, e ri das piadas por obrigação, depois que todos já estão às gargalhadas. Contra todas as expectativas, veio passar a temporada em Baiae, o que Clódia garantiu que não ocorreria.

Talvez queira apenas ver a esplêndida vila na qual investe dinheiro há tantos anos sem nunca se preocupar em estar lá. Ou talvez seja mais atento do que parece. É perigoso julgar pelas aparências, pensar que com seu ar nobre ele não nota o comportamento da esposa. Seu raciocínio pode não ser rápido, mas ele tem o poder. Sua influência se espalha por toda a Roma, e sem dúvida se manterá assim.

Alguma coisa fez Metelo Céler quebrar sua férrea tradição pessoal e vir para Baiae, em vez de fazer as visitas costumeiras por todos os estados e receber pagamentos dos seus vários servos. Clódia diz que seu marido é rápido para farejar tramoias nos números. Talvez tenha farejado uma tramoia na vida dela também.

Você realmente não deve mencionar o meu nome na frente do seu marido, Clódia. Não é uma boa ideia. Você acha que, se estiver me atacando, está a salvo. Mas não acha que ele nota quantas vezes meu nome sai de sua boca e como seus olhos brilham quando insulta a mim e minha obra?

— Como ele é autocentrado, exatamente como todos os outros "novos poetas". Sua presunção é o que possuem de mais original. Todos se levam *muito* a sério por baixo das piadas que fazem. No começo Catulo era divertido, mas sei como *você* se entediou na última vez em que veio jantar conosco. Não é verdade, meu querido?

E como seu marido respondeu?

— Eu não estava entediado, minha querida.

Você não deu atenção ao aviso. Contou a conversa para mim como se tivesse vencido um jogo. Continuou jogando, e não pensou que seu marido pudesse estar participando também.

— Agora descobri que ele vai ficar aqui em Baiae durante toda a temporada, quando nós simplesmente queremos relaxar. Logo quando consegui trazer *você* para Baiae... Por que esses jovens nunca vão em casa visitar seus pais? Mas creio que teremos de convidá-lo para jantar.

— Por que não?

Você ruminou meu nome em sua boca, Clódia, depois o cuspiu. Tenho certeza de que seu marido ouve mais do que você pensa. Mas ele me cumprimenta com a impecável gentileza de sempre. O problema é que não a deixa sozinha. Fica em Baiae, espreitando.

Hoje ele organizou um passeio de barco. Não posso imaginar como será. A vila toda vai velejar pela costa até chegar a uma praia particular, com sofás pseudorrústicos colocados debaixo de dosséis de folhas de videira e galhos de murta. A mesa despretensiosa será coberta com uma toalha branca como neve. Lagostas com asparago, frango assado, picles de ovos de codorna em uma salada de hortelã e alface, fatias de javali assado com maçã condimentada, fatias de um jovem cabrito fervidas no leite da mãe, romãs, geleia de marmelo, tâmaras e maçãs de Hesperus...

Comidas boas e simples, tudo de primeira qualidade. Metelo Céler não permitirá *inovações* exageradas e insípidas na sua mesa. Não haverá truques nem surpresas.

— Sou um homem de gosto simples — dirá ele, com um olhar ofendido se for sugerida uma inovação. — Deixo esse tipo de coisa para os outros.

Clódia vai chamar às escondidas umas duas dançarinas para o "simples piquenique do marido, só para os amigos mais íntimos". Todos se sentarão à mesa, os senadores vestidos com túnicas extremamente curtas, com sorrisos brincalhões estampados no rosto. Arregalarão os olhos para Clódia quando a brisa soprar seu vestido fino de seda, moldando seus seios e suas coxas. Não há dúvida de que ela é uma bela mulher, dirão a si próprios. Ao mesmo tempo, agradecerão às estrelas por suas esposas saberem se comportar e estarem em casa, mantendo os padrões estritos das matronas republicanas, sempre aprovando as declarações dos maridos.

Ou talvez — só talvez — essas esposas estejam rolando no leito matrimonial com um belo servo. Enquanto o senador está fora, a senatriz se diverte. Esperemos que sim. Eles merecem pagar por seus olhares lascivos ao corpo inteiro de Clódia e pela forma como se atiram na cama para a sesta nas vilas, sonhando com as coxas dela...

Que passeio de barco! Ele dá uma risada amarga. Uma lagartixa se assusta e sobe pela parede. Clódia o convidou, é claro, mas ele não irá. Não está a fim de passar horas vendo-a deleitar-se com a atenção sexual que provoca, vestida com trajes de banho, rindo, flertando, jogando a cabeça para trás enquanto passa a mão pela água e hipnotiza outros jovens bobos com seus olhos escuros e sonhadores.

Sim, seus olhos são escuros, embora pareçam brilhantes. Suas inimigas dizem que ela tem olhar de vaca, ou fingem elogiá-la falando que seus olhos são lustrosos como os de Hera. E Hera não levou para a cama seu irmão Zeus? Clódia tem quase tanta sorte quanto Hera; seu irmão não é Zeus, mas é o Belo Menino Clódio, o parente mais lindo que qualquer garota podia almejar. Que par eles formam!

Sempre o pretenso elogio, seguido de insinuações. Clódia diz que não se importa, que isso só a faz rir. Tem imenso orgulho dos Clodii e agora de Metelo Céler também, e possui uma qualidade difícil de definir, pois parece mudar dia a dia conforme a luz da sua imaginação. Ela segue um caminho que ninguém mais vê. Parece se deslocar livremente.

Uma vez, antes de se casar, Clódia fez uma peregrinação a Pafos. Contou a Catulo que havia sonhado que a deusa Afrodite aparecia para ela em uma carruagem puxada por pássaros, sem dizer nada, levantando o braço direito e acenando em sua direção enquanto era enviada à terra.

— Ela queria que eu fosse adorá-la em seu santuário.

Catulo a olhou desconfiado. Talvez Clódia quisesse fazer essa viagem, sentir-se livre, sob o pretexto de uma peregrinação, antes que a família a casasse.

— Sua família queria que você fosse a Pafos?

Ela deu de ombros.

— É claro que não. Era muito inconveniente para eles, pois significava adiar o casamento.

— Mas você foi assim mesmo.

— Melhor começar o casamento com uma bênção que com uma praga. Se uma deusa o chama, você deve ir.

Ele a aplaudiu em segredo. Essas devem ter sido suas palavras exatas para que eles deixassem de se opor à viagem.

O rosto de Clódia era liso como uma rocha. Ele queria muito acreditar que ela realmente acreditara na sua peregrinação, que não tinha usado — ou inventado — aquela visão para fazer o que queria. Enfrentou a viagem porque tinha um objetivo, qualquer que fosse. Mares escuros, tempestades de fim de estação, gosto de mar dia após dia sempre que ela passava a língua pelos lábios. O mar torna tudo o mais sem importância. Até mesmo Roma recua...

(*Ele precisa viajar. Precisa sair imediatamente. Baiae não serve. É Roma no mar, com as mesmas caras de sempre, as mesmas fofocas e politicagem. Nem mesmo quando você está de barriga para baixo e nu na laje dos banhos termais, recebendo o serviço do melhor massagista de Baiae, pode abrir a guarda. Precisa manter sua sagacidade como em Roma.*)

Foi uma grande viagem para Clódia até Chipre. O mau tempo em abril é capaz de fazer um navio virar, mas as ondas brilham. Alguma coisa deve tê-la atraído para lá. A ideia do seu casamento, talvez. Clódia passaria dos Clodii para os Meteli; era uma aliança entre primos, do tipo que mantém Roma fortalecida. Famílias patrícias devem casar-se com cuidado, para garantir o poder e a honra do clã. Eles ganharam mais do que esperavam com Clódia, pensa ele com um sorriso impiedoso.

Ela devia ter uns 15 anos. Talvez 16. Virgem, inocente.

(*Ou talvez nem virgem nem inocente, se os boatos forem verdadeiros. Aquilo que uma menina deve desejar já tinha lhe acontecido em segredo.*)

Como ela realmente era, então? Isso o corrói, porque Catulo jamais conhecerá aquela Clódia de 15 anos, e isso o atormenta. Só pode conhecer a Clódia de agora: linda, urbana, irônica, reservada quando parece mais livre.

Talvez ela não tivesse conseguido dormir quando soube que seu casamento fora marcado, e que teria de dar os próximos passos na direção de um futuro que pertencia a um homem que mal conhecia. Talvez tivesse ficado desesperada, socado o travesseiro e rolado na cama, rezando para encontrar uma saída. E foi então que ouviu as asas dos pássaros de Afrodite no ar, puxando a carruagem da deusa para a terra.

Alguma coisa passou pelo seu coração ao pensar nisso, como uma chave abrindo um lugar que ele não sabia existir.

Quando o navio de Clódia ancorou em Pafos, ela decerto descansou antes de ser levada de liteira aos recintos do santuário. Lá, teria dispensado suas escravas. Meninas não se prostituem pela deusa hoje, mas por tradição elas devem ir ao santuário desacompanhadas. Ninguém ousaria molestar uma menina que vai se encontrar com a deusa levando uma oferenda de flores. Até mesmo um estuprador empedernido a deixaria passar.

Clódia, sozinha, em um caminho estreito no meio de um bosque de oliveira, ouvindo o som do mar. Sua menina carregava uma cesta de anêmonas vermelho-sangue para oferecer a Afrodite em nome de Adônis. Devia ser final de primavera, a viagem fora feita em segurança depois das terríveis tempestades de inverno. Catulo imagina Clódia com uma túnica branca bordada de vermelho, da tonalidade das anêmonas e do sangue. Estava sozinha, mas devia haver muitas outras meninas em outras passagens sinuosas a caminho do santuário.

A própria Afrodite banhava-se ali, há muito tempo, onde uma fonte de água pura jorra da terra e enche uma bacia de pedra. Clódia também teria se lavado no santuário e deixado ali suas flores como oferenda.

É isso que ele quer pensar dela. Não no santuário em si, apinhado de sacerdotisas, oráculos, monges e oferendas, mas sozinha à luz do sol. Ainda não casada, com o rosto redondo, sério e pacífico. Quer pensar nela colocando as flores no chão, fazendo uma invocação e crendo realmente que vê a sombra da mão de Afrodite sobre sua cabeça desprotegida. Antes que qualquer outro a tivesse tocado, antes que ela tivesse tocado alguém.

Se é que as coisas ocorreram assim. Dizem que seu irmão tinha o hábito de ir para sua cama, mesmo quando já eram grandes demais para isso ser considerado decente. Ele tirou sua virgindade, ou ela tirou a dele.

Os fofoqueiros amam Clódia. São como cães farejando debaixo de suas saias. Catulo tem vontade de enxotá-los a chutes. A Clódia de quem falam não tem nada a ver com sua menina.

— Não dou ouvidos ao que falam sobre mim — diz Clódia, dando de ombros. — Eles falam sobre tudo que eu faço. Sempre falaram. Não quer dizer nada.

Às vezes, Catulo pensa que gostaria que ela tivesse tido varíola na infância, não muito forte, mas o suficiente para deixar marcas e torná-la menos perfeita. Assim, essa gente a olharia e seguiria seu caminho, desinteressada. Ou talvez um acidente menor... Um nariz quebrado ou uma cicatriz por cima do olho direito...

Não que a perfeição seja o charme de Clódia. Ele está se iludindo ao achar que uma cicatriz faria alguma diferença. Certas meninas precisam ser perfeitas senão sua beleza desaparece; as belezas puras, clássicas e "brancas" não podem ter marcas. Mas, mesmo com o nariz quebrado ou marcas de varíola no rosto, Clódia teria encontrado outra forma de ser a mulher desejada por todos.

Seus críticos arrasam com ela. Seus olhos são grandes demais — olhos de vaca. Ela anda depressa demais. O corpo não tem a simetria das beldades. Ela ri alto demais. Mas ninguém tira os olhos dela. Clódia é propriedade pública, não a Clódia de alguém, mas "nossa" Clódia. *Clódia nostra... Lesbia nostra.* Nos seus poemas, Catulo esconde seu nome sem o esconder. A ênfase e a quantidade não mudam. Nossa Lésbia — *Lesbia nostra* — aquela Lésbia, *aquela.*

Está na boca e nos olhos de todos, mas eles não veem o que Catulo vê. Veem a si próprios — sua forte cobiça, e pequenas piadas caem por terra quando ela lhes dirige um olhar frio. São pessoas que ela não permitiria que entrassem na sua casa para contar histórias sobre "do que Clódia realmente gosta".

Ela tem o poder de mudar para agradar aos olhos de todos. Se quiserem ver uma grande dama, ela assume ares de mulher de sangue azul, arrogante. Se quiserem uma prostituta, ela fala em sussurros, dá risinhos e mete a mão nos bolsos dos homens. Sabe aparentar ter essa vida melhor que qualquer uma.

Catulo se remexe na cadeira. As sombras das folhas caem sobre ele pelas videiras que cobrem a pérgula. A sombra é fria e doce, cheira a verbena e a pequenas rosas vermelho-escuras, que abrem por um dia e depois morrem. Em pouco tempo, uma rosa dissolve-se em uma cascata de pétalas.

Ele olha para sua pena e para o bloco em branco, fazendo uma careta.

Você precisa ir a Baiae, meu querido. Ficarei várias semanas lá e vou enlouquecer se você não for. Ele nunca vai a Baiae. Tudo será muito mais fácil do que é em Roma. Todos fazem vista grossa em Baiae. Quando não pudermos ficar juntos, você pode escrever em uma paz completa.

E teremos passeios de barco, disse ela, piqueniques, banho à meia-noite, visitas a uma pequena fazenda onde se pode ordenhar cabra, beber o leite e levar queijos enrolados em folhas de parreira.

— Não consigo imaginá-la ordenhando uma cabra, Clódia.

— Você está enganado! Eu era especialista em tirar leite na minha infância. Todo verão nós íamos para a casa de campo do antigo tutor do meu pai. Ele havia recebido umas terras perto de Formiae. Meu irmão e eu ordenhávamos as cabras, perseguíamos o touro e subíamos nas árvores. Ele era dois anos mais novo que eu, mas sempre conseguia me seguir, era alto e forte. Nós até pisoteávamos as uvas na época da colheita. Você devia ter visto meus pés, eu os raspava com pedra-pomes para tirar as manchas.

Catulo pensa nela descalça, pisoteando a massa de uvas. Rosto infantil, queimado do sol, rindo, antes de aprender a clarear a pele.

— Meu irmão e eu fazíamos tudo juntos. Se um de nós chorava, o outro chorava também, mesmo que não houvesse motivo.

Suas palavras o atormentavam agora. Ele tem ciúme do tempo em que não a conhecia. Tem ciúme de tudo sobre ela que pertença a lembranças de outras pessoas, lembranças inatingíveis. Até mesmo do Belo Menino Clódio — vaidoso, violento, louco e poderoso, que só se satisfará quando estiver governando Roma como seu feudo pessoal —, pois ele possui uma coisa de Clódia que Catulo nunca terá.

Vamos para Baiae, você terá paz completa lá! Que piada. Ele não sabe o que é paz desde que a conheceu.

Gostaria que tudo se dissolvesse, a não ser o tempo presente. Clódia ali, agora. Clódia pertencendo ao momento e a Catulo. Sim, se ela estivesse ali agora, sentada no banco frio de mármore, ele estaria feliz.

Quando a outra rosa se despetalar, ele tirará as pétalas do cabelo dela. Gostaria de perder todos esses anos, todos esses homens. Perder todos em um rufar de tambores de beijos hipnóticos, repetitivos, esquecidos de tudo, menos do seu próprio ritmo.

> *da mi basia mille, deinde centum,*
> *dein mille altera, dein secunda centum,*
> *deinde usque altera mille, deinde centum.*

Da mi basia — me dê beijos — me dê *mille*, me dê milhares de beijos, depois me dê uma centena e outros milhares, outras centenas, e outros milhares, e uma centena.

> *da mi da mi da mi*

Como uma criança seguindo a mãe, choramingando e arrastando-se nos seus calcanhares. Como o ganancioso lojista fazendo cálculos no seu ábaco. *Me dê me dê me dê*. É a única coisa do mundo. É o que nós todos desejamos. *Basia*. Ouçam esse som. Faz nossos lábios se juntarem e se separarem suavemente. Exatamente como um beijo.

Beijos voando como contas voando pelo ábaco. Séculos de beijos não bastariam para ele.

Da mi basia da mi basia da mi basia Lesbia Lesbia Lesbia Lesbia mea puella.

"Minha menina" é como a chama quando está bem próximo dela, quando Clódia Meteli e Caio Valério Catulo deixarem de existir. A carga do nome e da reputação dos dois afunda no oceano. Eles se fundem um no outro, dissolvidos em *basia*. O trovão é ouvido pelos dois, e seus olhos se mantêm na escuridão. Ele continua contando, contando, até os números voarem.

> *Você pergunta quantos beijos,*
> *Lésbia, quantos beijos serão suficientes?*
> *Lésbia, conte cada grão*
> *da areia da Líbia que se espalha*
> *pela Cirene rica em sílfios,*
> *conte do túmulo de Bato*
> *ao violento oráculo de Júpiter;*
> *ou conte as estrelas*
> *que velam pelos amores*
> *secretos dos humanos na noite silenciosa;*
> *assim seus muitos beijos*
> *seriam suficientes para seu obcecado Catulo,*
> *tantos que os observadores furtivos silenciam*
> *tantos que nenhuma língua venenosa*
> *pode meter-se no meio deles.*

A estrutura da pérgula despenca, e pétalas de rosas caem sobre ele.

— Eu podia ter quebrado o pescoço neste bendito degrau — diz Aemilia. — Eles deviam chamar um pedreiro para consertar isto, considerando o aluguel que o senhor está pagando. Uma pessoa poaia quebrar o tornozelo também, e então como o senhor faria quando quisesse enviar um recado? Esperando e esperando, como a menina cujo namorado disse que se casaria com ela depois que a experimentasse. Oh, o senhor está coberto de pétalas de rosas, deixe-me limpar isso tudo.

Catulo põe o bloco de lado antes que ela apague seu poema. Aemilia perdeu o medo dele completamente, pelo menos quando estão sozinhos. Na presença de Clódia, ela permanece submissa. Agora fala de novo.

— Minha senhora disse para eu lhe contar escondido, quando não houvesse ninguém por perto.

— Contar o quê?

— Sobre essa festa que vão dar. Vai durar quase o dia inteiro e metade da noite. Haverá recitais, músicos e dançarinas...

— Dançarinas!

— Não exatamente o que eu chamo de dançarina. São essas moças que fazem poses conforme a lira, e parecem não ter sangue nas veias.

— Ah!

— E não sei o que mais terá quando o barco voltar da festa. Por isso, minha senhora não poderá escapar hoje. Ela perguntou por que o senhor não aceitou o convite.

— Estou trabalhando, Aemilia. Vim para Baiae para trabalhar.

Aemilia dá uma olhada rápida no bloco dele.

— Imagino. Mas ela disse que amanhã talvez possa escapar. Um médico de Roma especialista em digestão vai examinar meu senhor durante toda a manhã. Ele tem problemas digestivos terríveis. Então, ela poderá encontrá-lo na antiga Villa Marciano. Não concordo com *isso* — disse Aemilia, como que para si mesma.

— *O quê?*

— Logo depois do café da manhã. O senhor conhece o lugar, é aquela velha ruína acima do rochedo de Lepida. Dizem que está sendo restaurada, mas ninguém vai querer morar lá. Fica a quilômetros dos Banhos. A quilômetros de qualquer lugar. É um lugar feio, cheio de ratos, cobras e baratas, e dizem que é assombrado, por isso ninguém vai lá. Existe uma pequena praia logo abaixo da ruína. Dá para descer pelo bosque de oliveiras. É lá que minha senhora vai estar.

— Por que você não concorda com isso? — perguntou Catulo, bruscamente.

Aemilia olha diretamente para ele.

— Não é seguro. Qualquer um pode aparecer por lá. Todos conhecem minha senhora, e ela diz que conhecem o senhor também.

— Você acha que as oliveiras vão contar histórias?

— Não é com as oliveiras que estou preocupada. Sou eu que tenho de cuidar dela. Dá azar meter-se nesses lugares.

Ela faz um sinal rápido contra o mau-olhado. Ele não está bem certo se Aemilia tem medo de fantasmas ou de Metelo Céler.

Clódia a protegerá, tem vontade de dizer. *Você é um gênio para lidar com seu cabelo, ela não deixará que a chicoteiem ou a vendam.*

Ele se lembra de repente do rosto de Metelo Céler. Não um rosto genial, mas o de quem julga e condena. E Clódia ao seu lado, com o rosto tão duro quanto o dele.

— Ninguém vai ver nada — diz ele.

Aemilia o olha de forma estranha, seus lábios se abrem como se ela fosse falar, mas não diz nada. De repente parece uma mulher formidável. Ela o enfrenta, segura. Catulo acreditaria que ela sempre esteve ali desde que o mundo começou, guardando o portão do amor e da beleza, pisoteando os invasores. Mas isso dura só um instante, depois Aemilia baixa os olhos. Volta a ser ela mesma, a filha de um escravo da família, que casaram com uma síria comprada na Antióquia.

— Diga à sua senhora que estarei lá — declara ele.

Aemilia não responde. Levanta-se e espera, como se não tivesse ouvido o recado. É claro, ele pensa aliviado, que ela quer dinheiro. É isso.

— Espere — diz Catulo, e pegando o bloco entra na casa. Dinheiro, dinheiro, por que ele nunca tem nenhum quando precisa? Mexe no fundo de um pote onde às vezes joga umas moedas. Sim. Põe algumas moedas na palma da mão, vai para o terraço e as entrega a Aemilia.

Ela esconde as moedas em uma dobra do seu manto.

— Vou contar a ela — diz, e vai embora passando pela pérgula, sacudindo as folhas de parreira e os caules das rosas.

Quatro

A pequena praia é feita de areia acinzentada. É repleta de madeira flutuante na mesma tonalidade, e seca, como os ossos de uma ovelha que foram apanhados limpos no inverno. Um casal de lagartos estirados ao sol desaparece rapidamente ao ouvir seus passos.

Catulo está adiantado. A água bate muito suavemente na areia da praia, como se estivesse cansada. Ele inspeciona a vila vazia logo que chega e dá razão a Aemilia: ninguém vai querer morar ali, nem mesmo por uma breve temporada de verão. A casa é malconstruída, e há várias rachaduras no ousado pórtico. A mistura de pobreza e ostentação é abominável. A localização da residência parece boa a princípio, feita sobre as rochas acima de um mar azul, com oliveiras descendo pelos morros, a certa distância das outras vilas de Baiae. Mas há um grande problema: o vento, frio no inverno e escaldante no verão. Os galhos das oliveiras curvam-se e gemem a noite toda. Mesmo hoje há uma brisa seca, inquieta e irritante.

A vila não estava trancada quando ele tentou abrir a porta, e não havia um único escravo cuidando do lugar. Estava abandonada, um verdadeiro desperdício de construção. Pensou nas casas que as crianças constroem de manhã, antes de o sol ficar quente demais. Quando são chamadas para entrar, esquecem a pilha de areia e pedras que amontoaram com cuidado e seus esmaecidos minijardins feitos de margaridas, cravos-de-defunto e galhos.

O sol escaldante deixa as pétalas das flores pálidas e murchas. Quando as crianças voltam para brincar no fim da tarde, já perderam o interesse e chutam as paredes sem dó nem piedade.

Para ele, havia vários tipos diferentes de vazio. A vila de Manlius dava a impressão de ter sido criada durante um sonho longo e vivo. Mas aquele lugar era morto. Os tijolos, o concreto e o mármore não preencheram seu objetivo. Nunca houve vida ali. Ninguém nasceu, fez amor ou morreu nessa casa. Quem tentasse comer ali entupiria a boca com a comida que se transformara em pó.

Ele não levaria Clódia para dentro da vila. Quando Aemilia mencionou o lugar, esperava que pudesse ser um esconderijo para eles. Só precisavam de um canto que não pertencesse a ninguém, onde pudessem criar seu ninho de amor.

Ninho de amor! Gabando-se de novo, pensou. Construindo sua própria vila metafórica e admirando-a. Você está transando com a mulher de outro homem, não vamos criar fantasias.

Assim que Catulo sentiu o cheiro no lúgubre vestíbulo da vila, percebeu que não daria certo. Olhou para cima e viu que o teto estava rachado de ponta a ponta, como se o lugar todo soubesse que seria melhor desabar o mais rápido possível. Ouviu uns ruídos vindos dos quartos. Talvez fossem os ratos de Aemilia. Não cobras. As cobras são silenciosas, a não ser que você chegue muito, muito perto delas. Corvos se alojariam ali, e lagartixas estariam cobrindo todas as paredes. Corujas estariam quietas nos seus ninhos, trazendo má sorte.

Ele estremeceu. Aquela atmosfera o estava deixando cansado e deprimido. Talvez o lugar fosse assombrado, como disse Aemilia. Às vezes o solo não quer que uma casa seja construída porque já aconteceram muitas coisas ali... sofrimentos, morte.

Mas isso era absurdo. As oliveiras em volta da vila estavam bem-tratadas. Ele notou redes pretas guardadas com cuidado em abrigos de pedra para serem espalhadas no chão quando as oliveiras fossem sacudidas e as azeitonas caíssem. Não havia nada fantasmagórico nelas. Provavelmente meninos e meninas da vizinhança se encontravam ali ao anoitecer para fazer brincadeiras escusas naqueles quartos vazios. Camponesas grandes e fortes, como Aemilia, teriam prazer em ostentar sua fertilidade antes de se casarem.

Músicas de casamento passavam pela sua cabeça obsessivamente. Meninas e meninos carregando tochas nupciais. Chamas da cor de flores de açafrão lambendo o céu ao cair da noite. O dia inteiro esperando pelo momento em que a noiva se encontra com o noivo, como um rio correndo para as rochas onde se transforma em cachoeira.

Os carregadores de tochas, os músicos e os convidados voltam para fechar as portas depois da entrada do casal, pois não há lugar para eles no quarto. Ninguém tem direito de intervir nesse mistério sagrado que semeia a raça humana, até os filhos do casal e os filhos dos filhos dos filhos serem tantos quanto as estrelas...

Mas ele e Clódia nunca teriam um filho.

Catulo olhou em volta rapidamente e sentiu o calor subir ao rosto, como se alguém tivesse ouvido seus pensamentos. Imagine o que seus amigos diriam deles. Calvus, especialmente, com sua língua venenosa: *Mistério sagrado do casamento! É ainda pior que o mistério sagrado dos pentelhos dourados dos testículos de Juventius. Você deveria ter ficado em Roma conosco em vez de espalhar sementes lá em Baiae. Sementes de feno, na verdade. Camponesas de barrigões e noivos rústicos. Nossa querida Lésbia como uma virgem ruborizada. Fique esperto, meu amigo.*

Os ratos agitavam o chão de novo, como folhas de árvores mortas. Há lugares que fazem um cavalo desviar-se do seu rumo, e a gente não sabe por quê. Campos encharcados de sangue onde cresce o trigo alto e forte, mas com manchas que deixam o grão sem serventia.

Ele desceu pelo caminho íngreme, onde faixas brilhantes de luz tremulavam quando os galhos das oliveiras se agitavam com a brisa. Havia dúzias de borboletas amarelas. Catulo ainda tinha a impressão de escuridão às costas, mas ia andando em direção à água e à luz.

Clódia chegará em breve, e então tudo ficará bem. Mas está atrasada. Talvez seu marido tenha decidido que o médico era um charlatão e voltado mais cedo para casa. Talvez alguma coisa a tenha distraído...

Ela se distrai facilmente. Com que rapidez ela se anima com algo novo. Quando é você essa coisa nova, é uma maravilha. Mal dá para respirar.

Então ele ouve um risinho e uma voz imperiosa. É sua Clódia. Mas ela não vem por terra, vem por mar. O barco está rodeando o canto da praia, passando tão perto das pedras que quase arranha o casco. A remadora inexperiente é Aemilia, a passageira com uma echarpe branca jogada graciosamente em volta da cabeça é Clódia, protegida do sol por uma sombrinha verde.

Há uma mancha grande de suor nas costas da túnica de Aemilia. Ela deve ter vindo remando desde Baiae.

Que loucura! Podiam ter encontrado uma forma mais discreta de chegar ali sem ser em um barquinho que parece ter sido roubado por Aemilia de um barqueiro pobre.

Mas Clódia, graciosa e calorosa, levanta-se e acena para ele.

— Sente-se, minha senhora! — grita Aemilia. — Assim nós duas vamos cair na água.

Usando com vigor o remo esquerdo, ela faz o barco aproximar-se da praia. Catulo já tinha desafivelado as sandálias para entrar na água.

— Pare de remar! Eu levo vocês para a areia — diz. Mas o barco é pesado. — Saia pelo outro lado, Aemilia, e me ajude a puxar o barco.

Aemilia pula na água, molhando-o, mas felizmente sem molhar Clódia. Juntos eles puxam o barco para a areia cinzenta, e Clódia desce. Seu sorriso radiante passa tão perto dele que parece chamuscar seu rosto, mas é uma expressão de rotina, daquelas que Clódia dá só para mostrar que sabe sorrir.

Ela não está no melhor dos humores. A ideia de trazer seu pardal não deu certo.

— Ele ficou aterrorizado, pobrezinho. Nunca ouvi um trinado tão medroso. Olhe para ele escondido no fundo da gaiola. É a primeira vez que sai ao mar.

— Devíamos ter coberto o passarinho, minha senhora, para ele não notar que não estava mais em seu quarto — diz Aemilia, já tirando tapetes, sacolas e cestas do fundo do barco e levando tudo para o ponto da praia onde as oliveiras faziam alguma sombra. — O bendito tapete está úmido — resmunga.

— Não é de se admirar, pois você ficou pegando caranguejos — diz Clódia. — Estenda o tapete sobre a pedra que ele secará em um instante. Nós teríamos chegado aqui há meia hora se eu tivesse remado.

— Você sabe remar? — pergunta ele, com curiosidade

— É claro. Meu irmão e eu tínhamos um barco quando éramos pequenos. Havia um lago perto daquele lugar sobre o qual lhe falei. Nós costumávamos marcar o tempo. Enquanto um remava, o outro ficava contando. Mas contando com honestidade. Um-e-dois-e-três-e.... Não podíamos contar só um, dois, três. — Ela ri.

— Você devia ter remado. Eu gostaria de ver — diz, com uma ponta de ciúme do passado dela.

— O quê? Remar com Aemilia ao lado por todas essas vilas? Que loucura a sua! Estavam todos nos terraços olhando para ver quem era. Não é dos barcos mais bonitos, mas foi o que pude conseguir de última hora.

— Seu marido não tem um barco?

— Não é adequado — responde ela, laconicamente. — Olhe ali, o pardal está começando a subir no poleiro, olhando para mim.

Ela abre a gaiola, estica a mão e o passarinho pula em seu dedo indicador. Com cuidado, começa a retirar a mão.

— Ele não vai voar, solto desse jeito?

Clódia encosta o pardal em seu rosto, com os olhos brilhando.

— Por que acha que ele vai querer me deixar? Será que *você* está querendo voar para longe?

— Você sabe que é impossível.

— Beije-me. Beije meus lábios.

— Vai ter de tirar o passarinho daí.

— Ele não vai machucá-lo.

Catulo hesita por um instante, inclina-se e beija os lábios dela, sentindo um arrepio pelo corpo. O pardal cheira a mofo, misturado ao aroma da pele e do cabelo de Clódia. Suas asas batem no rosto dele, fazendo-o dar um passo atrás.

— Coloque-o na gaiola — diz.

— Por quê?

— Você sabe por quê.

Ela o olha desafiadoramente. O pardal vira a cabeça de lado e o olha com o bico preto e brilhante. Os lábios de Clódia se entreabrem, deixando os dentes à mostra.

— Eu gosto de você — diz ao passarinho. — Tudo bem, como quiser. Vou colocá-lo na gaiola para podermos almoçar. Ver Aemilia remar tão mal me deu fome.

Aemilia levanta o rosto suado. Já esvaziou as cestas e espalhou os pratos com azeitonas, alface, frango assado frio cheirando a trufas, um vidro de picles de alcaparras e um pote de peras em calda. Junto aos pratos, põe azeite, vinho e um pão coberto com guardanapo de linho branco.

— Eu adoro comida campestre — diz Clódia. — Espere, Aemilia, você esqueceu os galetos?

— Galetos?

— Sim, sua boba, os galetos que foram entregues ontem.

— Eu não vi, minha senhora. A cozinheira teria me dito se visse os galetos. Meu senhor deve ter comido todos.

— O quê? No meio da noite? Não é de admirar que a digestão dele seja tão ruim. Não importa, Aemilia, traga a água.

Aemilia destampa a garrafa de água que trouxe para lavar as mãos antes de comer. O aroma de lavanda toma conta do ar quente quando ela despeja o líquido nas mãos dele, depois nas mãos de Clódia. Os dois esfregam-nas, e ela as seca cuidadosamente com um guardanapo.

— Você devia lavar as mãos também, Aemilia — declara Clódia —, pois vai comer conosco. Passe a garrafa para cá. Estique as mãos.

Aemilia parece constrangida, quase com medo.

— Não é certo a senhora lavar minhas mãos.

— Bobagem — diz Clódia, sorrindo e olhando para ela. Um desses sorrisos repentinos e enfeitiçadores que transformam tudo em uma punhalada de amor que deixa Catulo sem ar. Até as feições pesadas de Aemilia se iluminam com aquele sorriso.

— Você e eu, Aemilia, estamos juntas há muito tempo, não é? — murmura Clódia, despejando água nas mãos da escrava.

Aemilia faz menção que sim, mexendo os dedos desajeitadamente.

— Eu era menina quando meu pai a trouxe para mim. Aemilia me penteou para minha noite de núpcias, sabia?

Catulo vira para o lado e dá uma dentada numa coxa de frango.

— Pronto, Aemilia, agora pode comer. Vamos, você deve estar com fome, e precisa ganhar forças para remar de volta para casa. Aemilia pega um pedaço de pão e umas azeitonas modestamente. Está sorrindo agora. Será que Clódia tem consciência do que faz ao seduzir as pessoas facilmente com algumas palavras ou um sorriso? Catulo a viu fazer isso muitas vezes, ao acaso, em uma festa ou na casa de seu marido. Ela consegue entrar em uma conspiração infantil com um jovem deslumbrado ou com um velho, que não dará crédito às críticas que lhe fazem depois de sentir a força de seu feitiço.

Talvez ela não aja assim por acaso. Deve ter um plano, ou pelo menos um modelo. Desarma as pessoas e as torna suas aliadas. E parece perceber o momento exato em que seu charme está se desgastando. Ela sabia que Aemilia estava com calor, cansada e magoada. Agora a escrava está feliz de novo, e satisfeita depois de tantas azeitonas.

Clódia oferece a Aemilia um pedaço de peito de frango do seu próprio prato, rindo suavemente como se as duas partilhassem um segredo.

Em um minuto, ela perceberá que *ele* está se afastando, e o chamará para ser enfeitiçado. Catulo quer ser chamado. Quer muito. Sente o cheiro da lavanda e do cabelo de Clódia. Agora que está na sombra, ela tirou a echarpe branca que lhe cobria a cabeça. Algumas mechas de cabelo se soltam do coque alto e caem sobre o pescoço. Seu corpo está graciosamente inclinado de lado, e seus pés enfiados debaixo dela. Os dedos dos pés são perfeitos, finos, retos, com unhas rosadas.

— Você não está bebendo — constata, levantando sua taça. — Por que não está bebendo? — Sim, ela notou que ele não está enfeitiçado, e o atrai de volta. — É melhor beber agora porque amanhã talvez não possa mais.

— Como assim?

Ela olha para o céu brilhante sobre a água.

— Talvez não seja dia. Talvez seja noite. Dia para alguns, mas noite para nós.

— Você não vai morrer, Clódia — diz ele.

— É claro que vou morrer. Minha amiga de infância foi para a cama à noite e, quando acordou, tinha contraído a peste e não reconhecia ninguém. Sua mãe disse que ela estava apavorada. Achou que ficara cega durante a noite. Mas era a morte que vinha buscá-la, fechando seus olhos para que não a visse.

— Qual era seu nome?

— Livia. Ela era pequena e delicada como um passarinho. Mas sabia dar uma boa gargalhada. Era inacreditável que uma gargalhada alta como a dela viesse de um corpo daquele tamanho.

— Eu prometo, Clódia, que você não vai morrer amanhã.

— Tem certeza? — pergunta ela, rindo para Catulo, mas por trás dessa alegria seus olhos estão marejados de lágrimas.

— Venha cá. Vou segurá-la e então também terá certeza.

— O dia está brilhante, mas há noite por toda a volta. Uma tal massa de noite que todos os nossos dias têm apenas uma centelha de brilho. A noite está lá nos esperando e dizendo: *Vamos, vivam, vivam o máximo possível, façam tudo o que desejarem, me ignorem se quiserem. Eu sei esperar.*

— Está se referindo à morte.

— Sim, à morte.

Ele mexe em seu cabelo, um cabelo quente e perfumado. Sente muita ternura por ela e desejo de acariciá-la como se fosse sua filha. Nunca sentiu tanto carinho por nenhuma outra mulher. Nunca sentiu tanto amor. E também tanto ódio quando ela o olha com ar inexpressivo, como uma deusa pintada, com mentiras brilhando no rosto.

Clódia quer manter as pessoas em caixas separadas, só ela teria as chaves. Seu marido em uma caixa, Catulo em outra. Quem sabe quantos mais há? Catulo diz a si mesmo que é o preço que tem de pagar, pois como Clódia seria Clódia se fosse diferente? Até mesmo Aemilia tem sua própria caixa, que só Clódia pode abrir. E os que estão guardados nessas caixas se sentem muito gratos quando a tampa é levantada e seu rosto fica visível.

Ele não se sentirá grato. Não se lamentará. Sua mão aperta o cabelo de Clódia e ele força os dedos a relaxarem. Não estrague o dia, pensa. Ela está aqui agora com você. Está nos seus braços, toda sua, sem pensar em mais ninguém.

Eles estão numa viagem juntos. Começou quando ela o viu pela primeira vez na casa de seu marido. Ele olha para trás e lembra como foi descuidado, como ficou à vontade. Era livre então. Foi convidado para aquele jantar como "um dos jovens poetas mais brilhantes", um leão literário que podia rugir ou não, como quisesse. Nada mais importava, só seus poemas. Era o que o deixava forte. Talvez fosse por isso que Clódia se encantou. Ela possuía beleza, pose e uma elegância romana que assustava um pouco aquele jovem de Verona... e ainda assim o escolheu. Riu de suas piadas, ele lhe fez epigramas e ela respondeu. Depois olhou-o diretamente, deixando-o mudo.

Catulo ainda não sabe aonde estão indo juntos. É só a viagem que importa, embalada por ela, orientada por ela, deixando-o às vezes apoiado no cotovelo para observar o mundo passar, como se estivessem em uma corrida de biga ouvindo os gritos de uma multidão que apostara tudo neles.

Ele fecha os olhos e a escuridão brilha com vida. Se ao menos Aemilia desaparecesse... Parasse de arear a panelinha com areia e sumisse por entre as árvores, como um espírito da floresta, sólido e indolente. Mas por que todas as dríades tinham de ser graciosas? Aemilia é como uma oliveira nodosa, tão golpeada pelos ventos marinhos que ficou contorcida e perdeu o formato que lhe foi destinado ao nascer, condenada a viver longos anos agarrada à terra...

Catulo abre os olhos e vê Aemilia à sua frente. Olha-a verdadeiramente pela primeira vez. Seus olhos estão nele. As mãos ativas disfarçam seu olhar. Ela não o aprecia, é fácil perceber. Não confia nele e gostaria que fosse embora. Para de arear a panelinha, pega um pedaço de pão e dá uma dentada.

Aemilia já viu demais. Esteve em lugares com Clódia aonde ele nunca irá. Para quantos outros homens ela lançou aquele olhar, como se dissesse: "Eu sei que por enquanto minha senhora não pode ficar sem você; mas veremos, veremos."

Aemilia e a noite se dão as mãos, esperando o momento propício.

Você tem de parar com isso. Passará outra noite sem dormir se não tomar cuidado. Ficará revirando-se na cama e suando, ouvindo as cigarras darem lugar às corujas. Desejando-a tanto que acabará como uma cabra coçando-se em um poste. Deitado ali, com o suor secando no frio da madrugada, ainda pensando nela, ainda pensando nas suas mãos rápidas e na sua risada gostosa.

Acaricia o cabelo de Clódia. Um cabelo muito vivo. Quando Aemilia o penteia antes de passar óleo, o cabelo se levanta como uma nuvem, lançando faíscas azuis, e Aemilia aperta os lábios como uma devota junto a uma vela.

Os olhos de Clódia estão fechados. Seu ar é sombrio, como se estivesse a meio caminho do outro mundo. Ele pode lhe perguntar em que está pensando, mas ela diria: "Nada."

— Ouça, Clódia — murmura ele —, vamos ficar juntos hoje à noite ainda que só por uma hora. Você consegue escapar por uma hora, não é?

Mas ela se afasta. Seus olhos se abrem e ele vê outra Clódia, comendadora e vital.

— Vamos voltar para o barco. Há uma brisa na água, veja só, Aemilia. Vai ficar frio aqui.

Obedientemente, Aemilia engole o pão e se levanta.

Cinco

Clódia não quer deixar Aemilia na praia, embora seja óbvio que com três no barco eles não poderão respirar, muito menos se tocar ou falar sem que Aemilia veja e ouça. Mas isso não parece incomodá-la.

— Aemilia está acostumada com isso — declara Clódia, e ele não procura saber o que ela quis dizer.

— Mas você não pode deixar seu pardal aqui sozinho —fala ele, com malícia. — Alguém pode roubá-lo. Uma raposa pode comê-lo.

— Em plena luz do dia? — diz ela, em tom de zombaria, mas ele nota que a ideia não lhe agrada.

— Ou um lince — continua, imaginando que ela não saberia mais sobre as criaturas das matas que ele. — Se deixássemos Aemilia, ela poderia lutar com um lince sem problema.

Aemilia faz um sinal contra mau-olhado.

— Os deuses proíbem que essas criaturas se aproximem de nós — diz ela —, mas eu procurarei uma vara para enxotá-los.

— Tudo bem — enuncia Clódia. — Aemilia pode ficar.

— A senhora vai precisar de algo além sombrinha no mar a essa hora do dia — diz Aemilia — se não quiser ficar negra como uma egípcia.

Com familiaridade, toca na bochecha de Clódia, mostrando a Catulo a pele que ela ajudou a cuidar. Clódia sorri e dá de ombros.

— Invente alguma coisa então, Aemilia.

*

Ele observa enquanto Aemilia cria uma cobertura sobre o barco, usando galhos de pinheiro e o pano de linho que espalhou no chão para a refeição. Molha-o na água antes de esticá-lo e amarrá-lo nos galhos — *para que a brisa a refresque* —, depois levanta a cobertura e amarra tudo com os panos que usou para enrolar a comida. Ele tem de admitir que ela é habilidosa, mas Clódia não a valoriza.

— Isso manterá o sol afastado da senhora — diz Aemilia com satisfação, admirando sua obra.

Catulo acha que talvez seja difícil remar sem jogar essa parafernália na água, mas Clódia é boa com os remos. Os dois manobram facilmente juntos, no mesmo ritmo, o velho barquinho nas águas profundas.

Clódia enrolou a echarpe na cabeça para esconder o rosto. Não há outros barcos à vista. Todos devem estar dormindo a essa hora quente do dia. Eles estão escondidos, não pela noite, mas pelo calor escaldante.

O sol brilha na água, mas uma brisa suave torna o calor suportável. As ondas batem no casco, os remos se movimentam, o barco flutua. Catulo procura a âncora debaixo do banco, joga-a de lado e ouve a pancada surda da corrente na água até a peça de ferro afundar e se fincar.

A costa já parece pertencer a outro mundo, tremulando na névoa quente. Sua cabeça lateja, e ele olha para a água sedosa e escura. À direita da âncora, há uma grande pedra. Um cardume de peixinhos passa por ali, depois vira em outra direção. Devem ter sentido a sombra do barco. Se aquele fosse seu próprio lago, em vez do mar salgado, e o promontório fosse a preciosa ilha de Sírmio, Catulo saberia exatamente quais seriam os peixes.

— Eu sonhei com Livia na noite passada — diz Clódia.

— Sonhou?

Antes daquele dia ele nunca ouvira falar de Livia, mas agora ela passou a ser tão importante que povoa os sonhos e as lembranças de Clódia.

— Sim. Eu estava com um monte de gente: minha família meus amigos e creio que você também. Estávamos na água.

— Aqui?

— Aqui não — responde ela, impaciente. — Livia nunca veio aqui. Estávamos naquele laguinho do qual falei, onde eu remava com meu irmão. Mas no sonho o lago era maior. Todos estavam falando e rindo quando Livia apareceu. Ela me fez uma pergunta atrás da outra e eu respondi todas com o maior cuidado. Logo depois percebi que ninguém mais podia vê-la nem ouvi-la. Livia percebeu também e sorriu, como se tivéssemos uma piada particular.

— E aí?

— Não me lembro. Seu cabelo era penteado como o de uma mulher. Mas Livia tinha apenas 10 anos quando morreu.

O barco gira em volta da âncora, e as ondulações da água passam por baixo da proa. Ele pega a mão de Clódia, mas ela não se mexe.

— Como o sonho terminou?

Ela dá de ombros.

— Do mesmo jeito: uma confusão. Você não pode esperar que os sonhos façam sentido.

Catulo fica calado um instante, depois diz:

— Quais foram as perguntas que Livia fez?

— Como posso me lembrar? Como alguém pode saber o que os mortos querem saber? — diz ela.

Ele tenta abraçá-la, mas, ao esticar os braços, a cobertura feita por Aemilia balança, ameaçando cair. Clódia se encolhe e o olha com raiva.

— Você está sempre querendo a mesma coisa, não é? Tudo bem, então.

Arranca a echarpe, o manto de linho, a túnica, o cinto. Tira a roupa de baixo, e, quando puxa o pano que envolve os seios e os glúteos, faz o barco balançar violentamente.

— Clódia!

Ela não responde. Em pânico, Catulo percebe que Clódia fizera o que ele sempre quis que fizesse: ao falar de Livia, revelou seu passado. E tudo que ele fez foi agarrá-la.

Clódia chuta as roupas para o fundo do barco e se apoia no banco de madeira, nua, a não ser pelas pulseiras e pela gargantilha de ouro, ofuscando-o.

— Você não me quer agora, é isso?

Catulo segura seus pulsos e ela se esquiva para o lado. O barco aderna, a cobertura cai por cima deles, emaranhando os dois nos tecidos e galhos de pinheiro.

— Tire esta droga de cima de mim! — grita Clódia, mas Aemilia está longe demais para acudi-la. Ele não consegue parar de rir enquanto retira a cobertura de cima dos dois.

Tudo acontece numa fração de segundos. Num minuto, ela está no banco; no outro, tenta desemaranhar-se, apoia as duas mãos na borda do barco e se atira ao mar. Catulo tenta pegá-la, mas ela afunda, o cabelo espalhando-se na água. Ele se apavora. E se Clódia não souber nadar?

Completamente vestido, ele pula do barco também. A água está cheia de bolhas, e Catulo não consegue ver nada. Mergulha fundo, abre os olhos e, ao ver Clódia abaixo dele, serpenteando, meio escondida pelo cabelo, vai atrás dela.

Porém, ele não tomou fôlego suficiente. Toca no tornozelo de Clódia, mas ela escorrega. Seu peito arde quando tenta pegá-la de novo. Ela está se virando, e vai subindo até a superfície. No impulso, seu pé bate no ombro dele. Clódia está nadando, não se afogando. Catulo ergue o corpo para fora da água e vê a luz do dia. Seus ouvidos estão estourando.

Lá está ela, nadando na água, tirando o cabelo dos olhos.

— Sua maldita, pensei que você estivesse se afogando.

Ela ri.

— Se eu quisesse, poderia nadar facilmente daqui até a costa.

Ele olha para trás. Lá está o barco. Sorte ter jogado a âncora.

— Clódia, vamos voltar para o barco.

— Por quê?

— Assim nós podemos remar. Olhe, Aemilia está andando de um lado para o outro à beira do mar. Vai ficar apavorada se não nos vir.

Na verdade, ele não tem ideia de onde está Aemilia e não se importa.

— Você é um mentiroso. Não há ninguém na praia.

— Talvez ela tenha sido comida pelo lince.

— E você nem se importa. — Clódia está bem diferente, só com o rosto fora da água, a maquiagem escorrida e o cabelo grudado na cabeça. Ele nada para mais perto.

— Se eu segurá-la, vamos afundar?

— Deixe-me em paz, quero nadar.

Mergulha de novo. Através da transparência da água ele vê seus seios, pálidos e distorcidos pelo brilho da superfície. O corpo dela parece minguar distante dos seus pés. Ela levanta as mãos e põe o cabelo para trás.

A túnica de Catulo está grudada no corpo. O cinto pesado e as sandálias puxam-no para baixo.

— Quero segurar você — diz ele.

Põe os braços à sua volta. Clódia se sente densa, sólida e escorregadia. O cabelo dela entra em sua boca, tocando seus lábios, nariz e olhos. Os dois ficam assim por uns segundos, depois começam a afundar. Ela se solta e sobe, sacudindo o cabelo e espalhando gotas d'água em volta.

— Deixe-me segurar você — diz ele, de novo.

Clódia o segura com força e ele sente que ela está rindo. Os dois mergulham juntos, e no último instante ela se solta e ambos voltam à superfície.

— Por que não conseguimos boiar?

— Porque você está me puxando para baixo.

— Vamos tentar de novo.

Dessa vez ela enrosca as pernas na cintura dele e os dois afundam ainda mais depressa. Clódia se prende como um macaco, mesmo quando ele perde o fôlego e luta para subir. Empurra-a e puxa-a pelo cabelo. Ela continua agarrada em seu corpo. Então Catulo desiste de lutar. Ela que faça o que quiser. Eles que se afoguem e morram juntos.

— *Clódia* — murmura ele, ouvindo seu nome ecoar na cabeça. — *Clódia, Clódia...*

Mas ele não se afoga. Agarra-a, abre a boca, abaixa a cabeça e morde seu ombro branco.

Quando sobem à superfície, ela está chorando.

— Você me machucou.

As marcas do dente dele estão em sua pele.

Ele cospe água, incapaz de falar. Seu corpo treme, expelindo as últimas gotas perigosas.

— Não me toque — diz ela. — Quero nadar sozinha.

Catulo nada devagar atrás dela até o barco. Está exausto. A lateral do seu pequeno barco parece tão formidável quanto uma falésia. Ela vem nadando, ainda chorando, muito aborrecida para subir. Pelo menos o barco está numa posição que os deixa escondidos da praia. Não dá para Aemilia vê-los, onde quer que esteja.

Catulo ergue o corpo, agarra-se na borda e pula para dentro, arranhando-se todo. Tremendo, enrola o pano da cobertura na borda do barco para ela não se arranhar ao subir. Ajoelha-se, segura-a debaixo dos braços, e ela se permite ser puxada.

Mas não consegue erguê-la sozinho, ela tem de ajudá-lo. Se empurrar a lateral do barco com os pés, ele conseguirá levantá-la.

Devagar e se arrastando, Clódia consegue entrar no barco. Não está se ajudando. Quando o calor do sol toca sua pele, ela estremece.

— Você está com frio. Deve se vestir.

Ela faz que sim com a cabeça.

Catulo se senta com as roupas encharcadas, e Clódia, tremendo, veste a túnica longa e amarra o cinto, sem se preocupar em pôr a roupa de baixo.

— Perdi minhas pulseiras — diz, enquanto se veste. — Devem estar no fundo do mar.

Nós podíamos estar lá com as pulseiras, ele pensa, tentando lembrar como elas eram.

— Eram de ouro?

Clódia assente, com indiferença.

— Jogue essa cobertura na água. Só vai nos atrapalhar.

— Aemilia pode desemaranhar isso.

— Os peixes que façam uma casa para eles. — Ela segura os panos e os galhos e os joga por cima do barco, mas a cobertura se mantém na água como se fosse a vela de um barco emborcado.

— Alguém vai encontrar isso e tentar descobrir o que aconteceu — diz ele.

— Talvez pensem que há um corpo enrolado aí.

— Baiae certamente tem má reputação — diz ele. — Todas essas festas noturnas e banhistas nus. Eu tinha muita esperança quando vim para cá, mas até agora não vi nada. Estou surpreso de ver como todos são comportados.

— Baiae é famosa por adultério — explica ela, tentando defender a reputação da cidade contra um ataque injusto. — Há muito mais adúlteros aqui do que em Roma, proporcionalmente.

— Proporcionalmente?

— Sim, eles se aglomeram em Baiae como se fossem moradores pobres. Nunca deixe sua esposa vir aqui na temporada de verão se ela for uma honrada mãe de família romana. O que naturalmente será. Até mesmo a mais pura delas muda quando o vento de Baiae faz seus cabelos esvoaçarem. Elas logo descobrem que vocês podem encontrar qualquer coisa que quiserem nas casas de banho.

— Minha esposa! — diz ele rapidamente, sufocando o desejo de perguntar em qual casa de banho, quando e como ela soube. — O que faz você pensar que um dia vou me casar?

— É claro que vai se casar. É seu dever — comenta ela, como se fosse vinte anos mais velha que ele, não apenas dez. — Você tem de perpetuar o nome da família. Seu irmão não tem filhos, não é?

Ela parece uma dessas mães de família que acabou de mencionar.

— Era *seu* dever se casar, Clódia?

— É claro. O que resta a uma menina se não se casar? Nem mesmo sua virgindade lhe pertence. Um terço pertence à mãe, um terço ao pai e só um terço a si mesma.

— Você acreditava nisso tudo?

— Você acredita em qualquer coisa quando tem 15 anos. Eu era imatura para minha idade, sob certos aspectos. Mas vamos remar agora. Esse sol está começando a me queimar. Olhe, suas roupas estão quase secas.

Clódia torce a túnica dele entre os dedos. A mordida no seu ombro está escondida. Seu marido vai ver, essa marca circular de dentes é inconfundível, ele pensa. Mas ela não parece se incomodar. Vai dar um jeito como sempre faz, ele supõe. Aemilia cobrirá a pele com creme, fará um curativo e ela dirá que foi uma mordida de mosquito infectada. Que homem pediria para olhar debaixo das ataduras da esposa?

— Então, quem a apresentou a Baiae? Seu marido?

Ela faz um gesto de indiferença.

— Ele rompeu com os hábitos de toda uma vida ao vir para cá. Você não ouviu dizer que só veio por motivo de saúde? Estaria muito mais feliz conversando com os fazendeiros sobre as perspectivas de colheita.

— Certamente, ele tem empregados que podem fazer isso em seu nome, não é?

— Mas gosta de fazer tudo sozinho. Controla tudo de cabeça. Posição, propriedade, pessoas. Menos o ouro: é básico demais para ele. Tem contadores que cuidam disso. Eu sou parte da contabilidade. Então, repetindo, ele veio passar o verão aqui por motivo de saúde. Talvez os médicos tivessem recomendado descansar e tomar as águas, ou talvez não. Mas alguma coisa lhe diz que há algo de errado aqui. Seus instintos são maravilhosos, eu jamais cometi o erro de subestimá-los. Preciso ser contada, como uma ovelha que fugiu do curral. Preciso ser levada de volta.

— Devo pegar os dois remos ou você gostaria de remar comigo?

— Você rema.

Ela passa a mão pela água. Não tem pressa. Sua pele não vai ficar queimada, mesmo sem a cobertura ou a sombrinha. A echarpe está enrolada em sua cabeça, deixando o rosto completamente protegido, e o xale fino de seda bordado cobre seus braços e ombros. Catulo não pode ver sua expressão. Rema lentamente, de forma ritmada, não diretamente para a praia, mas em grandes círculos que os levarão aos poucos para a pequena enseada. Não quer separar-se dela.

— Sim, casaram-me e desde então minha vida é a mesma — diz ela, sem mais nem menos.

— Você teve uma filha. E escreveu poemas.

— Poemas? Você e eu sabemos que valor meus poemas têm. Ao lado dos seus, são como grãos de poeira em um campo de estrelas.

Ele considera a comparação, aprova-a e entende o que ela quis dizer.

— Não são tão ruins assim — declara ele com sinceridade.

— Não. Você tem razão, não são tão ruins assim. Se fossem, eu pararia de escrever. Mas não é interessante que continuemos a dançar, tocar lira ou escrever poesia, mesmo sabendo perfeitamente que nosso desempenho é pior que o desempenho de outros? E uma filha não é tão mau assim. Mas não satisfaz meu marido. Olhe para onde você está indo. Está seguindo para o horizonte, não para a costa.

Catulo dá uma remada forte, e o barco começa a virar. A luz mudou. Não é mais o calor intenso do meio-dia que bate na nuca como se fosse um machado. Está mais abafado e brilhante. Eles devem ter ficado no mar bem mais tempo do que se deram conta.

Ele quer lhe perguntar: *São verdadeiros os boatos sobre você e seu irmão? O Belo Menino Clódio e a Linda Clódia...*

Não, é claro que não vai perguntar isso. A essa altura aprendeu a não fazer perguntas se não puder suportar as respostas. Foi uma lição que Clódia lhe ensinou muito bem.

Clódia aos 15 anos. Ele teria então — quanto? — 5 ou talvez 6. Mesmo que tivesse sido criado em Roma, e não em Verona, mesmo que tivesse conhecido Clódia e falado com ela, não a teria notado. Ela teria crescido; uma linda senhorita. Se ele estivesse com vários meninos em frente à casa do noivo, teria cantado também as canções de casamento e apanhado as nozes que fossem jogadas. Ninguém notaria se um menino gritasse "*Não! Não se case com ele! Espere por mim, Clódia, espere por mim!*"

Clódia decerto usava uma grinalda de flores de manjerona, véu cor de açafrão e sandálias de açafrão. Devia estar nervosa. Ou talvez fosse controlada como é agora, baixando os olhos só para intensificar seu brilho amplo e repentino ao erguê-los.

Não. Não completamente controlada, não naquela época. Mas ele nunca poderá alcançar ou tocar naquela Clódia que devia ter sido tímida, assustada, insegura.

seus pés dourados...
erguem-se sobre a soleira
com brilhantes augúrios

Insegura porque tudo na cerimônia comemorava sua virgindade, e diziam que ela não era virgem. Tinha sido usada pelo irmão, que era *"um homem feito aos 11 anos"*. Violada e deixada entregue ao medo em sua noite de casamento. Ou é como dizem. Podia facilmente ser uma mentira. O Belo Menino faz inimigos tão rápido quanto amigos. Maquinador, cruel, ambicioso e eletrizante, tudo que o Belo Menino deseja o Belo Menino em geral consegue. Seu exército particular torna-se mais perigoso mês após mês. Seu poder entre os plebeus é fantástico. Até mesmo Catulo, que tem por hábito repudiar os políticos — "São todos iguais, corruptos e ávidos por poder!" —, tem de admitir que o Belo Menino Clódio pertence a uma classe à parte.

Mas Clódia ama o irmão. Todos sabem disso. Qualquer coisa que ele faça, ela dá de ombros e aceita. Por que seu irmão não deve governar Roma se quiser? Ele tem paixão, pelo menos. Ama o povo e quer defender seus interesses. É claro que todos os conservadores o detestam por isso.

Catulo acha que "paixão" é a palavra errada. O Belo Menino é obstinado, com uma intensidade de tirar o fôlego. Seus olhos veem através dos outros. Ele não ama o povo, mas sabe manipular as pessoas tão habilmente quanto um ator. Apoiado por sua horda de brutamontes, escravos foragidos e gladiadores, pretende dar a Roma o que acha que Roma quer. E se sai bem de tudo. Nem mesmo o fato de ter se vestido de mulher para invadir os rituais secretos da Boa Deusa o destruiu. Foi julgado por blasfêmia, e as pessoas sacudiram a cabeça, não de horror, mas de perversa admiração. Teriam dado tudo para ver o Belo Menino com roupas de mulher e os lindos olhos brilhando ao arrepanhar as saias e correr atrás dos seus perseguidores.

Clódia ama o irmão, independentemente do que houve entre eles. E o que Metelo Céler fez com sua noiva? Podia tê-la expulsado, pois ela não era virgem. Estaria respaldado pela lei e pelos costumes.

Mas talvez o noivo amasse a noiva. Foi uma coisa que Catulo não considerou. Talvez seu amor fosse tão grande que se ergueu como aquelas sandálias douradas e atravessou a soleira naquela noite em que a virgem provou não ser virgem.

> *nele o fogo é o mesmo*
> *que é em você*
> *mas arde por dentro, oculto*

É claro que não é verdade. O casamento não foi um ato de amor, foi um arranjo entre primos. Nenhum fogo arde entre Metelo Céler e sua esposa como arde entre Catulo e Clódia. O mesmo fogo consome ambos.

Ele levanta os remos, deixando escorrer uma água brilhante, que se reduz a gotas antes de o remo ser mergulhado de novo. Está de costas para Aemilia, mas tem certeza de que ela está lá, esperando na beira-mar para que nenhum dos dois possa escapar. Ele teve uma ou duas horas com Clódia. É infantil e insensato esperar mais que isso. Um caso amoroso não deve se tornar evidente e forçar-se diante daqueles que tentam manter os padrões.

A hipocrisia é uma coisa linda, ele pensa, olhando a cabeça sonhadora de Clódia.

As costas de Catulo estão suadas. Ele age como um escravo nos remos, indo para um destino que não deseja e não escolheu. De volta ao familiar, à *família* a que Clódia pertence. E ela não fugirá disso. Quer o marido e a corte que mantém em sua casa em Clivus Victoriae. Quer seu poeta também e os esconderijos, o suor do meio-dia e o insistente chilrear de um pardal que não consegue acreditar que está sendo ignorado. Ela é como o irmão, que deseja ser levado ao poder nos ombros da massa e manter o privilégio das antigas famílias dominantes de Roma. Eles desejam a sarjeta e a coroa. Desejam tudo.

Pingos de suor descem por sua testa e entram nos olhos. Então Clódia sabe que sua poesia não é muito boa. Ele nunca pensou que ela admitiria isso. Está cercada de aduladores que elogiam sua forma de dançar, seu canto e sua poesia. É graciosa em tudo, porém não mais que isso. *Um campo de estrelas.* É isso que Clódia é para ele, mas ela não sabe.

— Você devia se casar comigo — diz ele.

Seis

No final da tarde, o vento começa a soprar. O sol está intenso e coberto de nuvens. O calor, sufocante. Uma tempestade se aproxima. Os escravos fecham as persianas, barrando as janelas. Um redemoinho de poeira e folhas secas atravessa o terraço. Cachorros uivam ao longo do litoral e por todas as vilas. Dos bosques de oliveiras vem um inquieto clamor de pássaros cantando.

O céu está escurecendo. Catulo não permite que fechem as persianas da sala de jantar, pois quer admirar a tempestade. O jantar é servido, mas ele está agitado demais para comer. Além disso, quem gosta de comer sozinho? De repente, sua solidão deliberada parece uma loucura. Não tem nada a ver com poesia.

O primeiro rugido do trovão é ouvido ao longe. Antonius fica imóvel, contando, com uma travessa de peixe assado na mão.

— Ainda está a 8 ou 10 quilômetros de distância.

O relâmpago cintila, cortando a escuridão.

— Devo acender as lâmpadas?

— Não, Antonius, vamos ver a tempestade.

Ele dá umas dentadas na fatia de peixe, que está fresco e gostoso, mas não tem fome. Antonius parece satisfeito ao levar a travessa de volta. O peixe será muito bem-apreciado na cozinha.

Mais um relâmpago, uma pausa de dois segundos, e o estrondo do trovão. A tempestade os alcançou. Catulo se levanta e vai até a janela. Algumas gotas grandes caem no pátio, dando à terra um cheiro forte, mas a chuva de verão ainda não começou. O céu está escuro como metal, com bordas claras em volta das densas nuvens. Ele larga o guardanapo sobre a mesa, sai da sala de jantar e vai para o terraço.

O vento está soprando forte agora, quente e sufocante. Sua túnica se enrosca no corpo. Um risco de luz atravessa o céu lívido. Outro estouro, mas nada de chuva ainda. Catulo vai para a outra extremidade do terraço e olha as oliveiras no bosque abaixo, vergadas pelas rajadas de vento. Suas folhas se agitam num contraste de prata sobre preto. Outro relâmpago surge no céu, e com a claridade ele tem a impressão de ver uma figura procurando abrigar-se entre as oliveiras. Uma mulher enrolada em um manto comprido. Os galhos batem para a frente e para trás, escondendo-a.

Clódia.

Outro trovão estoura, quase em cima dele. Com um bramido, a chuva começa a cair. Em poucos segundos suas roupas estão coladas no corpo.

Catulo desce o morro, em meio aos relâmpagos e à chuva. Pedras soltas e lama correm morro abaixo, fazendo o córrego seco se transformar em uma torrente espumosa e branca aos seus pés. O relâmpago desce como uma escada, quase tocando-o. Catulo sente um cheiro quente, metálico e ácido. É o enxofre desprendido do próprio raio. Alguma coisa foi atingida. Ouve-se mais um trovão, que sacode todo o seu corpo.

Ele não consegue encontrá-la. Clódia está sozinha na tempestade ali por perto. Catulo empurra os galhos e grita seu nome.

— Clódia!

Finalmente a vê quando outro relâmpago ilumina a área. Ela está debaixo de uma árvore, agachada, com o cabelo ensopado.

— Clódia!

Quando a encontra, passa os braços à sua volta. Ela cheira a chuva e está gelada. Ele a esquenta com o próprio corpo, abrigando-a e protegendo-a.

— Não sabe que as tempestades são perigosas? — pergunta ele, zangado pelo risco que ela correu.

Mais um relâmpago, e logo depois um trovão que os silencia. A chuva cai sobre as folhas, tão espessa e branca que os dois não conseguem ver mais nada a não ser eles mesmos. Catulo a protege da tempestade a apertando como se quisesse plasmá-la no próprio corpo.

— Eu precisava ver você — diz ela.

Catulo cobre seu rosto de beijos. Sente as roupas molhadas, o rímel escorrendo em seu rosto, os tremores que sobem e descem pelos seus corpos.

Os caminhos estão secos de novo, e cobertos de terra. A parte interna do pinheiro que o raio partiu em dois passou de branco leitoso a amarelo. O tempo já está desfazendo tudo que a tempestade causou na semana anterior.

Há dois dias ele não vê Clódia. Catulo se apega à sua rotina, mas sem grande entusiasmo. Acorda de manhã para escrever depois de uma noite maldormida. Suas pernas doem como se ele tivesse a febre dos pântanos. Os olhos queimam e a garganta está seca. Pega uma taça de vinho misturado com água e dá uma golada, mas a sede não é saciada.

Catulo sabe o que ela está tramando. Está brincando com ele, certa de que seu anzol se prendeu no fundo de sua carne.

Ele é um tolo, desperdiçando amor com alguém que pensa que ama, mas nem sabe o que isso significa. Clódia quer ter a sensação de ser amada, por isso um amante nunca é o suficiente. Ela não mata para comer, mata porque faz parte de sua natureza.

Catulo a odeia e a ama. Não sabe o que está acontecendo com ele nem por que está acontecendo. Diabos, veio para Baiae a convite dela quando devia ter ficado em Roma ou ido para o campo. Roma agora é seu lar, não Baiae e nem mesmo a ilha de Sírmio. Roma lhe pertence, pois foi lá que fez sua vida.

Duas noites atrás, Clódia estava em uma festa onde ele não esperava encontrá-la. Tinha mandado um recado, dizendo que iria a outro lugar. *Um compromisso muito enfadonho do qual não posso me livrar. Agradeça às estrelas por não ser forçado a ir lá.* Ele não ficou desapontado com o recado, pois tinha sua Clódia guardada na lembrança da tempestade.

Ele só foi à festa porque se sentia entediado e porque Ipsitilla insistiu para ele ir. Ipsitilla adora Baiae, e ficou entusiasmada ao saber que Catulo estava passando a temporada lá. *O ambiente é maravilhoso, você vai ver. Muito diferente da Roma velha e abafada, com aquelas figuras respeitáveis de cara amarrada sempre que veem alguém se divertindo.* Ipsitilla tem um novo "protetor", o nome que dá ao cliente favorito do momento, e eles estão dando uma festa.

— Venha aqui hoje à noite, querido, precisamos de você. Adoraria que recitasse. Seus recitais elevam a noite a um plano completamente diferente.

— Qual é o plano das suas festas em geral, Ipsitilla?

— Suas insinuações desagradáveis não me afetam, querido. Eu reúno pessoas que têm forma de pensar semelhante, só isso. Se fazem amigos e saem para se divertir, tanto melhor. De que serve a vida se não pudermos ajudar os amigos a fazerem amigos? Prometa que vai recitar, só para mim. Uma dessas traduções maravilhosas da poetisa Safo.

— Talvez, se eu estiver disposto. Posso também escrever um poema sobre *você*, apenas para a ocasião.

— Humm. Não sei se será uma boa ideia, levando em conta alguns que ouvi dizer que você escreveu sobre minhas meninas. Terei de ouvir o poema primeiro.

lingua sed torpet, tenuis sub artus
flamma demanat, sonitu suopte
tintinant aures...

— Querido, você não me tapeia, é claro que isso não foi escrito para mim. Não sou tão pouco culta como você imagina. Mas é lindo, não é? Exatamente como a gente se sente naquele momento em que está se apaixonando e não sabe nada sobre a pessoa... E depois disso, tudo começa a dar errado.

não posso falar,
um fogo suave percorre meu corpo
meus ouvidos estalam
com o trovão do meu sangue...

— Gostaria de saber onde isso tudo vai parar — perguntou Ipsitilla.

— Isso o quê?

— Esse sentimento sobre alguém, como se nada mais importasse. Porque o sentimento sempre acaba... É triste, não é?

— Sim. Mas então outra pessoa aparece. Especialmente em uma de suas festas, Ipsitilla.

— Vá embora, você estraga tudo. Está se tornando tão cínico. Eu sei de quem é a culpa. Olhe só para você: devia estar de férias, mas parece que não dorme há uma semana. E não é *bom* não dormir. Ela é uma megaputa, meu querido... Não fique com essa cara de infeliz. Todo mundo pode ver isso, menos você.

— Dane-se, Ipsi...

— Não se zangue. O que quero dizer é que tudo que você pensa sobre ela não tem nada a ver com o que ela realmente é. Esse é o problema de vocês, poetas. Podem ser brilhantes, mas acabam na maior infelicidade. Você devia me ouvir. Eu o conheci muitos anos antes que ela, e sempre o fiz feliz, não fiz? Você sempre costumava ir embora com um sorriso no rosto. Mas virá hoje à noite, não virá? Promete?

Então ele foi, achando que não iria demorar. E lá estava Clódia, em um sofá num canto sombrio, meio reclinada, no colo de um menino que ele não reconheceu a princípio. Ficou possuído de raiva. Ipsitilla devia saber que ela vinha. Devia ter planejado isso.

Mas não. Ipsitilla não era assim. Clódia decerto veio por impulso, e Ipsitilla recebeu-a como recebia todos que "sabiam se divertir". Não mandava ninguém embora, desde que se comportassem. Muitas pessoas "respeitáveis" vinham às suas festas quando queriam se soltar, como diziam.

Se Clódia viu Catulo, não deu sinal disso. Sua garganta brilhava à luz da lâmpada quando ele a olhou; a cabeça jogada para trás como que em êxtase. Mas era falso. Ela fingia muito bem, ele sempre soube disso. Fingia até para si mesma.

Examinou o salão cheio de gente, mas o marido dela não estava em lugar algum. Não era seu tipo de festa. Ou estava no outro lugar que Clódia mencionara, ou ela inventara tudo e deixara o marido em casa, jantando sozinho. Não havia nada ali para Metelo Céler naquela noite. Nenhum dos senadores de pernas cabeludas, nenhum dos *frequentadores* de Baiae que gostavam de um tempero de impropriedade. Só os convidados sérios que eram a alma das pequenas reuniões de Ipsitilla.

Nos Banhos, no início do dia, ele ouvira dizer que Ipsitilla descobrira uma dançarina núbia de tirar o fôlego. Ela deveria estar presente naquela noite, mas nem assim Catulo decidiu se iria ou não. Andou bebendo no jantar, mas não muito, pensando em Clódia. E agora, para sua surpresa, lá estava ela à sua frente, dando-lhe a ideia de uma faca cortando seu coração.

Ele teria saído imediatamente, mas Clódia largou o menino e veio em sua direção. Andava com muito cuidado, como se houvesse uma mesa entre os dois. Ele viu logo que ela estava bêbada, apesar de nunca tê-la visto assim antes. Tomava o vinho aos poucos, não em grandes goles.

Quando sorriu, deixou à mostra os dentes manchados de vinho. Com aquele sorriso falso — sem que soubesse que tinha os dentes manchados —, ela se sentiu fatalmente próxima a ele. Catulo poderia ter se encantado com sua beleza de sempre, mas não depois de vê-la cambalear e segurar sua mão para se firmar, largando-a logo depois.

— Eu falei como era Baiae. Não diga que não foi avisado. As pessoas não vêm aqui para... se *entediar* — disse ela.

Ele sentiu o cheiro de álcool em seu hálito. Seus olhos brilhavam e ela parecia pronta para entrar em uma briga com quem quer que fosse. Ele servia.

— Você me avisou.

— Então agora você pode... pode escrever um poema sobre isso — acrescentou num tom sarcástico.

— Você se valoriza demais — disse Catulo. — Se der uma chupada nele na minha frente, merecerá ser imortalizada em um dos meus poemas iâmbicos.

Por um instante, Clódia o olhou embasbacada, depois revidou:

— Cuidado com o que você pede. Pode conseguir.

Ele estremeceu.

— É uma bela cena, não é? Duas pessoas que se amam encontrando-se inesperadamente assim.

— Mas não tão bela que mereça ser imortalizada, Clódia. É melhor você voltar para o sofá. O menino pode ficar enciumado.

— Por que você veio então? Só porque sabia que eu estaria aqui, e me encontrou.

Ela dizia a verdade. Catulo não tinha vindo por causa da dançarina núbia nem por Ipsitilla. Tinha ouvido umas fofocas nos Banhos.

— *Nossa Clódia foi uma das convidadas de Ipsitilla que saiu mais tarde dois dias atrás. Provavelmente estará lá hoje à noite. Está de olho em um menininho que ainda não trocou as fraldas, preso à saia da mãe, que conheceu por lá.*

— *É bem verdade que incesto nunca foi um grande problema para os Clodii.*

— *Era visto como solução, não é?*

Todos riram, umas risadas cobiçosas e nervosas. Ela era demais para eles. Demais até mesmo para Baiae. Pavoneando-se com a arrogância de uma princesa romana, depois bêbada em um sofá com um quase estranho apertando seus seios. O que seu marido diria? Ninguém ousa tocar no assunto quando ele está por perto.

— E onde está seu marido? — perguntou Catulo.

— Descansando, depois de uma série de enemas. — Pronunciou a palavra "enema" com todas as letras, sem resistir a um sorrisinho triunfal, quando conseguiu enunciá-la sem tropeços.

— Clódia...

— Não toque em mim.

— Tenho que ver você amanhã.

— Impossível.

Finalmente a dançarina apareceu, mas ele não havia notado. Suas pernas eram longas e brilhantes, e ela usava um elaborado adorno de cabeça, vermelho e dourado, que realçava seu pescoço. Quando flexionava os dedos, eles pareciam fazer a música aumentar de volume e depois baixar. Não tomou conhecimento de Catulo, de Clódia, de Ipsitilla ou de Roma. Parecia desconfiar até mesmo do ar à sua volta, e respirar só porque não tinha escolha.

Catulo tentou puxar Clódia pela mão e sair dali. Ela repetiu que era impossível, mas, talvez por perceber que ele pensava na núbia, sua declaração foi menos eloquente. Abriu-se uma brecha, onde o impossível poderia se transformar em possível — talvez —, se ele jogasse certo.

Catulo não pôde resistir. Ele a odeia, mas também a ama. Não há espaço para mais nada.

— Você devia ir para casa — disse ele.

— Nós só viemos por causa da dançarina — replicou ela.

Nós, sua puta, pensou ele. Bem, vá em frente... fique com ele e veja como é à luz do dia.

A núbia começou a se movimentar. A flauta, o címbalo e o tambor tocavam tão forte que seu sangue se agitou e ela sentiu um estremecimento pelo corpo. Parecia lânguida de início, mas depois se mostrou mais animada. A túnica vermelha vinha do alto do pescoço quase até os pés, esvoaçando à luz da lâmpada. Seu rosto era sério, o branco dos olhos ligeiramente amarelado e a íris e a pupila fundidas na escuridão. Ela poderia ser irmã de Clódia, considerando-se apenas aqueles olhos grandes, escuros e distantes.

Clódia olhava para a dançarina e para Catulo. A dançarina percebeu e a olhou por um segundo, com um ar impenetrável. Para ela, Clódia não era feiticeira, nem princesa, nem sua semelhante. Era só mais uma jogadora, que talvez, como esses outros romanos, tivesse tanto dinheiro que não soubesse o que fazer com ele.

A núbia moveu os lábios mais depressa, respondendo aos agudos da flauta. Ele e Clódia desapareceram de seus pensamentos à medida que ela era levada pela música.

— Ela é como você — disse Clódia.

Catulo riu, incrédulo.

— É como você — insistiu Clódia. — É por isso que você não consegue tirar os olhos dela.

— Como?

— Olhe para ela.

Clódia gesticulou se referindo à dançarina. Todos observavam Clódia agora, que mal conseguia ficar de pé. Parecia dirigir uma biga no início de uma corrida, com as rédeas passadas em volta do corpo dele e a faca pronta para cortá-las caso a biga virasse.

Mas não havia ninguém ali para ser vencido. Só a lâmpada enfumaçada, e Clódia tensa diante daquela paixão que não chegava a lugar algum. Ela era tudo para ele e tinha tudo que lhe pertencia, mas isso não significava nada para ela.

Catulo queria odiá-la, mas seu coração não permitia. Pensou na raiva que queimava dentro dela. *Lesbia... mea Lesbia...* Sua raiva, que se tornou uma depressão abrasadora dentro dela por vários dias, não passava. Havia dias em que ela se sentava imóvel, com ar inexpressivo, a não ser quando seu pardal chilreava entre seus seios. Mas mesmo assim sua tristeza não melhorava. Às vezes olhava para o pardal sem vê-lo.

Clódia não ia participar de nenhuma corrida. *Não vou a lugar algum*, dizia ela nesses tempos difíceis. Então, porque ele a amava, queria lhe mostrar algum objeto bonito — uma maçã imaginária para ela correr atrás — *et tristis animi levare curas — e tirar o peso do seu espírito infeliz...*

Não era bem infelicidade. Era uma algo menos curável. Clódia parecia sem vida quando mergulhava em um mundo que não acolhia nada nem ninguém...

— Volte, seu desgraçado.

— O quê?

— Você está pensando de novo em uma droga de poema. *Esse lugar me deixa mal!* — disse Clódia alto, como se o vinho tivesse de repente duplicado em suas veias. — *Ela* está segura em seu mundo da dança, *você* em seu mundo da poesia, *o resto de nós pode ir... para... o... inferno.* Não minta para mim, eu conheço você. É demais pedir que fique presente, *realmente aqui*, só por uma hora?

— Não foi pela minha presença que você veio. Como *ele é?* Não, não me diga, vou descobrir seu nome. Decimus, não é? Ele veio correndo de Roma assim que você o chamou? Quantos mais estão na fila de espera?

— Pelo menos ele está *aqui*. Pelo menos não está pensando na métrica de um poema.

— Eu não penso nessas coisas. Descubro depois que termino de criá-las.

O menino a observava com um desejo cada vez maior. Seu ar era infantil, como se não tivesse certeza do que os adultos pretendiam fazer. Mas não saiu do sofá. Não foi se juntar a eles nem fazer uma cena. Catulo se virou para a dançarina.

— Olhe para os olhos dela — repetiu Clódia, um pouco mais calma. — Ela nem nos vê.

Clódia estava certa. A dançarina estava entregue à música. Sua mão direita, segurando um par de castanholas, levantava-se lentamente. As mangas da túnica caíam, deixando ver os braços nus besuntados de óleo. A queda das mangas, o movimento perfeito dos dedos e o ritmo das castanholas criavam uma figura tão bonita que o deixou sem fôlego. Os três músicos por trás dela tocaram flauta de novo, num tom estridente e forçado.

Clódia era uma dançarina famosa no seu círculo. Mas comparada à núbia não era nada, e sabia disso.

Agora ficava durante dias com o espírito enevoado. À noite saía com um dos seus meninos, daqueles que gaguejam de prazer só por estar ao seu lado. E toda manhã, Catulo morria de desespero ao pensar onde ela havia ido. Imaginava-a enroscando as longas pernas nas costas de outro homem, ou passando mel no bico do seio para ele chupar. Seus pequenos truques.

Ele tentará prender-se à rotina. Ficará sentado no terraço sombreado da vila alugada, lutando com seu primeiro rascunho. As palavras que poderiam ter se tornado poemas se embaralham em sua cabeça como se fossem criminosas. Ele ficará doente de ciúmes. Seu corpo estremecendo, quase vomita nos arbustos, e deixando-o furioso consigo mesmo.

Por que ela faz isso? Por que faz com que os dois vivam tremendo de frio quando o sol poderia brilhar sobre ambos? Eles deram tudo um ao outro. Passaram do prazer ao êxtase com tanta calma que os momentos parecem durar horas, maduros e perfeitos. Ele sabe, com toda a certeza, que Clódia também nunca se sentiu tão feliz assim com ninguém.

Mas ela voltará para o menino. Como que levada por demônios que sempre se aproveitam dela. Sua biga se chocará contra um poste e virará com Clódia entre lascas de madeira e cascos de cavalo. Seus olhos olharão para ele em meio aos destroços, ainda furiosos.

Porém a verdadeira Clódia, sua Clódia, está dentro daqueles olhos. As palavras se reviram em sua cabeça.

Vivamus mea Lesbia, atque amemus

vivere = viver

vivamus = vivamos!

mea Lesbia = minha Lésbia, Lésbia minha (minha menina, minha querida, meu único amor)

mea = deixe rolar, de forma lenta e voluptuosa, mas ao mesmo tempo doce e simples. Minha.

Lesbia = o nome que uso para proteger sua identidade (embora todos saibam que uso esse nome para a ficção que crio com você)

e *Lesbia*, porque às vezes adoto a voz da poetisa Safo, que amava tanto que não via nada, ouvia apenas o borbulhar do sangue nos ouvidos e sentia o fogo suave arder sob sua pele...

atque = e com isso... sim, e também

amemus = mas primeiro vamos ouvir: *am em us*. Não, não se pode dizer essa palavra sem juntar os lábios e beijá-la. Vamos fazer isso. Vamos nos apaixonar. Vamos amar. Vamos beijar e beijar até a palavra desaparecer entre nossos lábios.

Vivamus mea Lesbia, atque amemus
Ouça isso, Clódia!

E no exato instante ela se virou. Afastou-se dele, com a dignidade de quem estava se portando bem com a bebida. Seu corpo se estirou no sofá, e ela se deitou ao lado de Decimus de novo, uma verdadeira criança. Seus olhos estavam tão grandes quanto os de Hera, ela sussurrava, e o aroma de todos os temperos de Vênus exalava de sua pele. Cabia a *ele* ver, ouvir, sentir e provar tudo isso. Sentir como se a mão que ela passava lentamente pelo lado do rosto do menino estivesse arrancando suas entranhas.

Seus olhos se viraram para Catulo, duros como pedra.

— Você tem seus poemas. O que eu posso ter é esse menino, que não me lembra nada a não ser que sou poderosa, e que me olha como um boi pronto a ser abatido, pois não pode acreditar na sorte que tem. Agora me deixe sozinha com ele.

nec meum respectet, ut ante, amorem,
qui illius culpa cecidit velut prati
ultimi flos, praetereunte postquam
tactus aratro est

diga a ela para não acreditar em meu amor
é como era
mas por sua culpa
ele murchou como uma flor
do outro lado do campo
debaixo do arado.

Catulo fica acordado na calada da noite de novo, com uma lâmpada acesa. Seus olhos queimam, o corpo está rígido pela falta de sono. Até mesmo as corujas já foram para a cama. Ela deve estar dormindo, ele tem certeza disso. Com os braços por trás da cabeça, o rosto de lado, e a respiração pesada por causa do vinho da noite anterior. Dormirá até muito depois de o nascer do sol, e então chamará Aemilia. Sua pele ficará brilhante e limpa. As duas fofocarão sob a cálida luz do sol enquanto Aemilia lava e penteia seu cabelo, e Clódia quase lhe dá um tapa quando ela puxa uma mecha com força.

— Teve uma boa noite, minha senhora?

— Você estava dormindo na cadeira quando eu entrei. Já lhe disse para não me esperar acordada.

— São ordens do meu senhor.

— Não me deixe pegá-la bocejando hoje, só isso. É como ter seu cabelo penteado por um cadáver.

— Posso cantar uma música, minha senhora?

— Desde que seja bonita.

As duas riem. Depois de pensar um instante, Aemilia começa a cantar.

Mãe, faça uma cama com palha
Mãe, encha uma xícara com fel,
Pois seu filho voltou para casa
Como um potro de pastagens distantes
Trôpego chegando ao abrigo,

Olhe da porta, ele está chegando
Cambaleando pelos campos,
Onde o amor o envenenou,
Deite-o na cama de palha e cubra-o
Ponha fel em seus lábios

Pois o amor causou a morte do seu filho,
O falso amor matou seu filho...

O pente cai no chão quando Clódia puxa a cabeça.

— Ah, tenha dó, Aemilia, não sabe cantar outra coisa?

Ela sabe, é claro — uma cançoneta sobre Cupido esvoaçando nu sobre as cabeças dos deuses e sua mãe beliscando o seu pênis. Mas depois Aemilia volta a cantar sua própria canção, enquanto limpa os pentes e as escovas:

> *O amor causou a morte do seu filho,*
> *O falso amor matou seu filho...*

Catulo não está imaginando, está se lembrando. Viu exatamente essa cena pela porta aberta, há muito tempo, enquanto Clódia se vestia. Em tempos mais felizes, quando ele se via sonolento de contentamento, sentindo o cheiro de sexo no lençol da cama. E a única pergunta que lhe vinha à cabeça era se devia cair de novo no sono ou pegar vinho na mesinha de cabeceira de carvalho que o empregado de Manlius trouxera de algum lugar.

A felicidade traz tudo, pensa ele. A infelicidade leva tudo embora. Deixe disso, Catulo! É hora de reagir. Você faz o mesmo papel de bobo com seu ódio como fazia com seu amor.

O primeiro passo é sair de Baiae. Não há nada para você aqui. Balneários são intoleráveis para quem não aproveita seus prazeres. A água calma, o sol forte, lindas mulheres passeando pelas ruas depois de uma manhã de massagens e tratamentos faciais. Os Banhos cheios de vapor, fofocas, cheiro aguçado de ervas e ocupados médicos vaidosos de Roma que vêm passar a temporada tratando de problemas de fígado, reumatismo, enxaquecas, infecções urinárias e problemas mais íntimos que respondem bem ao estimulante ar de Baiae. Segundo Clódia, há um médico grego especialista em fertilidade, com ideias pouco ortodoxas e um espéculo de bronze do tamanho de uma ferradura, que está atraindo dúzias de pacientes. Ela pensou em marcar hora com ele; iria de véu, é claro.

Seu sorriso esmorece. Cada vez que pensa nela, volta ao mesmo lugar. Ele está cansado de insistir na mesma ideia.

Sair de Baiae. Ele podia ir para as montanhas como os outros fazem, mas talvez, para se punir, volte a Roma e aguente aquele calor causticante, até a cidade voltar à vida normal no outono. O verão parece infindável, no entanto mesmo isso terminará e dará lugar a um novo início. Madrugadas frescas, dias luminosos. Tortinhas saborosas empilhadas em travessas, braseiros queimando em noites frias, e o vaivém de milhares de rostos desconhecidos. Catulo estará a salvo no seio da cidade. Há sempre alguma novidade a ser contada. Um novo escândalo maduro e quente como bosta fresca numa manhã gelada, um ator catastrófico num papel principal de uma nova peça, um menino bonito que fez 16 anos e tem todo mundo correndo atrás dele. Amigos para visitar no Fórum, convites para jantar, um recital entediante a ser evitado, ou um poema brilhante de tirar o fôlego do querido Calvus. O infindável épico de Cinna terá mais um ou dois versos, que serão rasgados e depois colados no lugar.

Sim, um novo começo. Políticos, oradores, aduladores, idiotas, conspiradores, envenenadores, traidores e canalhas, de César para baixo. Todos os desgraçados que fazem de Roma a fonte incomparável de diversão. Desde que não se procurem as antigas virtudes que não existem mais, há de tudo que o coração humano possa desejar. Decerto Roma é suficiente para preencher uma vida, se ele conseguir livrar-se de sua obsessão que lhe roubou tudo de importante, menos a própria obsessão...

Mas Clódia sempre estará lá. Ele não conseguirá escapar dela. Mesmo que pare de encontrá-la, nunca deixará de ouvir coisas sobre ela. Seu círculo de relacionamentos é uma ilha pequena demais no mar de Roma. O nome dela o seguirá por todo lugar.

Ela está no seu sangue. Ele nem sabe mais se isso ainda é amor. Precisa criar novas palavras para ela. Gostaria de afogar todas as Túlias e Quíntias com seus cabelos esvoaçantes, tornozelos brancos e bochechas rosadas, para elas nunca mais poderem infiltrar-se em um poema de amor. Precisa agarrar o assunto e sacudi-lo até que todas as mentiras caiam como insetos de um canteiro de inverno.

Clódia, estou falando com você. *Ouça.* Amor e ódio são o que sinto por você, amor e ódio tão fundidos entre si que não posso separar um do outro. Quer saber como isso é possível? Você diz que não faz sentido? É verdade. Não sobrou nenhum sentido em mim, apenas sensação. O sentimento me dilacera.

Lembra das crucificações do general Crasso depois da revolta de Espártaco? É claro que lembra, você é mais velha que eu. Talvez tenha assistido a essas barbaridades. Eu tinha apenas 13 anos, morava em Verona, mas mesmo lá ouvimos falar sobre a punição infligida por Crasso. Fiquei arrepiado, embora soubesse que isso jamais aconteceria comigo. Eu não era escravo.

Um homem crucificado a cada cinquenta passos em toda a extensão da Via Ápia. Seis mil escravos pendurados lá, fedendo e apodrecendo no sol do meio-dia.

Sangue, excremento e urina, suor e gritos, até finalmente, um por um, todos terem tido a sorte de morrer. Crasso os deixou nessas cruzes até os vermes e abutres comerem suas entranhas até o fim. Um monte de moscas e vermes fervilhava a milhas.

É assim que eu sou. Urina, sangue, suor e gritos porque estou sendo dilacerado. Você me pôs lá em cima, Clódia, e ninguém pode me baixar. Crucificação fede. Durante meses, a Via Ápia ficou intransitável.

Você não vai mais passar pelo meu caminho, vai, *mea Lesbia*? O caminho fede e lhe dá repulsa. Você tapou a boca e o nariz com camadas de pano para não se engasgar. Eu fui dilacerado e estou pendurado aqui em frangalhos. O amor é um braço da cruz Clódia, e o ódio é o outro.

Mas vamos parar com essas bobagens. Ninguém quer ouvir lamúrias. Vamos atear fogo às palavras, Clódia, até mesmo você não vai conseguir tapar os ouvidos para aquilo que não deseja ouvir. Vamos fazer seus ouvidos queimarem.

Odi et amo, quare id faciam, fortasse requiris?
nescio, sed fieri sentio et excrucior.

Odeio e amo. Talvez você queira saber
como se faz esse truque. Eu não sei.
Eu sinto a crucificação.

Sete

De volta a Roma, de volta ao aconchego familiar. Como Catulo esperava, as coisas parecem melhores. Ele está se equilibrando de novo. Dois meses tranquilos na Roma vazia — afora centenas de milhares de plebeus e escravos — não lhe trouxeram felicidade, mas calma. Todos os seus amigos foram para as montanhas, onde o ar é mais fresco e eles podem relaxar na sombra de bosques cuidadosamente plantados, perambular pelos pomares ou pescar nos rios que não secam, como os fios d'água lamacentos das planícies em volta de Baiae.

O calor abafado e angustiante da cidade rege seus dias. Ele dorme melhor de madrugada, quando uma brisa suave e fresca corta o ar quente. O barulho surdo das carroças e carretas nas ruas parece tornar as noites ainda mais quentes. Bebês choram durante horas, e cães de guarda latem presos nas correntes. Cigarras cantam tão alto que é como uma afinação de metal em seus ouvidos.

Às vezes, quando não consegue dormir, Catulo veste uma túnica e sai andando pelo pátio. A fonte está jorrando. Ele põe as mãos na água e passa na cabeça e no corpo até a túnica ficar ensopada. Em breve, a brisa da madrugada começa a soprar e a evaporação o refresca. Então talvez consiga pegar no sono. A casa toda despertará logo. Lucius se levanta antes deles para acordar os escravos e encarregar-se dos afazeres do dia e da administração da casa. Se encontrar Catulo ali, ficará preocupado.

— Não conseguiu dormir? Está se sentindo mal?

— Estou bem, Lucius, é só o calor.

— Amanhã à noite vou lhe fazer uma massagem antes de dormir que vai deixá-lo relaxado. Você parecia muito cansado ontem.

— Você sabe que eu nunca durmo bem no verão.

— Dorme muito melhor na ilha de Sírmio do que aqui em Roma.

Catulo devia ter ido para Sírmio, é isso que Lucius pensa. Era sua obrigação ir a Sírmio no verão para estar com sua família. Mas ele não quer ir, nem mesmo por um dia.

Seu pai o liberou da autoridade paternal. *Você tem o direito de fazer o que quiser, e eu devo confiar em seu próprio julgamento.*

Quando quer que Catulo receba uma carta dele, leva algum tempo preparando-se para abri-la. Ler uma carta do seu pai é como meter o dedo em uma ferida.

Mas pelo menos seu pai está em Sírmio e ele em Roma. O frio desapontamento do pai, como uma nuvem, diminui quando Catulo está à distância. Quando está em Roma, passa uma esponja nisso. Catulo não é o filho que seu pai queria. A ideia do filho ideal o perseguiu durante toda a vida. O filho ideal deve ter um espírito superior, mas ser piedoso, escrever bem latim com um estilo antiquado, ter uma juventude agitada, mas depois estar pronto para casar-se com uma mulher da nossa classe. "Uma mulher como sua mãe" é o ideal do seu pai. Sua falecida mãe encarna todas as virtudes, embora não possa rir mais.

Para Catulo, sua mãe é uma mulher diferente da que povoa as lembranças do seu pai. Menos piedosa, apreciadora de uma boa piada, com os olhos sempre brilhando com suas diversões particulares, que entrava no quarto dos filhos trazendo bolos de mel quando eles eram mandados para a cama sem cear.

Seu pai pode fazer da esposa uma mulher ideal, agora que ela não existe mais. Porém Catulo é muito cheio de vida, uma contradição em carne e osso aos desejos do pai.

O filho ideal entende de negócios, sem o espírito de ganância comercial tão distante dos padrões do seu pai. Dinheiro é uma coisa a ser administrada com prudência. Não se deve esbanjar, como também não se deve ser ganancioso. Na sua posição — não exatamente patrícios, porém do mais alto nível social — eles têm sérias responsabilidades. Devem liderar a sociedade de Verona e negociar efetivamente com o grande poder de Roma (sem, é claro, deixar-se seduzir pelos valores romanos). Devem explorar e, se possível, ampliar as terras que têm em Sírmio.

O filho ideal sabe tudo isso. Quer aprender tudo que o pai tem a lhe ensinar sobre administração das propriedades da família e interesses comerciais na região de Bitínia. Compreende que seu maior objetivo na vida é levar a família adiante, proteger seus interesses e defender seu nome.

(*Pensando bem, é extraordinário que seu pai e Júlio César sejam tão bons amigos. César, o maior adúltero e sodomita de Roma, impiedoso explorador de toda oportunidade que se apresenta; César, que pode comer um prato cheio e continuar faminto...*

... Seu pai não vê isso. O César dele é um homem de família tradicional, ambicioso, porém virtuoso, um amigo leal. A imagem física do que um homem deve ser — corpo rijo e incansável, que nunca se poupa. Sua esplêndida técnica de equitação merece sempre um elogio especial. Mas decerto o que seu pai mais aprecia são suas conversas prazerosas. "Um homem de visão", comenta seu pai em tom de aprovação. "Um homem de visão e também de ação — uma rara combinação, como vocês irão descobrir.")

O filho ideal deveria sentar-se aos pés de César, é claro.

Até mesmo seu irmão Marcus, que faz quase tudo que o pai quer, não gosta de César. Marcus é o filho favorito, é o filho que o pai compreende. Ficou em Sírmio, casou-se com a mulher certa, é leal e atencioso com o pai, inteligente e trabalhador, e se encarrega cada vez mais das propriedades da família. Mas às vezes não parece ser tão feliz assim, talvez por sentir a sombra do filho ideal obscurecendo a própria vida.

— Por que você tenta tanto agradar esse velho desgraçado? Ele nunca se satisfaz — Catulo perguntou uma vez.

Marcus ficou chocado.

— Você não deve falar assim do pai.

— Por que não?

— É errado.

— Está querendo dizer que os deuses vão me atingir com o fogo do céu?

— É claro que não, só que... não é certo. Soa mal.

Catulo se sentiu feio por um instante, depois que Marcus disse isso.

Ele vai adiar sua ida a Sírmio o máximo que puder, embora goste mais desse lugar do que de qualquer outro do mundo. Sua vida é em Roma agora.

De repente, as noites se tornam mais frescas de um dia para o outro. O calor do dia é dourado, não um calor esbranquiçado e poeirento. Clódia voltou para Roma. Continuou em Baiae algumas semanas depois que Catulo foi embora (ele tem seus espiões), em seguida foi para as montanhas com o marido.

Voltou a liderar o bairro de Clivus Victoriae, sem dúvida com uma programação de jantares, leituras de poesia, aulas de dança e *soirées* musicais. Ele ouve o nome dela quase todos os dias.

Mas até mesmo o mais picante dos falatórios cansa. Será que Clódia não percebe isso? Eles ainda querem saber das notícias recentes, mas *vai tudo indo da mesma forma de sempre com nossa Clódia, não é?* Lamberam suas mãos e agora estão prontos para morder. *Uma grande exibição, mas já vimos isso centenas de vezes, querida.*

Catulo tem um tanto de mesquinharia, diverte-se vendo esses cães morderem seus calcanhares e começa a acreditar que ela pode ser destronada. Clódia é tão arrogante quanto o irmão, anda de cabeça erguida no mesmo ângulo que ele, usa seu poder para prometer e punir, e lança aquele olhar rápido e impenetrável que barra a entrada de indesejáveis no seu círculo mágico.

Foi isso o que o amor lhe trouxe: ele pertence ao grupo dos seus inimigos agora. Mas tem vontade de destruí-los quando eles riem e falam mal dela. Tem vontade de jogá-los no chão e fazê-los comer terra até sufocarem.

Catulo não tem visto Clódia. Prefere andar pelo bairro de Subura à noite sem proteção, pelas ruas imundas e cheias de bêbados, cafetões e assaltantes a passar pela sua porta.

A verdade menos dramática é que ele não tem ido a lugar algum porque está doente. De início, foi a gripe comum de outono, mas agora não consegue debelar a tosse e a dor de garganta. Tem às vezes uma febre que o deixa que nem a chama de uma vela se extinguindo. É tomado de pesadelos e suores noturnos e acorda de manhã exausto. Nas primeiras horas do dia, acha que vai melhorar, mas de noite sempre piora. Lucius insiste em mandar buscar um médico.

Lucius está na família desde antes de Catulo nascer. Ganhou sua liberdade quando o avô dele morreu, mas é tão integrado à família que é difícil imaginar como poderiam viver sem ele. Catulo lembra que certa vez disseram que Lucius ia abrir um negócio de madeira com um dinheiro emprestado pela família, mas não deu em nada. Talvez ele próprio não quisesse. Estava contente por ser empregado deles, não queria lutar para fazer dinheiro como muitos escravos libertos faziam. Ele nunca foi apegado a dinheiro.

Eles não conseguiam administrar as coisas sem Lucius. Ele conhecia tudo e todos. Fazia seu trabalho com tal precisão que sua presença não era percebida. Pertencia à família, depois a família passou a lhe pertencer. Hoje eles lhe devem mais do que poderiam sonhar em pagar.

Quando a mãe de Catulo morreu, foi Lucius quem tornou a vida dos meninos suportável. Eles o viam chorar em vez de manter-se em silêncio e com raiva, como seu pai. Lembravam que a mãe ria sempre com Lucius, e raramente com o marido.

Sua mãe se tornou uma sombra. Estava agora junto dos seus ancestrais, aqueles terríveis ancestrais cujas máscaras de cera eram guardadas no átrio da casa. Não se podia amar um ancestral, mas era preciso conviver com ele.

Ela não voltaria nunca mais. Os meninos tentavam se lembrar de como ela era, mas seu pai falava de uma mãe diferente da que eles conheciam. Só Lucius lembrava pequenas coisas que a traziam de volta à vida.

— Vocês são como sua mãe, gostam de comida salgada — dizia ele, tirando da mesa o vidro de picles de alcaparras antes que eles comessem tudo.

Lucius lembrava de uns versos que ela dizia recitar quando era criança. Aprendeu com ela a contar histórias de forma realista, tão bem que, se fosse sobre uma aranha, dava quase para ver a teia sendo tecida.

Ela os protegia das sombras negras que lhes davam medo, e acabou tornando-se a própria sombra. Catulo lembrava que se agarrava nas suas saias e sentia seu cheiro através do tecido. Ele era tímido com estranhos, e seu pai detestava isso.

— Não se esconda como um escravo! Levante-se, pare de fungar e olhe para mim.

— Não é nada. Ele vai superar isso.

A mãe falava num tom delicado, mas com determinação. Seu espírito era forte, e o pai acabava cedendo.

Só Lucius ainda se recordava da infância dos meninos. Para o pai, a infância de seus filhos havia terminado no dia em que vestiram togas de homem. Ele via a casca exterior, não a vida interior.

Lucius sabia tudo sobre os meninos. Sabia até que a pele dos dois cheirava diferente quando tinham febre. Nessas ocasiões, acendia o braseiro, moía ervas no pilão e preparava remédios como sua mãe costumava fazer. Jamais criticava seu pai, mas mantinha um silêncio comprometedor quando ele usava o chicote nos filhos.

O braseiro de Lucius está aceso de novo, mas seus remédios não estão fazendo efeito.

— Essa tosse o pegou de jeito, e não irá embora se não for bem-cuidada ou se você continuar bebendo até tarde como fez duas noites atrás. A morte não escolhe rosto. Vou mandar um recado para o Dr. Filoctetes amanhã de manhã.

— É só uma gripe.

— Isso é o médico que vai dizer. Estou me sentindo culpado por ter sido tão cordato. Se tivesse me levado para Baiae em vez de me deixar tomando conta de uma casa vazia, você não teria chegado aqui como se tivesse vindo de uma mina de sal e não de um spa.

— Tudo bem, tudo bem, eu vou ver o Dr. Filoctetes amanhã. Não é à medicina dele que faço objeção, mas sim às suas palavras afetadas e criadas sob medida, meu caro.

— Ele é um bom médico. Deixe-o falar. Não vai lhe fazer mal, e ele ficará feliz. Há pacientes que fazem fila para ver o Dr. Filoctetes, depois que ele tratou da esposa de Júlio César com inflamação intestinal.

— É um novo nome para *isso*.

Lucius franziu a testa e ignorou a observação, com seu costumeiro ar de castidade séria e experiente.

— Bem, nós todos sabemos que César é um sodomita, Lucius. Ele deve ter esquecido e enfiado seu eminente instrumento no traseiro errado... Por que está me olhando assim? A República não vai se dissolver porque nosso grande general não sabe em quem ou o que está enfiando.

— Devemos pensar em nossas próprias vidas, não importam as imperfeições dos outros. Se reconhecermos nosso dever, não erraremos muito.

Catulo deitou e observou Lucius se mover pelo quarto, colocando as coisas em ordem. Não era sua obrigação. Um dos escravos era encarregado disso, mas ele sempre verificava se a água de beber estava fria, se os lençóis haviam sido trocados depois de uma noite de febre e suor, e se o galho de alecrim que ficava pendurado na porta havia sido aparado recentemente. Era bom observar Lucius colocando as coisas nos devidos lugares para que não caíssem dali de novo.

Muito tempo atrás, ele levantou um bezerro de dois meses acima dos ombros, não para ganhar uma aposta — Lucius nunca apostava —, mas para divertir os meninos. Catulo lembrava bem dos balidos ofendidos do bezerro e do berro da mãe, que os teria pisoteado até a morte se pudesse sair do cercado onde estava presa. Ele e Marcus morreram de rir, deliciados com a brincadeira.

Lucius estica o corpo para aparar o pavio de uma lamparina. Seus braços, antes musculosos, estão ficando magros. Ele não conseguiria levantar um bezerro nos ombros agora. Já passou da meia-idade... Não adianta se enganar. Lucius está ficando velho.

Catulo se sente febril de novo com certeza. As barreiras entre *antes* e *agora* estão desabando. O dia parece interminável, mas de repente chega a noite e as horas param de se desenrolar, como se um carretel de linha tivesse se esvaziado. Ele tem a impressão de ouvir sua mãe passar pela porta, hesitar e continuar com pressa para saber por que as lamparinas não estão acesas ainda.

— Lucius?

— Sim?

— Você ouviu alguém passar por aqui agora há pouco? — pergunta ele, sentindo a língua áspera na boca.

Lucius o olha de esguelha e responde calmamente.

— Há sempre alguém entrando e saindo. Nós tivemos problemas com o aquecimento hoje, um dos canos entupiu, e andaram por aí trocando as peças. Precisamos ter tudo em ordem antes de o inverno chegar.

— Soava como passos de mulher.

— Pode ser. Agora é melhor você se sentar. É hora de tomar aquele vinho *negus* que você não se importa.

— *Negus* é um completo desperdício de vinho impecavelmente bom.

— Mas fica no estômago e o deixa mais forte — diz Lucius com firmeza, ajeitando os travesseiros de uma forma especial: dois atravessados e o terceiro apoiado neles. Catulo se afunda neles lentamente.

— Está muito bom. Era assim que você costumava fazer quando éramos pequenos, lembra?

Lucius ri, como se dissesse: Como eu me esqueceria de um detalhe desses?

— É crucial, para não dizer vital, manter uma temperatura estável no quarto — diz o Dr. Filoctetes, olhando para o teto —, e, afora as saídas diárias para os Banhos, com finalidade puramente higiênica, nenhuma outra saída deve ser considerada apropriada ou recomendável nessa conjuntura. — Ele balança o corpo, pisando dos calcanhares para a ponta dos pés, como uma criança feliz. — Os Banhos, com suas propriedades purificadoras, trarão uma melhora aos sintomas imediatos do paciente. Naturalmente, ele deve ser transportado daqui até lá em uma cadeira fechada, na maior tranquilidade. Porém, se sua condição se deteriorar, essas saídas devem ser suspensas, por mais vantajosas que sejam.

O Dr. Filoctetes fala o latim floreado de um grego que se orgulha tanto da sua sofisticação linguística quanto do seu conhecimento médico. E nunca usa uma palavra apenas quando três podem caber no contexto.

— Essa tosse, meu caro jovem, criou raízes, por assim dizer, em uma área específica do pulmão, bem aqui. Permita-me a liberdade de auscultar seu peito de novo para uma maior elucidação e esclarecimento. Está ouvindo? Ah, talvez não, é preciso um certo treino e compreensão para isso. No sistema pulmonar completamente livre de obstrução, você compreende, há um eco de timbre diferente do eco do sistema pulmonar congestionado pela doença.

"Não que eu esteja falando de doença no sentido orgânico ou mórbido; não, sua condição é eminentemente tratável; eminentemente localizada. Paciência, meu jovem, paciência e perseverança com os procedimentos e as prescrições corretas é do que você precisa para que o menor contratempo médico com o qual nos deparemos seja resolvido de forma rápida e otimista como queremos."

Com o Dr. Filoctetes nenhum paciente sofre sozinho. O prazer da primeira pessoa do plural é um dos pré-requisitos do seu tratamento. Catulo notou um deleite crescente pela aliteração nas declarações do Dr. Filoctetes, mas talvez não seja mais que um efeito ao tentar tratar de "um dos filhos mais queridos das Musas". Pois Filoctetes ama poesia, e muito provavelmente escreve também. Não se sabe ao certo.

— Respire, prenda a respiração, expire. Muuuuito bom. Mais uma vez.

De repente, o único som no quarto é sua própria respiração. Um som alto e estridente, como se um animal em sofrimento estivesse dentro dele e não fosse ele mesmo.

— Seu pai ou sua mãe tinham uma tosse como a sua? — pergunta o médico de chofre.

— Sim, minha mãe.

— E, desculpe perguntar, como ela respondia aos tratamentos?

— Minha mãe morreu quando eu tinha 8 anos.

— Entendi — diz Filoctetes de forma absorta, continuando a dar pancadas leves em toda a área do pulmão. — Agora pode se virar... obrigado. E inspire fundo. Ótimo.

Catulo não sabe bem se deve ficar contente com o discurso subitamente simples ou se deve ter medo. Afinal, Filoctetes é um médico muito bom e talvez tenha percebido a tensão do seu diafragma.

— É claro que não somos inexperientes — acrescenta ele, com calma — a ponto de fazer qualquer conexão imediata, meu caro senhor, entre a enfermidade materna e a que o incomoda no presente. Pouco conhecimento é uma coisa perigosa. — Dá um riso ligeiro, enquanto os dedos continuam sua sondagem técnica.

Enfim, o exame termina.

— Fique dentro de casa por enquanto, meu jovem. Considere isso como uma incomparável oportunidade de composição ininterrupta, irreprimida, sem entraves. Darei ordens específicas aos seus empregados, acima de tudo ao seu excelente Lucius, com relação à alimentação, temperatura e ventilação do quarto. A mínima atenção a todos esses detalhes é um elemento essencial do processo de cura holístico.

Lucius concordou com um gesto de cabeça, como quem reconhece sua própria excelência, mas não vê razão para vangloriar-se disso.

— Você não deve se arriscar aos miasmas sazonais que vêm do nosso grande Tibre no momento — continua o Dr. Filoctetes. — Vocês jovens gostam de se congregar no Fórum, ouvir as discussões, fazer apresentação de ideias com a vigorosa exuberância do intelecto. A notícia do momento, as peculiaridades da política... em suma, são o próprio tempero da vida. Até mesmo talvez — ele baixa a voz em tom reverencial—, até mesmo talvez um encontro com algum espírito semelhante que também vague pelas ladeiras verdes do monte Parnasso. Mas você ficará muito tempo exposto ao vento, e será tentado, sem dúvida, a ir às livrarias e a andar pelas arcadas. Eu considero tudo isso altamente insensato, imprudente e prejudicial à sua saúde no momento.

"Evite a vizinhança do Fórum, meu caro amigo. Repouso, relaxamento e restauração são minhas recomendações, juntamente com a observação exata das prescrições que irei preparar e mandar para você hoje à noite. Seguindo tudo isso, por assim dizer, ouso prever que dentro de poucos dias começará a sentir o efeito do meu regime, e talvez, ouso dizer, algumas linhas sejam criadas para o deleite e o espanto de todos que amam a poesia."

Ele junta as mãos na frente da barriga e as sacode com força, como um padre dando boas notícias.

Às vezes Catulo tem a impressão de que o Dr. Filoctetes está confundindo-o com outra pessoa. Seus poemas, certamente, irão satisfazer esse gosto genial e prolixo? Mas a ideia da doença agindo como um laxativo poético tem sua atração. Umas poucas linhas sendo escritas... Ele sorri.

— Bem, como vê, não é uma perspectiva tão desagradável.

O Dr. Filoctetes fica ao lado da cama, aparentemente sem pressa, apesar da quantidade de pacientes aflitos que Lucius diz estarem sempre nos seus calcanhares. Sente o pulso de Catulo de novo e começa a contar em silêncio.

— Tudo correrá bem, meu caro jovem, se você se puser nas minhas mãos.

Suas palavras vêm como que à distância. *Se você se puser nas minhas mãos.* Sim, é aconselhável fazê-lo. Ele é um bom médico, e Lucius teve razão de mandar buscá-lo.

Solte-se, não faça nada. O Dr. Filoctetes assumiu o comando do seu pequeno navio e está pronto para navegar com maestria entre rochas e redemoinhos. Sim, Lucius e o Dr. Filoctetes estão juntos nisso. *"Entregue-se"*, murmuram eles. *"Entregue-se e será curado."*

*

Mais tarde, quando Aemilia aparece na porta, Catulo ouve ao longe uma confusão, como se fossem vozes distantes com as quais não precisa se preocupar. Lucius fará a triagem. Ele fecha os olhos e balança nas ondas que o levarão de volta à saúde, mas o barulho não cessa. Lucius está discutindo. Ouve outras vozes e as reconhece vagamente. Seus empregados estão prontos para uma briga. Mas qual é o problema? É loucura gritar tão alto no meio do dia quando não se está bêbado.

Uma voz de mulher, estridente e penetrante, é ouvida acima das outras. Lucius entra apressado, com ar conturbado.

— Há uma mulher na porta dizendo que não vai embora sem vê-lo.

Seu coração bate forte. É ela. Ele não consegue respirar.

— Diz que tem um recado para você de Clódia Meteli. Um recado urgente.

Não é a própria Clódia. É claro que não podia ser. Foi a febre que lhe deu essa ideia.

— Devo mandá-la embora?

— Não, diga... — Ele luta para se controlar. — Ela não pode lhe dar o recado, Lucius?

— A mulher insiste em vê-lo pessoalmente.

— Então faça-a entrar.

Lucius fica parado com ar de reprovação, depois concorda e sai.

É Aemilia, é claro. Ele devia ter reconhecido sua voz. Vem enrolada em um manto, com parte do rosto coberta. Lucius fica ao seu lado como um carcereiro.

— Tudo bem, Lucius, pode nos deixar a sós agora.

— Bem, se ela causar algum problema, estou logo ali fora. E não quero ouvir mais esses gritos — fala ele, olhando sério para Aemilia —, senão vou ter de intervir.

Lucius sai, mas seus passos param assim que ele sai do salão. Deve estar ouvindo, pois é para o bem da família saber tudo sobre eles. De que outra forma pode proteger seus interesses? E Lucius sabe que Catulo sabe que ele está ouvindo. Lucius não é enxerido.

— Tire o manto — diz Catulo — para eu poder ver seu rosto.

— Não há necessidade de me ver, não é? — pergunta Aemilia. Ele sente uma onda de raiva.

— Não, e não há necessidade de eu ouvir o que quer dizer. Vou chamar Lucius.

— Não faça isso!

— Se tem um recado para mim, é melhor dizer logo o que é.

Lentamente, ela tira o manto, e ele vê seu rosto.

— Quem fez isso em você, Aemilia?

— Ninguém. Foi um acidente.

Ela possui um vergão no lado direito do rosto. O nariz está inchado e os olhos, congestionados. Tudo tão recente que os hematomas não tinham desaparecido ainda.

— Quem fez isso em você? — repete ele.

Ela dá de ombros.

— O senhor precisa ver minha senhora imediatamente. Ela está mal. Aquele passarinho dela morreu.

Catulo olha fixo para Aemilia.

— O pardal?

— Sim. Foi encontrado no fundo da gaiola hoje de manhã de costas, com as garras para cima. — Ela estremece. — Não suporto ver um passarinho morto, eles são tão asquerosos.

— E ela fez isso em você — afirma ele, sem perguntar de novo.

Aemilia dá de ombros de novo.

— Minha senhora não consegue se controlar.

— Eu vou lá — diz ele.

Imediatamente Lucius volta para o quarto.

— Você não compreende que ele está doente? Caio Valério Catulo não pode sair de casa de forma alguma.

Catulo não quer contradizer Lucius na frente de Aemilia, e a manda esperar lá fora.

— Mande buscar uma liteira para mim, Lucius. Eu vou ao monte Palatino.

— Você ouviu o que o Dr. Filoctetes disse. Seu caso é sério. Não pode brincar com sua saúde.

— Eu tenho 26 anos, Lucius.

— E quantos anos sua mãe tinha quando morreu? — pergunta Lucius, com voz estranha e dura.

— Ora, Lucius!

— Tinha 22 anos. Devia ter vivido para ver vocês terem seus próprios filhos.

Ele nunca havia pensado nisso. Está com quase a mesma idade que sua mãe tinha ao morrer, e Marcus tem mais que isso. As mãos de Lucius ajeitam os lençóis, dobrando e alisando as pregas.

— Se ela tivesse cuidado de si mesma... mas não, resolveu se entregar. Foi abatida como um bicho.

Catulo nunca ouvira esse tom na voz de Lucius, um timbre agudo, pessoal e sofrido. Mas não pode pensar nisso agora. Precisa juntar todas as suas forças para ver Clódia.

Oito

Lá está ele, onde não queria estar. Na casa de Clódia, em Clivus Victoriae, onde se lê na fachada "Aqui está o poder". Fazem-no entrar e lhe dizem para esperar. Ele ainda tem um pouco de febre, o que torna o mosaico brilhante do salão de entrada ainda mais brilhante. Diana é retratada ali com o braço erguido. Ela destituiu Actéon do seu corpo humano e o transformou em um cervo. Agora os próprios cães de caça dele irão caçá-lo. O espírito humano de Actéon se mantém vivo, preso por trás dos olhos de cervo, observando horrorizados o que acontece. Ele pula no ar e curva o pescoço para se livrar dos dentes dos cães de caça.

Catulo para e olha dentro dos olhos do homem-cervo. Não há como Actéon escapar. Seus cães o farejam, rosnam e se preparam para pular em sua garganta. Por trás dele, há umas árvores bloqueando a passagem. Diana observa atentamente. Sua concentração é impiedosa, pura e bela. Ela está próxima o suficiente para ouvir os cães mastigarem os ossos e as cartilagens de Actéon.

O artista do mosaico violou todas as regras. Diana não está enrolada em um manto jogado às pressas sobre seu corpo pelas virgens quando percebem os olhos humanos de Actéon sobre a deusa. Está nua, como que para mostrar ao homem que é invulnerável, por pior que tenha sido seu crime de olhar o corpo dela. Vai pagar caro quando os cães rasgarem sua garganta.

O mosaico é a imagem do horror. A cruel deusa nua e o homem transformado em cervo. O destino de Actéon é terrível, ainda mais porque ele sabe disso. A deusa está prestes a entregar o homem para seus próprios cães o devorarem.

Catulo se inclina para examinar o trabalho mais de perto. Que artista! Parece quase impossível que um drama como esse possa ser retratado por milhares de pedaços de pedrinhas coloridas. Como ele nunca havia percebido aquele mosaico? Decerto passou por ali uma dúzia de vezes quando participava de jantares e festas nessa casa, mas nunca notou como era lindo.

— Clódia encomendou esse mosaico quando refizemos a fachada da casa.

Ele leva um susto. O marido de Clódia está do outro lado do vestíbulo, observando-o. Há quanto tempo estava ali?

— É uma obra de arte esplêndida.

— Crasso nos apresentou a esse mosaísta, que retratou uma linda Leda na sua casa de verão. Você conhece a casinha de Crasso perto de Formiae?

— Você vai ter de especificar qual delas. Casinhas em Formiae são sua especialidade, até um tempo atrás ele tinha 12.

— Ele tem um bom olho para encontrar propriedades — diz Metelo Céler, com um ligeiro tom de reprovação na voz.

Que droga, pensa Catulo. Então não podemos dizer que o Velho Crasso é um desgraçado ganancioso que só se satisfará quando comprar metade da Itália. Vamos supor que a riqueza caia no seu colo — e no nosso — e que somos todos espíritos superiores demais para notar o que está acontecendo. Só temos de nos preocupar em pegar o butim.

— Ouvi dizer que você não anda bem — diz Metelo Céler.

— É só uma tosse.

— Precisa cuidar melhor da sua saúde. Como ficaríamos sem os seus poemas?

Como? No seu caso, ficar sem meus poemas seria uma vantagem, pois muitos deles são dirigidos à sua esposa...

Mas é improvável que Metelo Céler os tenha lido. Por que leria? A não ser que alguém tivesse a maldade de tirar um poema lírico da circulação privada... Em Roma, é claro, a maldade tem de ser decomposta em todas as equações do comportamento humano. O pseudônimo que ele dá a Clódia nos seus poemas não a ocultaria de ninguém que a conhecesse.

Catulo está suando. É a maldita febre de novo. Ficar de pé durante tanto tempo lhe dá tonteira. Ele se sente fraco como um gato, e ali está Metelo Céler parecendo exatamente o que é: um homem forte, ereto, de perna cabeluda, um pilar da República ou de qualquer outro sistema que o ponha onde ele merece estar, ou seja, no topo.

— Você deveria estar em casa, na cama — diz Metelo Céler. — É muita gentileza sua fazer essa visita de condolência à minha esposa nessas circunstâncias.

Pilares não sabem nada sobre ironia, não é? O rosto do homem é impassível. *Minha esposa.* E ele tem o direito de dizer isso. É verdade. Clódia é sua esposa e mãe de sua filha, e ambos pertencem a este lugar, o palácio no monte Palatino. Ela é parte dele, assim como a Diana nua é parte do mosaico. Homens como Metelo Céler não sonham com o que querem, agem determinadamente e conquistam.

Um imenso cansaço e desânimo passa pelo corpo de Catulo. Ele está se transformando, como Actéon, em algo que tem medo de ser.

— Ah, sim, seus versos parecem maravilhosos, embora eu não saiba julgar bem. Beiram o escatológico e são bem *curtos.* Assim que começamos a entender seu sentido, eles terminam. Eu gosto de coisas em que possa enfiar os dentes. Já ouviu falar nos *Anais* de Volúsio? Uma grande obra, na minha humilde opinião. Mas, Catulo... é um estilo de vida caótico, é claro. Clódia Meteli teve um caso com ele por algum tempo, como você sabe. É claro que sabe. Nossa Clódia não se preocupa com discrição. Ninguém faz ideia do que seu marido pensa disso. Ele é muito digno, não é? Profundezas ocultas. Uma maravilhosa tradição familiar. Mas devo admitir que o *admiro*. Ele faz todos os outros artistas parecerem insignificantes.

Insignificante é como ele se sente agora. E barato também. Está na casa de Clódia, sendo julgado pelo seu marido. Sua *visita de condolência*. É essa a minha posição, não é? Vir aqui com essa tosse terrível para fazer uma visita de condolência pela morte de um pardal.

— A empregada da minha esposa virá recebê-lo. Não posso ficar mais, assuntos urgentes me chamam ao Senado. É meu dever estar lá.

Excelente. Se continuar falando assim, em breve deixará minha consciência limpa. Terei o direito de não gostar de você, meu caro senador. O único assunto urgente que interessa a todos nós é em que bunda cabeluda nosso nobre César está enfiando seu pau no momento...

Mas mesmo assim Metelo Céler é dono desse mosaico.

— São os detalhes que tornam o mosaico tão notável — diz Catulo, abruptamente. — Está vendo aquele cão? Desinteressou-se pela caçada por um instante. Está se coçando.

Metelo Céler inclina-se para olhar o cão de perto.

— Eu nunca tinha notado isso — diz ele, com um sorriso forçado.

Metelo Céler sai. Os cães de caça rodeiam Actéon, mas não pularão nele. Pior que isso. Ficarão congelados naquele período e não poderão ser libertados. O terror de Actéon não terminará em morte.

A arte é um monstro, pensa ele de repente. A poesia é igual, faz parar o trabalho do tempo. Todo o amor e o sofrimento do mundo ficam presos na poesia.

Aemilia chama-o.

— Minha senhora está esperando pelo senhor.

— O quê?

— Não ouviu o que eu disse? Vamos por ali, pela sala azul de recepção.

Ela anda ao seu lado. Ao passarem, os escravos baixam a cabeça ou saem pelas portas do corredor. Uma menina deixa cair uma trouxa com lençóis e a apanha depressa. Olha para Catulo com medo, como se ele tivesse o direito de puni-la.

— Veja só o que você fez — diz Aemilia. — Essa roupa toda vai ter de ser lavada novamente.

— Eu juro que não sujou nada, senhora, está tudo bem limpo — responde a escrava, com um sotaque tão forte que nem parece falar latim.

Aemilia fecha a cara. Tira os lençóis da mão da menina e os esfrega no chão com o pé.

— Quer que eu ponha a sujeira do mundo junto da pele da minha senhora? Quer que eu conte para ela?

— Oh, não, senhora, por favor não diga nada...

— Componha-se, menina!

A menina sai com a trouxa suja, soluçando. Aemilia está calma agora, e curiosamente contente. Transferiu as repreensões que Clódia lhe fez, pensa ele. A menina será chicoteada, e Aemilia ficará satisfeita. Ela parece mais velha e mais poderosa na casa dos Meteli.

— Então as escravas chamam você de "senhora" nesta casa — diz ele para Aemilia.

Ela o olha com raiva.

— Essa menina não sabe de nada.

A sala de recepção está vazia. Depois de um instante, entra uma criança, um mouro com uma tanga vermelha e um belo colar de ouro. Catulo já viu esse menino. É um dos favoritos de Clódia, passa recados pela casa, alimenta seu macaquinho de estimação e limpa os excrementos dele. Clódia não se interessa pelo macaquinho, foi presente do seu marido, juntamente com o menino mouro. Ninguém se importa em domesticar o animal.

— Onde está minha senhora? — pergunta Aemilia.

— Minha senhora continua chorando — responde o menino.

— Você vai ter de ir ao quarto dela — diz Aemilia para Catulo.

O menino dá uma risada, olha de um para o outro e vai inclinando o corpo, até as mãos tocarem no chão por trás da cabeça e a sedosa barriga esticar-se que nem um arco.

O rosto de Aemilia brilha. Ela se abaixa e faz cócegas no menino logo acima do umbigo. Ele cai no chão, rindo, depois se levanta e diz:

— Nunca vou aprender minha rotina se você continuar a fazer isso. — Seu latim tem um forte sotaque, mas é perfeito. As crianças são verdadeiras esponjas, pensa Catulo, assimilam tudo.

— Você nunca vai aprender sua rotina mesmo, pois é um preguiçoso — diz Aemilia. — Se um dia aprender a dar cambalhotas para divertir os convidados no jantar, ganhará 1 denário de prata.

— *Você* não tem 1 denário — responde ele, e sai dançando.

Aemilia fecha a cara de novo.

— É por aqui — diz para Catulo, seguindo na frente.

Ele não deseja acompanhá-la. Tudo começará de novo, e Catulo não está forte o bastante para isso no momento. Respira com dificuldade e tem de se apoiar na porta. Se pudesse tossir livremente, sua respiração melhoraria; mas tossir dói.

Não pode ficar ali o tempo todo, apoiado na porta. Precisa ver Clódia e ir embora.

— Ela está no quarto. Pode entrar.

Os quartos dão para um jardim com colunatas e fontes jorrando, que refrescam o lugar no verão mas o deixam muito úmido no outono romano.

— É aquela porta.

Aemilia quase o empurra porta adentro. Ele foi depressa demais. O Dr. Filoctetes tinha razão, seu coração está batendo forte e o corpo está coberto de suor. Não devia ter saído de casa.

O quarto está escuro. As persianas estão arriadas, e só uns fachos de luz passam pelas frestas. Ele sente um ligeiro cheiro de vômito.

Clódia está sentada com as pernas cruzadas e a cabeça baixa, no meio do chão de mármore. Levanta o rosto quando ele entra, com um ar chocado.

— Então você está aqui — diz ela.

— Sim, aqui estou eu.

— Aemilia contou que meu pardal morreu?

— Contou.

Ela segura o passarinho, que está de costas, com as garras para cima e a barriga inchada. Catulo se ajoelha ao seu lado, e Clódia lhe mostra o passarinho. Ele toca nas garras do bichinho com cuidado. Estão duras e arranham a pele do seu dedo indicador.

— Pensei que estivesse dormindo. A gaiola estava coberta com um pano, e eu não queria incomodá-lo.

— Sei.

— Quando fui acordá-lo, encontrei-o assim.

Aemilia está de pé ao lado deles.

— Está muito escuro aqui, minha senhora. Posso abrir um pouco as persianas?

Clódia a olha com ar inexpressivo.

— Você acha que devemos abrir, Aemilia?

— Não podemos ver o passarinho se não tivermos um pouco de luz, minha senhora.

Aemilia abre uma persiana. Clódia não se move. Toca na barriga do pardal com o dedo, e a luz ilumina seu rosto. Os olhos e o nariz estão inchados. O cabelo está despenteado, e as bochechas estão arranhadas.

— Ela chorou que nem uma maluca — diz Aemilia, como se falasse de uma criança.

Mas Clódia a olha com a sobrancelha franzida.

— O que aconteceu com seu rosto, Aemilia?

— A senhora sabe o que foi.

— Fui eu que fiz isso? — pergunta, em tom de puro espanto.

— A senhora sabe o que fez.

Clódia a olha de novo.

— Eu não tinha intenção de machucar você.

— A senhora estava fora de si — diz Aemilia, como se comentasse sobre uma marca na pele da própria Clódia.

—· Vou compensá-la por isso, Aemilia. Prometo.

Aemilia olha para baixo, com uma expressão indescritível. Catulo acha que ela vai sorrir, mas está enganado.

— Deixe-me pegar o passarinho, a senhora não pode ficar segurando o bichinho o dia inteiro. E precisa se limpar, minha senhora. Seu vestido tem uma mancha de vômito. Não é nada bonito, não é?

— Eu vi o pardal no fundo da gaiola assim. Mas como será que ele morreu? Passarinhos não se deitam de costas. Você acha que ele estava tentando se virar para cima? — Seu rosto se contorce de angústia. Leva o passarinho ao lábios como se fosse beijá-lo, e deixa as mãos caírem no colo de novo. O corpo do pardal balança um pouco. — E se ele estivesse tentando virar para cima a noite toda e não conseguisse?

— Não — diz ele —, passarinhos só se deitam de costas quando estão mortos. Já vi muito isso.

— Não havia nada de errado com ele na noite passada. Estava perfeito. Pulou no meu braço e falou no meu ouvido. Estava chilreando como sempre, não é, Aemilia? Você ouviu, não ouviu?

— Ouvi, minha senhora.

— Como pôde morrer tão de repente? — Seus olhos se encheram de lágrimas de novo. — Estava muito bem à noite e morto na manhã seguinte. Como é possível isso?

— Vou tirá-lo daqui agora — diz ele. — Precisamos enterrar o pobrezinho, Clódia.

— Você acha que devemos?

— Sim. É a coisa certa a fazer.

— Só quero que meu marido saiba que ele está morto depois que o enterrarmos — diz Clódia depressa.

Mas ele sabe, pensa Catulo. Uma das escravas deve ter lhe dito.

— Ela não querer que meu amo veja seu pardalzinho assim — explica Aemilia.

— Não *quer*, Aemilia. Fale direito, você não é mais uma camponesa.

— Não quer — repete Aemilia, mas Clódia voltou à sua tristeza.

A cabeça de Catulo está girando. Ele sente o chão gélido pelo tecido da sua túnica. Quer voltar para sua cama, sob a proteção do Dr. Filoctetes, não quer ficar mais ali. Clódia está desesperada, com um ar horrível. Ele morre de pena, mas mesmo assim quer estar em qualquer outro lugar que não ali. Como é covarde!

— Você tem um pedaço de seda para embrulharmos o passarinho? — pergunta ele.

Clódia não responde.

— Seda. Alguma coisa bonita para ele levar ao outro mundo.

Ela sai do seu mutismo.

— Você acredita realmente que ele irá para outro mundo?

— É claro. Por isso temos de deixá-lo bonito, para ele mostrar aos pavões e papagaios que o pardal é o mais bonito de todos.

Clódia dá um ligeiro sorriso.

— Mais bonito que todos os pavões. Aemilia, corte um quadrado do meu manto azul de seda. Um quadrado grande o suficiente para embrulhar o bichinho. Depois esvazie minha caixa de joias âmbar e forre-a com a mesma seda.

— Está falando do manto bordado?

— Sim.

— Aquele bordado com pérolas?

— Você me ouviu.

— Tudo bem, então — diz Aemilia saindo do quarto.

— Pobre pardalzinho — fala Clódia —, pobrezinho. Mas acha mesmo que devemos enterrá-lo? Talvez seja errado deixá-lo fechado em uma caixa.

Ele vivia em uma caixa, tem vontade de dizer Catulo. *Sua gaiola era uma caixa, e além do mais o pardal nunca teve permissão de pular um pouco para longe de você.* Mas o rosto inchado da pobre Clódia o enche de ternura.

— Você poderá visitar o túmulo dele — diz Catulo.

— Onde? Não posso enterrá-lo aqui. Meu marido vai descobrir e tirá-lo da caixa.

— Ele não faria isso.

— Você não o conhece. Não sabe como ele detestava meu pardal — diz ela, arregalando os olhos. — Talvez tenha sido ele — fala em voz baixa.

— O quê?

— Talvez ele tenha matado meu pardalzinho.

— Por que faria isso?

— Porque eu amava meu passarinho. Seria motivo suficiente para ele matá-lo. Você não conhece meu marido. Ninguém conhece.

Catulo afasta-se um pouco. O cheiro de vômito e o odor rançoso do pardal estão revirando seu estômago. Ele limpa a testa.

— Você está suando — diz ela, olhando-o pela primeira vez. — Está se sentindo bem? Está doente?

— Um pouco.

— Por minha causa?

Como você se lisonjeia, ele quer dizer, mas fala a verdade.

— Talvez.

Ela dá um sorriso rápido.

— Você devia ter ficado comigo em Baiae.

— Eu não podia fazer isso.

Seu feitiço é forte. Já está atuando sobre Catulo, apesar de tudo. Ela está mais calma agora. Seu rosto é mais bonito assim, sem maquiagem. As bordas das pálpebras estão vermelhas. Clódia o olha por um longo tempo.

— Você me ama — diz finalmente, como um bom médico fazendo um diagnóstico.

— Você sabe que sim.

Cuidadosamente, para não tocar no pardal, ele se aproxima e põe o braço à sua volta. Seus ombros estão finos.

— Tudo bem — diz ele. — Agora preste atenção. Se você está realmente preocupada com seu marido, eu posso enterrar o pardal. Vou encontrar um lugar bonito, um lugar onde ele não seja incomodado.

— Depois volta aqui para me contar?

— É claro.

— Não marque a sepultura. Apenas me diga, e então ninguém mais será capaz de perturbá-lo.

*

O enterro do pardal fez seu peito piorar. Devia ter permanecido na cadeira supervisionando o trabalho, mas ficaria envergonhado se ele próprio não abrisse a cova. Aemilia lhe dera uma colher de pedreiro.

Chegou ao monte Célio, carregado por uns homens. Sabia de um lugar perfeito, perto do velho carvalho que morria por dentro, dissolvendo-se de volta à terra que conhecia muito antes de Roma ser fundada. Violetas silvestres floresciam ali na primavera. Ele poderia falar a Clódia sobre as raízes retorcidas do carvalho e o cheiro de fungos alaranjados que se prendiam nessas raízes.

O chão era mais duro do que pensava. Começou a suar assim que se pôs a cavar. Um dos homens se ofereceu para ajudá-lo, mas ele sacudiu a cabeça. Tinha medo de que ficassem tentados com a caixa de joias, então disse que estava enterrando um dos pardais de Vênus como oferenda, para se livrar de um feitiço que ela lhe lançara em sonho. Os homens se afastaram e se benzeram. Pelo menos não tinham visto a seda toda bordada de pérolas. Feitiço ou não, não podia ter certeza se eles se deteriam caso vissem aquelas pérolas.

O solo era cheio de seixos. Catulo cavou mais fundo, sentindo o cheiro ácido da terra, até a cova ficar grande o suficiente. Com o esforço, começou a tossir, e teve de sentar-se nos calcanhares até passar o espasmo. Os homens o observavam, inexpressivos. De dentro do seu peito, vinha de novo aquele ruído estridente. O Dr. Filoctetes tinha razão: ele devia ter ficado longe do vento. Começou a chover, uma chuva pesada de começo de inverno. Mas nada disso lhe importava. Clódia o deixara enterrar seu pardal, prova de que confiava nele.

Espalhou as pétalas secas de rosas que ela lhe dera. Um ligeiro aroma de verões passados soprou no ar, desaparecendo logo em seguida. Ele colocou a caixa com cuidado na cova, ajeitou-a e espalhou mais pétalas de rosas. De repente, fantasiou que o passarinho era realmente um dos pardais de Vênus. Pulava e chilreava no chão ensolarado e se encaminhava até Clódia, que o observava sorrindo. Agora não estava fingindo para tapear os homens, estava realmente fazendo uma invocação. Quando jogou terra por cima da tampa da caixa, teve a impressão de ouvir asas.

Nove

A volta do monte Célio para casa não ficou em sua memória. Deve ter subido na liteira e dado ordens aos homens, mas não se lembra de nada. Talvez tivesse precisado de ajuda para subir. Podiam tê-lo roubado, ameaçado, deixado ficar ali na chuva para morrer, mas levaram-no de volta para casa. A febre deixou lacunas em sua memória. Ele se sente como se tivesse bebido durante semanas.

O Dr. Filoctetes vem vê-lo agora só uma vez por dia. Catulo está oficialmente "progredindo". Durante um longo tempo, a cara feia e inteligente do médico parecia estar ao lado da sua cama toda vez que abria os olhos, de noite ou de dia. Os dedos frios o tocavam e examinavam. Sentia dor quando era tocado e tentava rolar para o lado, porém estava fraco demais.

O estranho é que, durante esses dias, o loquaz Dr. Filoctetes mal falava, murmurava apenas "Muuuuito bom" ou "Excelente", sempre que tomava seu pulso, media a febre ou lhe dava uma nova infusão na colher. Mantinha-se no quarto do doente como se fosse um lutador aperfeiçoando uma nova técnica. O Dr. Filoctetes iria suplantar a morte e trazê-lo para a terra de novo.

Catulo precisava de um campeão. A morte estava muito próxima. Ele sabia disso com uma certeza matemática, e tentava dizer em voz alta a palavra *ma-te-má-ti-ca*. Precisava contar ao Dr. Filoctetes que havia uma equação que revelaria que a Morte e a Vida andavam juntas. Tudo podia ser demonstrado em poucas linhas. Mas ele não conseguia falar, nem sequer levantar a mão.

Estava completamente sem forças, só conseguia ouvir os deuses sussurrando nos seus ouvidos. Então teve outra revelação. Poesia e matemática eram a mesma coisa. Só os seres humanos lhes davam nomes diferentes. Era preciso que se compreendesse bem que tudo se interligava em um padrão como os padrões das estrelas. Se o Dr. Filoctetes compreendesse essa verdade, poderia curar qualquer um. Mas nenhuma revelação saía da língua inchada de Catulo, e o Dr. Filoctetes continuava dizendo "Não tente falar".

A morte estava na faca que girava em seu peito toda vez que respirava. A morte batia no seu coração quando tossia. Ela estava no suor que ensopava os lençóis, na tontura que sentia ao mexer a cabeça, e na náusea quando tomava qualquer coisa que não fosse água.

— A família já foi chamada? — Ouviu o Dr. Filoctetes perguntar a Lucius certa noite.

— Seu pai foi informado. Enviei-lhe uma carta há dois dias.

Ele não virá, pensou Catulo. Não virá porque não o quero aqui. Ele sabe disso. Sua voz é alta demais. Minha cabeça dói quando ele diz "Então, meu menino" e espera uma resposta. Eu nunca soube que resposta dar. Ele tem medo de doença. Teve medo da mamãe quando ela estava morrendo. Talvez tenha dito "Então, minha menina" e ela não tenha respondido.

Sua cabeça doía, embora o pai não estivesse ali. Lucius decerto escrevera a carta sem lhe dizer. Decerto achara que era seu dever escrever.

Se eu morrer, meu pai ficará triste. Ele tinha de juntar os pensamentos tirados de um lugar confuso e quente no fundo da cabeça. *Mas eu não quero meu pai aqui. Por que não quero? Ele ficará triste se eu morrer, então por que nunca fica feliz quando me vê?*

Durante certo tempo, a morte esperou para levá-lo, como se Catulo tivesse sido vendido a ela como um escravo no mercado, nu como no dia em que nasceu. Ficava ali naquele quarto familiar, deitado nos lençóis limpos que Lucius mudava dia e noite. Mas também desaparecia nas sombras. Às vezes estava na sombra da porta. Ou muito acima da cama, observando a própria luta como os deuses observam as lutas dos homens. Como estava franzino! Seu corpo parecia uma palha de milho. Por que voltar para a cama se era tão fácil olhar para baixo, livre da dor?

Sem dúvida, foi o Dr. Filoctetes que o trouxe de volta à vida. Doía voltar para a própria carne fraca e sofrida. Detestou o médico e tentou escapar para a escuridão de novo, longe das mãos que apalpavam seu peito, levantavam-no e o forçavam a beber o remédio. Estava coberto de cataplasmas, que queimavam e o mantinham em seu corpo. Sentiu-se encurralado. Do outro lado da cama, Lucius ajeitava os travesseiros e o rolava de lado para lavá-lo com uma esponja quente cheirando a eucalipto. Lucius cuidava dos seus lençóis, da urina e do vômito, e o médico cuidava do sangue que tirara do seu braço no auge da febre. Seu corpo não lhe pertencia mais. Resolveu se soltar e deixar que tratassem dele.

Achava que a parede em frente fosse uma tabuleta na qual uma pena longa escrevia sozinha. O que ela compunha era melhor que as melhores linhas que Catulo já compusera, mas, quando tentava ler para Lucius, as palavras não saíam. A pena parava, depois voltava a escrever. À medida que as palavras se formavam, dissolviam-se na cera da parede.

Finalmente, um dia Catulo melhorou. Ninguém notou, mas ele soube. Estava deitado de costas com menos travesseiros, pois olhava diretamente para o teto. Não havia som, mas havia luz. Muito lentamente, com grande esforço, virou a cabeça para a fonte de iluminação. A cabeça ainda doía, mas não tanto, e ele não se sentiu tonto. Descansou um pouco, depois se mexeu de novo. Dessa vez, viu a chama da vela queimando. Por trás do fogo, estava Lucius, sentado de lado no tamborete, com a cabeça encostada na parede. Quando piscou, o rosto de Lucius brilhou.

Lembrava-se de tudo. Lembrava-se dos olhos de Clódia.

Eu estive doente, pensou com cuidado. Estive doente por muito tempo.

Mas sabia que estava melhor. Não tinha mais febre. Sentiu uma felicidade tão intensa que a única palavra para descrever tal sentimento era "beatitude". Deve ter sussurrado alguma coisa, pois em seguida Lucius acordou.

— O quê? O que foi?

Porém Catulo não conseguiu responder. Estava fraco demais. Olhou para Lucius e viu seus olhos ansiosos, e o rosto vincado chegou mais perto, tentando entender aquele sussurro. Queria sorrir, mas não encontrou forças.

— Você está acordado? — perguntou Lucius, com uma voz assustada. Sua mão desceu e tocou a testa de Catulo. Depois aquele rosto vincado se contorceu de forma estranha e os olhos quase desapareceram em meio aos vincos. Uma tosse áspera saiu do seu peito.

Ele acha que estou morto, pensou Catulo. Quis fazer um sinal, levantar um dedo, sorrir, fazer alguma coisa para mostrar que ainda estava ali, mas não conseguiu se mexer. Lucius levantou a vela, e os olhos de Catulo devem ter mostrado que estava vivo. A luz o incomodou, e os olhos piscaram. Sentiu Lucius pegar sua mão. Quis falar, mas a distância entre eles era grande demais. Só conseguiu mover um dedo. Se juntasse toda sua energia, poderia mexer a própria mão dentro da de Lucius. Então sentiu Lucius beijar sua mão.

Deve ter caído no sono de novo. Quando acordou, alguma coisa decididamente havia mudado. O Dr. Filoctetes estava lá, segurando uma jarra com uma longa alça de prata. Catulo engoliu um pouco, era vinho misturado com água. O médico lhe deu de beber um pouco mais, e Lucius se debruçou sobre ele com uma esponja ensopada de água e umedeceu seus lábios.

Eu posso fazer isso sozinho, pensou Catulo. Aos poucos mexeu a língua e passou-a lábios, que estavam secos e rachados. Lucius usou a esponja de novo.

Catulo poderia falar com os dois agora. Eles não estavam mais do outro lado de um rio largo. Estavam todos reunidos no mesmo quarto, e o tempo não escoava mais. Não, o tempo se movia numa única direção, correndo lentamente para a frente. De soslaio, percebeu suas visões desaparecerem.

— Estou melhor — disse.

Catulo recebeu uma carta do pai, contente com sua recuperação. Apenas duas frases da carta lhe pareceram pessoais.

"Lembre, meu filho, de não usurpar meu lugar como seu pai. Conto com você para demonstrar respeito filial sobrevivendo a mim."

Ele releu essa frase muitas vezes e achou que o pai talvez estivesse brincando, uma brincadeira dura, mas uma brincadeira. Dobrou a carta com cuidado e a guardou.

Foi o primeiro dia em que se sentou na escrivaninha. Não conseguiu lembrar de todas as linhas que a pena escrevera na parede quando ele estava mal, mas alguma coisa sobrara em sua memória. O poema quer esconder-se dele. Assim que tenta olhá-lo diretamente, o poema desaparece. Tem a ver com Clódia e o pardal.

Ele enterrou o pardal de Clódia, mas a deixou sozinha sentada no chão. Sua menina. Ela precisava dele, e ele não a ajudou. Foi um momento que não voltaria mais. Clódia sofrendo, Clódia sozinha pedindo para ser consolada. Ela mandara chamá-lo. Que oportunidade Catulo poderia ter se tivesse ficado lá com ela. Sim, havia enterrado o pardal, mas esse enterro foi um pretexto. Na verdade, queria escapar dos olhos vermelhos e inchados dela, e da nuvem negra de sofrimento que a engolfava.

Tudo aquilo que detestava nela se reuniu na Clódia que ele amava. Lembrou-se dela sentada no pátio da vila de Manlius, com o pardalzinho pulando em seu colo e pegando migalhas do bolo de mel espalhadas para ele.

— Você não tem medo que ele voe? — perguntou Catulo.

— Ele não vai voar, pois sabe que eu o amo.

Parecia tudo muito simples, muito delicado. Como seus amigos ririam se ele dissesse que, no fundo, Clódia Meteli era delicada. Para eles, ela era tão dura quanto maravilhosa. Catulo se iludia enquanto era manipulado. Ela nunca abriria mão do seu status nem do seu marido. Estava brincando com Catulo, será que ele não via?

"Ele não vai voar, pois sabe que eu o amo."

Catulo precisa escrever sobre Clódia e seu pardal. Não pode escrever sobre ela sem saber se continua aninhada em seu coração. Ouve suas palavras com muita clareza e vê seus olhos vermelhos no dia em que o pardal morreu, no dia em que ele não soube confortá-la. Precisa escrever sobre ela, não sobre a princesa do Palatino, a deusa sexual calculista, nem sobre a senhora impiedosa. Não como uma dama enrolada em seda de Koan, não como uma puta dançando por dinheiro e atenção.

Ela está sentada no chão, com o cabelo jogado sobre o rosto lavado. Rasgou sua túnica em sinal de sofrimento. O pardal morto está no seu colo. Ele pode começar a escrever em alto estilo para depois baixar o tom, quando a luz íntima da madrugada substituir o brilho das tochas. Só as palavras mais simples lhe cabem agora: *mea puella. Minha menina.*

*Chorem todas as deusas do amor e as crianças do amor
na terra e nos céus, chorem,
pois o pardal da minha menina morreu
o doce pardal da minha menina,
por quem ela teria arrancado os próprios olhos
e ficado cega;*

Ele era o seu mel familiar, ele a conhecia
como a criança conhece a mãe,
e como a criança que se agarra às saias da mãe
ele pulava e chilreava de uma forma e de outra
cantando só para ela.
Mas agora ele pula e chilreia nas sombras
naquela escuridão de onde nada volta,
a morte escura e devoradora
tirou o pardal de nós
por mais lindo que ele fosse.
Pobre passarinho! — e agora os olhos da minha menina
estão vermelhos de chorar, quase cegos
pela ação da morte.

... *flendo turgiduli rubent ocelli*... Ele termina e se recosta na cadeira. Ali está o pardalzinho de Clódia pulando para a penumbra da morte, bicando aqui e ali, cantando com a jovialidade concentrada de um pardal. Chilreando como se Clódia ainda pudesse ouvi-lo. Não sabe que o caminho da morte já se fechou por trás dele.

Basta. Catulo esfrega os olhos para se livrar da visão do passarinho. Ainda está tão fraco que escrever lhe tira todas as forças. Inclina-se para a frente e descansa a cabeça nos braços cruzados.

— Você está bem?

É Lucius, falando por trás dele.

— Estou bem, só descansando um pouco.

— Você não deve tentar escrever. Precisa ter completa paz. Uma mudança de cenário. Lembre do que o Dr. Filoctetes disse. É preciso aceitar que uma recuperação total leva tempo. Você tem de se recuperar apropriadamente se quiser se livrar de vez da doença, para que não restem raízes no seu sistema.

— Sim, eu sei, Lucius. Ouvi bastante o Dr. Filoctetes com suas confusas metáforas. Não me importune.

Enquanto fala, Catulo se lembra de uma outra coisa que o Dr. Filoctetes disse: "Depois de uma doença desse tipo, a irritabilidade é lamentável — na verdade, mal-recebida, mas inevitável —, no entanto, infelizmente, um sintoma muito comum em certa fase do relacionamento entre nosso paciente e sua doença. Ou, em outras palavras, sua recuperação."

Os adjetivos ambíguos tinham voltado a ser usados. Ele realmente deve estar melhorando. O Dr. Filoctetes mostrou que tinha razão; ele foi indelicado com Lucius, que daria o sangue do seu corpo por seus dois meninos.

— Desculpe, Lucius. Estou cansado, e isso me deixa irritado.

— Pense como seu irmão ficaria encantado se você fosse visitá-lo em Bitínia — diz Lucius, malhando enquanto o ferro estava frio. — A viagem lhe faria bem. O Dr. Filoctetes estava falando sobre os efeitos benéficos do ar marinho.

— Eu tentei o ar de Baiae, e veja o que aconteceu.

— Não foi o ar que lhe fez mal — diz Lucius.

— Algum recado para mim?

— Muita gente perguntou por você esta manhã. Caio Licínio Calvus apareceu, mas, quando eu disse que você estava escrevendo, ele não quis ser anunciado. Mais duas cestas de frutas foram enviadas pelos Camerii. Ah, sim, e um escravo veio da casa dos Meteli.

— Da casa dos Meteli? Quem?

— Ninguém conhecido. Não quis deixar recado. Queria falar com você, mas eu disse que não podia incomodá-lo.

— Lucius, você sabe que não foi isso que combinamos...

— Quando uma criança põe a mão no fogo e se queima, não faz isso de novo.

— Eu posso ter estado doente, Lucius, mas não voltei à infância. Você gostaria de nos colocar em nossas camas aconchegantes antes do pôr do sol, não é? Eu primeiro, depois Marcus porque ele é mais velho. Era perfeito naquela época, não era? Vamos, admita, não precisa fingir para mim.

— Pelo menos vocês estavam a salvo. Mas "perfeito", eu não sei. — Lucius se lembra de anos atrás, e seu rosto fica anuviado.

O que ele quis, pensa Catulo de repente, o que ele quis e nunca teve? Lucius nunca se casou, mas tinha mulheres discretamente, que não duravam muito tempo. Não teve esposa nem filhos, só seus meninos. Ele não gostava de Clódia.

— Eu fiz o que pude — declara Lucius finalmente, falando devagar e com firmeza. — Prometi à sua mãe que cuidaria de vocês.

— Prometeu? — Tudo em que Catulo acreditava sobre seu próprio passado muda ligeiramente, como se tivesse ocorrido um tremor de terra quase imperceptível. Ele sempre pensou que Lucius houvesse crescido na família como um enxerto em uma árvore. Mas talvez isso não tivesse sido inevitável. Sua mãe lhe pedira para cuidar dos filhos dela. Será que não confiava no amor do marido pelos filhos? — Ela lhe pediu quando estava morrendo?

— Sim, quando soube que ia morrer. Não havia ninguém por perto. Estávamos sozinhos.

Ao ouvir essas duas últimas palavras, Catulo soube. *Estávamos sozinhos.* Com a mãe de Catulo, Lucius era sempre "nós" e não "eu".

Antes não sabia de nada, nem procurou saber. Agora não sabe como se sente. Afrontado... curioso... Não. Pare com isso. Deixe Lucius com suas duas palavras. Não diga nada.

— Ouça, Lucius, se alguém vier da casa dos Meteli, *quem quer que seja*, quero que entre. Quero vê-lo.

Dez

Mesmo antes de ouvir a notícia, Catulo sabe que alguma coisa importante aconteceu. Grupos de pessoas se reúnem em torno das lojas em frente à Basílica Sempronia. Mas não olham as vitrines. Passantes se juntam aos bandos como abelhas entrando em um enxame. Alguém dá um encontrão nele e se desculpa.

— Oh, eu não esperava vê-lo já na rua. Ouvi dizer que esteve muito doente. Que bom saber que está recuperado. — Mas aquele olhar não combina com as palavras. Um olhar de avaliação da cabeça aos pés, e um riso nervoso com os dentes muito brancos.

— O que aconteceu, Inácio?

— Não soube?

— Se soubesse não estaria perguntando.

— Dizem que Metelo Céler se sentiu doente de repente. *Muito doente.* — Inácio faz uma pausa teatral esperando a reação. Catulo sente certa pena de Metelo Céler. Ele é um pilar, duro como pedra. Homens assim não ficam doentes.

— Quem disse isso?

— Foi Arrio.

— Desde quando deve dar-se crédito a ele? Arrio não sabe de nada.

— Ele foi a Clivus Victoriae hoje de manhã, por acaso, fazer uma visita de cortesia. Ouviu a notícia do próprio mordomo dos Meteli. A casa toda está em desespero.

Catulo olha em volta. Os rostos estão tensos, agitados e amedrontados. A má notícia voa de boca em boca, como poeira no vento de janeiro.

— *E* ele foi visto em perfeita saúde no Senado ontem — acrescenta Inácio. E continua, caso Catulo não entenda. — Do Fórum para a porta da morte em menos de 12 horas, é o que estão dizendo.

Catulo se enrola melhor na capa. Ele não gosta desse homem de dentes brancos como uma toga de gesso, e o hábito de sorrir a toda oportunidade para que ninguém deixe de vê-los. Sorriso branco, jato de saliva, sorriso branco de novo. A mãe de alguém acabou de morrer: um sorriso. Seu melhor amigo perde uma fortuna quando seus navios naufragam: um sorriso.

— Estou vendo que você ainda segue o velho costume espanhol de lavar a boca com sua urina, Inácio. Deixa os dentes brancos, mas não favorece muito o hálito.

O rosto de Inácio muda de aspecto.

— Não culpe o mensageiro, meu caro rapaz, só porque não gostou da mensagem. Nossa Clódia está arrancando os cabelos, naturalmente.

— Não fale assim dela.

— Não tenho intenção de ofender ninguém, meu caro, é uma forma figurada de falar.

Catulo se controla. Que droga, não se irrite com esse bufão.

— Qual é a doença dele?

— Ninguém sabe — diz Inácio dramaticamente. — Doenças assim, que aparecem *muito* inesperadamente, são sempre alarmantes, não acha? Em especial quando a vítima, ou melhor, o paciente é conhecido por ser forte como um touro. Talvez seja alguma coisa que ele comeu.

— Envenenamento alimentar não causaria esse tipo de pânico, Inácio. Deve ser uma coisa mais séria.

— Não me lembro de ter dito que foi envenenamento *alimentar* — fala Inácio, arqueando a sobrancelha e dando mais um sorriso. Sem dúvida, considera-se o homem mais perfeito da cidade, com a toga cuidadosamente drapeada e a franja bem-penteada. Decerto aquele cabelo bonito e grosso é lavado com urina também. — Mas não se fie só na *minha* palavra. Pergunte por aí o que houve.

O povo vai se aglomerando cada vez mais. Catulo se afasta de Inácio e contorna a multidão, procurando algum rosto amigo. Ainda está procurando quando alguém bate em seu braço.

— Achei que era você. Já soube do que aconteceu?

É Calvus. Parece o Calvus de sempre, nem agitado nem amedrontado. Olha para Catulo com ar reprovador.

— Você ainda não está bem para sair à rua.

— Inácio, aquele cretino, me fez perder a calma, só isso. Estava dando a entender que Metelo Céler foi envenenado.

— Ele não é o único que pensa assim.

— Eu preciso ver Clódia.

— Espere — diz Calvus, pondo a mão no ombro dele. — Não se apresse antes de saber o que está acontecendo. Ouça, Cícero foi a Clivus Victoriae hoje de manhã e disse que lhe deram permissão de entrar no quarto de Metelo Céler. Depois disso, veio para cá e fez um daqueles discursos mortais de improviso nos degraus da cúria. Acabou de ir embora. Ele realmente atrai multidões. Todos gritavam e batiam com os pés no chão quando terminou.

— O que ele disse?

— Você sabe como é Cícero. De início, muito formal e contido, foi aos poucos sendo tomado de uma onda de emoção que tentou dominar, mas não adianta, o sentimento natural acaba vencendo, porém continuou bravamente, até chegar a um silêncio pesaroso. Talvez seu sentimento fosse genuíno, mas tudo me pareceu calculado demais.

Catulo começa a ficar assustado. O chamado envenenamento acabará sendo mais uma *armação*. Cícero está se comprazendo com isso, sinal de que a história toda é falsa. É uma armação política, iniciada por uma dessas facções que Catulo jamais conseguiu entender bem, pois Cícero sempre foi íntimo de Metelo Céler.

— Você está com ciúme. — Catulo brinca com o amigo. — Nunca vai se equiparar a ele nos tribunais. Cícero é o rei dos advogados.

— E o rei dos caluniadores. Funciona como um encanto toda vez, esse é o problema. Por que ele não puxaria as cordas da sua lira até ver todos nós em lágrimas? Falando sem interrupção que seu caro amigo Metelo Céler estava no Senado há dois dias vendendo saúde, na flor da masculinidade, trabalhando pela cidade que tanto amava, e assim por diante. Que foi abatido no auge da sua carreira e que, embora esteja deitado em seu possível leito de morte, só pensa em Roma.

— Você é um cínico, Calvus.

— De maneira alguma. Só estou mostrando minha apreciação pelos floreios de Cícero, de um orador para outro. Onde eu parei? Ah, sim, lá estava o pobre amigo do peito de Cícero, quase sem poder falar, mas ainda pensando em Roma e dizendo que não aguentaria deixar sua pátria amada sem proteção. Você pode imaginar a quebra na voz de Cícero quando disse "pátria". Nada vulgar ou óbvio, é claro, apenas um gaguejar contido para indicar sua insuportável emoção. Que ator é esse homem. E o pior é que ele nem sabe que está atuando. Acredita piamente nas suas palavras quando discursa.

— Por favor, mostre algum respeito.

— Se eu pudesse chutar Cícero para dentro do rio Tibre e jogar umas pedras em sua cabeça enquanto ele se debatesse, dizendo *imprecações deploráveis*, sem saber nadar muito bem, ficaria feliz da vida. Detesto aquele desgraçado. Ele tem o dom dos deuses e usa isso para trabalhar na causa que lhe pagar melhor. E é louco pelo poder. Só Deus sabe que grande ilusão está arquitetando agora: Cícero, defensor das antigas virtudes da República; Cícero, a grande inteligência; Cícero, guia e mentor de Crasso, se não do próprio César; ou Cícero, aliado e confidente de Pompeu... que piada. Ele é como um coelho brincando com lobos. Os três são completamente impiedosos e estão pelo menos vinte passos à frente de Cícero. Pompeu procura ser imperador de algum lugar. Crasso compraria todo o inferno se achasse que poderia fazer algum dinheiro. César fode ou luta com qualquer coisa que se move, incluindo aquela égua que monta com tanta empáfia, com a cabeça erguida o suficiente para o exército todo ver.

— Não é culpa dele ser alto — diz Catulo.

— Deveria se agachar um pouco, então.

Catulo ri. Calvus está sendo maldoso, como sempre. Nada de sério deve ter acontecido. Amanhã — ou talvez depois de amanhã — o marido de Clódia estará de volta aos tribunais, Cícero preparará um discurso sobre um assunto completamente diferente, e outro drama entrará em ação no Fórum.

— *Pare de rir* — diz Calvus baixinho. — Estão todos olhando para você.

— O quê?

— Que droga, não seja tão ingênuo. Seu nome está ligado à esposa dele, e você ri em público no dia em que dizem que o homem está morrendo.

— Morrendo? Morrendo mesmo?

A areia levantada pelo vento entra nos seus olhos.

— Você não ouviu?

Então era verdade. Clódia estava no meio disso. Ela podia estar em perigo...

— Pensei que você tivesse dito que Cícero estava se aproveitando da situação para fazer um discurso.

— Estava sim, o que não quer dizer que não seja verdade. Há várias outras informações confirmando a história. Cuidado, meu caro amigo. Se não tiver cuidado, pelo menos seja um pouco cauteloso. Você fez inimigos. As pessoas não gostam de ser ridicularizadas, preferem ser odiadas.

— Eu sei fazer as duas coisas.

— Estou falando sério, que droga — exclama Calvus, segurando-o pelo cotovelo. — Não vê que essa é a chance dessa gente? Pense como será fácil insinuarem que você está incriminado até o pescoço. E pense em todas essas besteiras pomposas que escreveu nos seus epigramas. Eles terão orgasmos ao saberem que podem jogá-lo na merda.

— Você me arrasaria se eu fizesse uma metáfora assim.

— É um fato fisiológico.

— Eu preciso ver Clódia.

— É uma loucura ir lá agora. A família Meteli está se reunindo lá.

Alguém empurra Catulo. A multidão está aumentando. Más notícias levam todos ao Fórum. Se Metelo Céler morrer... Se isso for verdade...

Calvus não falaria assim se não fosse verdade. Clódia vai sofrer. O que quer que aconteça a fará sofrer. Deve estar chorando agora. Dessa vez está perdendo o marido, não o pardal.

Será que irá chorar mesmo pelo marido? Seu coração bate forte. Ele não pode imaginar Clódia viúva.

Um homem está morrendo. Nesse momento, suas mãos talvez estejam perdendo o sentido do tato. Mas ontem ele estava andando e falando. Era um vencedor, tinha tudo. Apesar disso, eu o achava insípido e pomposo. Um pilar, com ombros largos e pernas grossas. O tipo de homem que meu pai aprovava.

Clódia ficará viúva, livre, como eu sempre quis. Mas nunca pensei que as coisas pudessem ocorrer dessa forma. Nem mesmo nos meus pensamentos mais íntimos desejei a morte de Metelo Céler.

— O que mais Cícero está dizendo? — pergunta ele a Calvus.

— Ele é muito inteligente, temos de admitir. Muitos oradores não chegam aos seus pés, mas só nosso Cícero consegue inspiração à custa de um moribundo. Havia muita coisa sobre seu querido amigo vindo à tona.

— *Vindo à tona?*

— É parte da imagem que Cícero está tentando criar. Lembra que Quinto Catulo morava ao lado de Metelo? Logicamente, o pobre Metelo Céler tentou convocar seu velho aliado a entrar para sua facção. Você sabe como são os discursos de Cícero. Tudo neles tem uma razão de ser. Ele quer ligar a forma com que Metelo convocava Catulo, salvador dos valores conservadores, com a forma com que convocava Cícero. Quer pôr os dois em pé de igualdade, está vendo?

"É sempre assim com Cícero, ele não consegue resistir a se engrandecer, nem mesmo quando o homem que diz ser 'um dos seus melhores amigos' está morrendo. Não dá para imaginar? Cícero, Catulo e Metelo, irmãos de fé contra toda a escória e a ralé louca para chegar ao comando e destruir as tradições de Roma. Que piada. Cícero não duraria cinco minutos diante do Belo Menino Clódio. Ele vive se gabando de que sua acusação de blasfêmia no tribunal destruiu a reputação do Belo Menino Clódio, mas parece esquecer que o *Belo Menino Clódio se safou dessa.* Sua exibição como travesti não lhe trouxe nenhuma penalidade. Mas nosso Belo Menino Clódio decerto não esqueceu uma só palavra do discurso do advogado de acusação. Cícero não faz ideia do prazer que um homem verdadeiramente perverso tem de esperar sua vingança."

— Ele andou dizendo que Clódio poderia ter alguma coisa a ver com a doença de Metelo?

— Foi mais sutil que isso. Você sabe como Cícero se jactancia nas suas implicações. Uma estupidez nesse caso, mas o homem é um poço de vaidade. Não percebeu em absoluto que nosso Belo Menino Clódio vai se vingar um desses dias, haja ou não implicações.

"Os Meteli são diferentes. Não desperdiçam tempo com jactâncias. São homens de ação, e cuidam do que é deles. É por isso que *você* tem de ser muito cuidadoso. Lembre do *seu* papel nisso, meu amigo.

— Eu sou tão político quanto um... pardal.

— Ninguém fica alheio à política num momento desses, muito menos o autor de hendecassílabos excepcionalmente indiscretos e adúlteros dirigidos à esposa do herói moribundo. O que se diz por aí é que o Belo Menino Clódio está metido nessa até o pescoço, e sua irmã também.

— É impossível. Ela nunca...

O rosto de Calvus brilha.

— Como alguém que escreve poemas tão ultrajantes pode manter-se inocente como você é um dos eternos mistérios.

Até mesmo Calvus é apanhado nesse drama. Como é terrível a morte de um homem poder levar tanto brilho ao rosto daqueles que o conheciam. Eles jantaram em sua casa, se aproveitaram de sua hospitalidade ampla e impessoal. E o lisonjeavam quando fingiam se lembrar de todas as palavras dos seus discursos no Senado. Seus principais bajuladores já devem estar lá em Clivus Victoriae, e dentro em pouco o bando todo os seguirá.

Catulo tem uma lembrança súbita do mosaico. Os ferozes cães de caça aprontando-se para pular, enquanto os mais tímidos rodeiam o homem que chamavam de mestre e que em breve chamarão de carne. Clientes, dependentes, dúzias e dúzias de amigos de trabalho que qualquer homem rico e influente junta à sua volta entulharão o salão de entrada, "fazendo perguntas" e assegurando-se de que os escravos anunciem seus nomes corretamente. Alguns apavorados, outros perturbados ou criando planos, imaginando o que fazer caso ele sobreviva, e caso morra. Põem-se em posição, como condutores de biga calculando os minutos que terão para fazer a curva.

Metelo Céler deu uma bela festa aos seus amigos esta manhã. Até mesmo os inimigos podem contar com seu quinhão. Nessa mesa, o anfitrião não tem poder e não pode excluir ninguém.

Calvus provavelmente está certo. É melhor se manter longe da casa do Palatino. Mas, mesmo assim, ele tem de ir.

O vento se torna mais forte e leva mais poeira aos seus olhos, enchendo-os de lágrimas. Ele segura Calvus.

— Já pensou como deve ser quando alguém percebe que engoliu veneno?

— Uma vez eu comi cogumelos sem me preocupar em saber a procedência. Um gosto podre veio à minha boca, como se fosse pus de um dente estragado. Comecei a suar. Lembro que procurei uma faca. Seria melhor cortar os pulsos a morrer no chão, espumando como um cachorro. Mas nada aconteceu. Eu não era importante o bastante para alguém me envenenar.

— Mas *ele* é.

— Sim. Siga meu conselho pelo menos uma vez. Não se torne importante. Fique longe disso. Nós não podemos perder você. Mas, se for turrão e quiser procurar encrenca, deixe-me pelo menos acompanhá-lo.

Calvus é uns 20 centímetros mais baixo que ele, mas é forte e compacto. Um homem que ninguém derruba com facilidade. Um amigo que não correrá, mas lutará ao seu lado se for preciso. No entanto, eu vou sozinho, pensa Catulo, tenho de ver Clódia sozinho.

*

Abutres, simpatizantes, mensageiros de senadores, clientes, e todas as nuances que a palavra "amigo" possa ter se dirigem para a casa de Metelo Céler. O grande salão da casa está tão lotado que alguns têm de ficar na rua enquanto outros tentam forçar a entrada.

Como passar pela multidão? Catulo, ladeado por seus escravos, hesita sem querer empurrar ninguém. De repente, alguém lhe acena e ele reconhece o Dr. Filoctetes, entrando com a calma autoridade de um navio carregado de grãos chegando ao porto.

— Deixem-me passar... depressa, por favor, deixem-me passar. Como vai, meu querido amigo? Não devo perguntar isso em uma ocasião tão opressiva, tão esmagadora para os espíritos. Abram um espaço aí, meus companheiros! Deixem-nos passar... depressa...

— O senhor é médico dele? Eu não sabia — diz Catulo.

O Dr. Filoctetes dá um ligeiro sorriso e olha por cima do ombro.

— Em caso de urgência como este, você compreende, deve-se tentar conseguir o melhor conselho. Uma prática estabelecida não basta quando há necessidade de uma intervenção autoritária, rápida e decisiva por parte de médicos de maior astúcia e capacidade... Mas agora preciso deixá-lo, meu caro amigo, o dever me chama, por mais agradável que fosse prolongar nosso presente encontro. Fique encostado naquela pilastra que não será importunado pela turba vulgar.

Catulo se encosta no mármore frio e respira fundo. Filoctetes já desapareceu. Na outra extremidade do salão, uma barreira formada por homens de compleição vigorosa bloqueia a entrada para a casa principal. E lá está Aemilia, a menos de 3 metros de distância, gritando com um sujeito maltrapilho que ousou chegar com uma petição nesse momento nefasto, e com o escravo que lhe permitiu entrar.

— Não sabe o que está acontecendo aqui? Vou mandar chicoteá-lo por seu atrevimento, e você também, Estefânio. Quanto ele lhe deu para entrar?

O maltrapilho nem toma conhecimento dela. Está ali para entregar sua petição e a petição será entregue. Começa a fazer uma cantilena em tom alto.

— Meu senhor deveria saber o que estão fazendo em seu nome. O agente é trapaceiro, várias vezes lhe pedimos para ver a drenagem do esgoto e agora o esgoto está refluindo e alagando todo o chão. Somos seis morando num quarto, além de um bebezinho, mas as mulheres dizem que isso provavelmente não vai durar muito, pobrezinhas. O cheiro no quarto é horrível, especialmente porque minha mulher não pode esfregar o chão por causa dessa situação...

— Esgotos! — grita Aemilia. — Você vai ver o que acontecerá quando for posto na rua por não pagar o aluguel. Então saberá como são os esgotos lá. Esgotos! Provavelmente está se queixando para não pagar o aluguel. Eu não caio nessa — diz, num arroubo de cólera. Metelo Céler e a tristeza da casa ficam esquecidos. Ela não poderia estar mais ofendida se fosse a proprietária da casa. — Você não sabe como tem sorte! — grita para o homem. O escravo Estefânio passa a mão na testa e observa tudo com ar taciturno.

Catulo nunca imaginou que a calma e a ordem inflexível da casa de Metelo Céler pudessem ser destruídas em tão pouco tempo. Aquela gritaria talvez estivesse chegando aos ouvidos do moribundo.

— Aemilia — chama Catulo. Ela se vira e o agarra pelo braço, como se ele estivesse pronto para fugir. Seu rosto está pálido e inchado.

— Veio ver minha senhora?

— Estou aqui para perguntar sobre o estado de saúde de Metelo Céler, como toda essa gente.

Ela funga, com ar de desprezo.

— Acha mesmo que é por isso que estão aqui? São uns abutres, isso sim. Vêm batendo as asas quando sentem o primeiro bafo de doença.

Mas abutres não se interessam por doenças, regalam-se com a morte. Talvez um *lapsus linguae*. Quando alguém solta a língua, seus pensamentos são revelados.

— Então ele está muito doente? — pergunta, baixando a voz, quase sussurrando.

Aemilia lhe dá uma olhada rápida.

— Venha comigo. Deixe seus escravos aqui. Do jeito que as coisas estão, quanto menos gente entrar nesta casa, melhor.

Ele manda os escravos esperarem e segue Aemilia com seu corpo grande e robusto balançando. Não cumprimenta nenhuma das caras semifamiliares que o olham. Observam-no pelas costas, e ele sente o calor daqueles olhares curiosos.

— Não pensei que ele fosse aparecer.

— Por que será que está aqui?

— Não dá para imaginar?

Aemilia fala com os guardas da entrada. São homens musculosos e carrancudos — centuriões ou gladiadores. Ninguém tenta passar por eles. Aemilia e Catulo entram. Ele olha para trás e vê a fileira cerrada formada pelos homens. Está encurralado. Mas há outra saída, pensa com calma. Há outra saída.

— Quem são eles? — pergunta a Aemilia, quando atravessam o átrio e passam pelas portas dos quartos.

— Aprendizes de gladiadores — diz ela, com satisfação. — São alugados por dia. Eles gostam muito de dinheiro. Foi minha senhora quem teve essa ideia.

Então Clódia não está tão prostrada de tristeza que não possa pensar com clareza. Sabia que poderia haver encrenca.

Ele tenta pensar com clareza também. O marido dela está doente, talvez morrendo. Todos os estratagemas e segredos se tornam de repente sem importância. E se Clódia estiver tão infeliz como estava quando seu pardal morreu? Ele não saberá o que dizer.

Os dois atravessam os jardins do pátio, passam pela fonte e pela pequena sala de recepção, onde o menino mouro fazia acrobacia no dia da morte do pardal.

Onze

Não há ninguém no quarto, mas existe a sensação de que alguma coisa ocorreu ali um segundo antes. O ar parece estremecer com o choque. Ouvimos os passos de alguém fugindo.

— Volte aqui agora mesmo — grita Aemilia, e os passos param. Um escravo amedrontado põe a cabeça na porta. — Onde está a minha senhora? — pergunta ela.

— Foi ver o marido — sussurra o escravo, de cabeça baixa. Ele veste uma túnica marrom rústica e tem o rosto marcado pelo tempo. É um escravo do jardim, que não devia estar na casa de forma alguma. De repente, ele levanta com ousadia os olhos para Aemilia. — Dizem que o mestre está indo embora depressa — fala.

Para surpresa de Catulo, Aemilia não demonstra raiva. Os dois se entreolham, com um olhar calculado. Estão juntos nessa, dependendo do destino da casa.

— Então minha senhora está com ele agora?

O escravo assente.

— E todos nas cozinhas limpam e areiam as panelas de uma forma nunca vista, por ordem da minha senhora.

Catulo imagina que deva ser um dos ritos femininos do qual nunca ouviu falar, limpar a casa quando a morte se aproxima. Talvez Clódia espere apaziguar os deuses e persuadi-los a não levar seu marido.

— A menor sujeira que caia no chão deve ser queimada. Foi o que me disseram. Todos os quartos vão ser defumados com ervas, então os meninos do jardim estão juntando tudo que podem. E, como eu sou chefe deles, me encarrego de trazer as ervas para dentro de casa.

Aemilia considera a explicação em silêncio. Uma porta bate à distância, eles ouvem mais pés correndo e uma confusão de vozes assustadas.

— Preciso ver Clódia — pede Catulo.

— É melhor vê-lo — diz Aemilia lentamente. — É melhor ver o mestre.

Os dois escravos balançam a cabeça judiciosamete. Ela tem razão, é claro. Catulo está ali para expressar seus sentimentos pela doença súbita e terrível desse grande homem. Metelo Céler é seu amigo. Ele foi convidado para sua casa várias vezes, um convite quase íntimo. Que outra razão poderia ter de estar ali senão para mostrar solidariedade ao amigo?

Então resolve vê-lo. Resolve segurar sua mão. Nunca lhe desejou uma doença, muito menos uma que terminasse em morte. O máximo que sonhou foi que um dia Clódia se divorciasse.

— Sim, vou vê-lo, se me permitirem.

Catulo nunca havia entrado no quarto de Metelo Céler. Quando estão passando pelo corredor, vê um grupo de pessoas em frente à porta. Reconhece um irmão e um tio. Ninguém o nota. Toda a atenção está voltada para o Dr. Filoctetes, que perdeu seu ar calmo e suave e parece discutir com eles. Gesticula com veemência, com as palmas das mãos para o alto — uma figura muito grega. Aemilia desapareceu, deixando-o ali sozinho. Tem medo de que a atenção da família se volte para ela, o que não é de admirar. A casa está fervilhando de rumores de conspiração e contraconspiração. Os Meteli teriam o direito de pegar Aemilia e torturá-la para conseguir informações.

Ele entrará sozinho, decide. Nesse momento, o Dr. Filoctetes o vê no corredor, lhe faz sinal para esperar e continua a conversar com a família. Catulo está perto o suficiente para ouvir o que dizem.

— A salivação excessiva é um sintoma que dá margem a considerável preocupação, mas minhas energias serão direcionadas basicamente para aliviar os problemas de respiração, que mais incomodam nosso paciente.

— Mas o senhor não pode fazer nada? Ele está sufocando.

— Estou fazendo tudo que deve ser feito. Posso sugerir que este é um momento propício e adequado para a família aflita reunir-se e fazer uma oferenda? Quem sabe umas orações pela intercessão dos ilustres ancestrais?

O Dr. Filoctetes quer que eles se afastem. Então Metelo Céler não vai morrer ainda. Um grupo de senhoras idosas vem juntar-se à família. Dá para ver nitidamente que são Meteli pelas suas feições e rostos pálidos. Devem ter ficado acordadas a noite toda, entrando e saindo do quarto do doente. Uma delas agarra a manga do médico e diz:

— Ele está com dores terríveis, doutor, não há nada que se possa fazer?

— Eu lhes peço, caras senhoras, que se juntem aos seus nobres parentes no *tablinum,* na sala de recepções. Posso assegurar que é a maior ajuda que podem dar ao seu querido doente no momento. Preciso voltar ao quarto imediatamente.

— Mas, se as coisas piorarem, teremos de estar presentes. O senhor entende, doutor, os rituais...

— Dou a minha palavra de honra, minha estimada senhora, que os senhores serão informados imediatamente se for preciso. Mas a meu ver a crise não é de forma alguma imediata.

Os parentes se viraram para um lado e para outro, sem saber o que fazer, mas ao verem todos ali se fortalecem. Ninguém entrará em pânico, não importa o que aconteça. Eles são Meteli, a determinação de sobreviver está marcada nos seus rostos com tanta intensidade quanto seus sofrimentos. Vão retirar-se, reagrupar-se e aprontar-se para prosseguir de novo.

Catulo quase pode sentir o pulso lento dos ancestrais dos Meteli pela casa. O clã é maior que qualquer um de seus membros, e sobreviverá a todos. A esperança morre por um filho ou um irmão, mas os Meteli nunca morrerão.

— Nós invocaremos os deuses — diz um dos tios, e um murmúrio de consentimento se faz ouvir. O grupo sai na direção do *tablinum*.

Eles não o notaram nem o reconheceram. Só conseguem ver ou pensar nos negócios dos Meteli. Essa é salvação deles, e talvez seja a sua também. Não estão em condição de questionar a presença de Catulo nem de lhe dar importância. Mas o Dr. Filoctetes, é claro, o conhece e aceita a situação sem pestanejar.

— Meu caro amigo, devo avisá-lo que não é um quarto comum de doente. Você terá de me dar a absoluta garantia de que permanecerá calmo, por mais emocionado que se sinta, para o bem do paciente. Uma morte assim não é fácil nem para quem vai nem para quem observa.

Eles estão sozinhos. Mais uma vez, em uma crise, as frases floreadas e os circunlóquios do Dr. Filoctetes desaparecem. Ele está cheio de força.

— Então ele está morrendo?

— É claro que está morrendo — responde Filoctetes, quase irritado. — Não há alternativa. Seus sinais vitais estão fracos. O pulso, a respiração, a temperatura e os reflexos — o Dr. Filoctetes cita cada sinal com os dedos — estão entrando em falência. Ele não sobreviverá, mas ainda levará algum tempo para morrer. Agora pode entrar, se quiser.

Catulo segue o médico pela antessala e entra no cômodo. É um quarto grande, fastuoso e sombrio. As persianas estão arriadas, e apenas uma lamparina queima ao lado da cama.

O cheiro é terrível. Vômito, sangue e um odor penetrante de fezes. Metelo está recostado na cama, com o rosto virado para a direita, do outro lado da porta. Uma velha se agacha ao seu lado e seca seu rosto.

— Tudo bem, meu querido, sua babá está aqui cuidando de você, amanhã vai estar se sentindo novo em folha, a babá não vai deixar as coisas continuarem assim. — A voz é fraca, entrecortada. Lágrimas rolam pelo seu rosto velho. Ela limpa a saliva que escorre da boca do doente. Quanta saliva! Catulo nunca viu nada semelhante.

Metelo parece inconsciente, mas de repente um gemido terrível de dor escapa da sua garganta e ele tenta levantar os joelhos.

— Vou colocar uma pedra quente no seu estômago, meu anjo, vai ajudar a melhorar a dor — diz a velha babá.

— Vou tentar o sedativo de novo — fala o Dr. Filoctetes. Chega perto da cama, pega um copo com cabo longo e o aproxima da boca semiaberta. — Tente engolir, meu amigo. Vai sentir-se mais calmo.

Um som de gargarejo vem da garganta de Metelo Céler.

— Sem reflexos de deglutição... talvez paralisia da traqueia — diz Filoctetes baixinho para Catulo quando ele se aproxima da cama. — Onde está aquele escravo que estava limpando o paciente? — pergunta em tom alto e incisivo. — Ele precisa ficar aqui o tempo todo. O paciente não pode ficar deitado na própria sujeira.

— Eu posso fazer isso com prazer, já limpei muitas vezes suas costas — diz a babá, tentando levantar-se.

Filoctetes levanta a mão para detê-la.

— Vá buscar o escravo. Ele devia ser chicoteado por deixar seu posto. É preciso muita força para levantar o paciente sem machucá-lo.

A babá sai cambaleando, e Catulo passa para o outro lado da cama. Por que ele quer ver o rosto de Metelo Céler, não sabe dizer. Talvez porque ache que estará como sempre foi: poderoso, pouco imaginativo, a face de um soldado e estadista de Roma.

Mas aquele rosto não existe mais. Metelo Céler está irreconhecível. Até mesmo o nome "Céler" — rápido — parece uma brincadeira de mau gosto. Ele nem consegue se mexer. Seu rosto está encovado, a pele acinzentada e coberta de suor. O único som que emite é um gemido vindo do fundo do peito. O cheiro de fezes está cada vez mais forte.

Eu não devia estar aqui, pensa Catulo. Ele não ia querer ser visto assim por ninguém.

Dá um passo atrás nas sombras. O Dr. Filoctetes se debruça sobre o paciente, toma seu pulso e levanta as pálpebras. Não há nada a fazer, está óbvio agora.

Cícero mentia. Como um homem nesse estado podia falar sobre os problemas de Roma? Não foi sobre o verdadeiro Metelo Céler que Cícero discursou nos degraus da Cúria, mas sobre um romano idealizado por sua imaginação, morrendo nobremente sem vomitar, urinar ou defecar. Provavelmente Cícero nem entrou neste quarto. Queria manter suas ilusões, que eram o alicerce da sua carreira.

Este homem é real. Catulo nunca se sentiu tão próximo dele, como se fosse um irmão saindo em uma tempestade de inverno nas montanhas, descalço e sem uma capa. Mas é melhor morrer congelado a morrer assim. Se o que dizem é verdade, essa é a cara do veneno. O veneno não é rápido nem limpo. Não se assemelha a nenhuma história que ele ouviu contar. Como um homem pôde fazer isso a outro homem?

— Sinto muito — diz tão baixinho que nem o Dr. Filoctetes ouve. Não há resposta. O doente tem espasmos vindos do estômago. A babá voltou e chora em silêncio. Catulo olha em volta e vê um escravo alto e corpulento esperando. Suas mãos estão prontas para limpar a merda de Metelo Céler.

Talvez Metelo quisesse ser visto como Cícero o viu. Quisesse morrer no estilo romano, estoico e inflexível, pensando apenas no bem público. Talvez em meio a esse sofrimento, com o corpo destruído, *estivesse* realmente pensando apenas no bem público, satisfeito por sua garganta estar paralisada e ele não poder dizer palavras erradas nem se trair gritando.

Metelo Céler está inteiramente sozinho. Todos aqueles clientes e dependentes poderiam estar no Egito, pois sua presença ruidosa não lhe significa nada. Nem mesmo sua família e as sombras dos seus ancestrais podem ajudá-lo. Ali, tudo parou. Em breve sua respiração vai parar também.

— Sinto muito — fala Catulo de novo. Sinto muito por estar vivo e você estar morrendo, por colocar ideias em sua cabeça e palavras em sua boca. Por triunfar sobre você, não por dormir com sua esposa, mas por poder sair deste quarto e ver a luz do sol, e viver um outro dia.

— Em breve a família vai terminar suas orações — diz o Dr. Filoctetes. É melhor ele sair agora. A família não gostará de vê-lo ali.

Filoctetes o acompanha até a antessala e a porta de saída. Não há ninguém à vista. Eles podem ouvir o clamor abafado dos clientes e dependentes de Metelo, mas os gladiadores estão trabalhando bem e os corredores continuam em silêncio. Do *tablinum* vem o som de uma cantilena.

— Cogumelos, creio eu — diz o Dr. Filoctetes com calma. — É o excesso característico de salivação que indica o culpado; estamos falando de culpados no reino vegetal, compreende? Do tipo que não conheço bem, não é minha especialidade. Talvez tenha sido um dos amanitas. Porém, meu caro amigo, só digo isso em seu ouvido, pois sei que posso confiar absolutamente em sua discrição. Não desejo sofrer sintomas semelhantes aos que nosso amigo padece em uma dessas noites ou dias. E você deve manter-se igualmente cauteloso, para seu próprio bem.

Catulo se vira e olha dentro dos olhos do Dr. Filoctetes. Eles estão úmidos e brilhantes, mas sem emoção. Um homem está morrendo ali, e ele fala com a maior frieza de culpados e sintomas. Será que não sente nada?

— O senhor não devia estar cuidando do seu paciente? — pergunta Catulo, friamente.

Filoctetes dá de ombros com aquele seu jeito grego, como se dissesse: "As coisas são como são, não como gostaríamos que fossem."

— Meus préstimos agora não valem de nada, exceto para a família. Eles precisam saber que todas as providências possíveis estão sendo tomadas. Foi por isso que me chamaram, pois conhecem minha reputação. Mas aquela velha, a enfermeira, agora é mais valiosa para meu paciente que eu. Ele não vai melhorar, a única coisa a fazer é lhe dizer palavras de amor. Você sabia, meu caro amigo, que a audição é o último sentido que se perde? É preciso muito cuidado com o que se diz junto ao leito de um moribundo.

"Então, meu caro poeta, deixe este quarto nocivo, cheio de miasmas ameaçadores e volte para a saúde que reconquistou com tanta dificuldade e tão recentemente, e que não pode ser posta à prova de novo.

O Dr. Filoctetes baixa a voz. Seus olhos brilham com uma satisfação que, mesmo no escuro da antessala, não obscurece.

— Nós precisamos de nossos poetas em Roma, mais que de soldados ou políticos. Já temos políticos demais.

Filoctetes volta para o quarto do doente, e a cantilena do *tablinum* continua a ser ouvida. Estabilidade, é isso que a cantilena representa. Os Meteli vão continuar, não importa o que aconteça. Estabilidade é o que Cícero também busca, com suas ficções sobre a tocha da República sendo levantada pela mão agonizante de Metelo Céler.

Talvez não importe o que é verdade e o que não é, pensa Catulo, desde que seja considerado verdade. E é verdade que os Meteli são o que construíram por conta própria. Eles mantêm o padrão, e os sofrimentos de um se fundem no bem-estar de todos. Uma grande família que tem o direito de se acreditar.

Mas eu não acredito nisso. Acredito em merda, sangue e vômito. Acredito na escuridão que espera Metelo Céler. O resto é mentira.

O Dr. Filoctetes chamará a família em breve. Metelo Céler não pode durar muito mais. À medida que sua vida for se escoando, a família rodeará sua cama. Se seguirem os costumes antigos, colocarão seu corpo no chão, o mais próximo possível da terra. Metelo Céler não tem um filho para desempenhar os rituais e sua filha ainda é uma criança, está segura em casa com a babá, longe das complicações da vida dos seus pais.

O irmão do moribundo se ajoelhará para beijá-lo no momento da sua última respiração. Então a família dirá seu nome, tão alto que todos que estiverem esperando na antessala saberão que Metelo Céler, o veloz e o forte, está morto.

Catulo está se esquecendo de Clódia. Ela terá de ir para lá, chorando, rasgando as roupas e arrancando os cabelos. Mas ele não pode imaginar isso. Não pode imaginar Clódia lavando o corpo do seu marido para o funeral. Ela está acostumada a organizar grandes ocasiões. Organizará essa, desde a morte até o magnífico funeral que um homem de elevado status merece. Talvez já tenha encomendado o embalsamador. Lavado, untado, embalsamado, vestido de novo em esplendor, o corpo estará pronto para sua jornada, com uma moeda debaixo da língua para pagar Caronte, o barqueiro que o atravessará pelo rio Estige. Clódia pagará sua parte. Ela não deve demonstrar seu sofrimento em público.

Não, Catulo não pode imaginar Clódia lavando o corpo do marido. Ele conhece sua menina. Ela terá medo do homem morto, não conseguirá tocá-lo.

A família acharia vergonhoso o corpo de Metelo Céler ser preparado por mãos mercenárias. Talvez suas tias e irmãs ignorem o arranjo de Clódia e elas mesmas se encarreguem de prepará-lo. A velha babá seria a mais indicada para isso. Ela o ama e ainda o vê como uma criança. Não o abandonaria.

A morte leva todos para onde não querem estar. Até mesmo Clódia terá de prestar serviço e mergulhar na tribo dos Meteli. Estará de luto, seguindo o caminho preparado para ela.

Catulo não poderá vê-la. Mas precisa. Precisa segurá-la, apertá-la até poder sentir o cheiro da sua pele e do seu cabelo. E engoli-la com voracidade, sentir seu gosto até não sobrar mais nada nele.

Parece certo Clódia não estar fazendo vigília ao lado do marido moribundo. Pelo menos ela não é hipócrita. Ela não o ama. Ele sabia bem disso. Além do mais, pensa Catulo com uma exatidão fria que raramente atinge quando pensa em Clódia, ela não é o que seu marido precisa agora. É preciso ser forte para resistir à presença enfeitiçante, perturbadora e sedutora de Clódia. No momento da morte, uma velha babá pode ajudar mais.

Mas eu ia querer você, Clódia. Jamais quis mais ninguém. Se você estivesse morrendo, eu me sentaria ao seu lado. Limparia seu rosto, e, se urinasse, eu a lavaria com cuidado e levantaria seu corpo para não machucá-la. Nada no seu corpo poderia me desagradar, sabe disso? Se vomitasse ou se borrasse, eu cuidaria de você. Não importa o que aconteça, sempre vou querer você.

Mas ele não vai vê-la. Não agora, sob aquele teto onde Metelo Céler está morrendo de forma tão horrenda. Onde quer que ela esteja, está afastada por alguma razão. Aemilia provavelmente lhe disse que ele está ali.

A cantilena se eleva, fria, dissimulada e suplicante. Os deuses não ouvirão. Metelo Céler já está descendo pelo caminho das trevas. Não muito depressa, pobre homem, não tão depressa quanto gostaria. Ele se arrasta e cambaleia, desejando ardentemente que a jornada termine e que a abençoada escuridão lave seus olhos.

Nobis cum semel occidit brevis lux,
nox est perpetua una dormienda.

Parece bom, não é? Parecia bom enquanto ele escrevia isso.

Nosso dia curto e solitário chega
na noite duradoura.

E o pardalzinho bicando e descendo pelo caminho da morte — parece bom também.

qui nunc it per iter tenebricosum

ten-e-bri-cosum... sombrio como uma teia de aranha em um canto escuro, e tão aderente quanto. E que brilhante contraste entre sua mímica do som e o movimento do pardal...

sed circumsiliens modo huc modo illuc
ad solam dominam usque pipiabat.
qui nunc it per iter...

... pip pip pip it it it... e a maravilhosa palavra que destrói isso para sempre: *tenebricosum.*

Os gladiadores o deixam passar. É seu dever impedir que entrem, não evitar que saiam. Mas um deles fala para Catulo pelo canto da boca:

— Teve o suficiente? Aposto como aquele idiota lá dentro gostaria de sair da cama também.

Talvez o gladiador não tivesse falado isso. Provavelmente foi sua imaginação. Ele abre caminho na multidão, encontra seus escravos e sai no ar frio e limpo.

Clódia amava aquele poema. Gritou quando o ouviu pela primeira vez. Ela possuía bastante poesia dentro de si para compreender tudo que ele fazia.

— É exatamente meu pardal, como se estivesse vivo de novo. Era assim que ele pulava para lá e para cá, sempre perto de mim. *it per iter,* é muito triste, meu querido. Mas é perfeito. Obrigada, nunca me esquecerei disso.

Catulo não escreverá nenhum poema sobre a morte de Metelo Céler. Algum imbecil escreverá, encobrindo a realidade com belas palavras sobre firmeza, sacrifício e serviço inabalável aos ideais da República. Ele merece ter seu papiro enfiado na garganta até sufocar, como Metelo Céler está sufocando agora.

Doze

O funeral é grandioso. Digno de um representante de uma das famílias mais nobres de Roma, que foi pretor e cônsul, líder militar que derrotou Catilina nos montes Apeninos, um homem coroado de honrarias, e que maiores honrarias ainda teria se tivesse vivido mais. Político da escola antiga, que realmente acreditava no significado da expressão *pro bono publico*.

O clã dos Meteli estava reunido com todos os que viviam sob sua proteção. As raízes do clã se dobram invisivelmente no solo que o nutre, criando um rico húmus de favores solicitados e concedidos, proteção oferecida, serviços prestados, lealdade oferecida. O dia cinzento e tempestuoso, com rajadas de chuva, não detém ninguém. Todos os clientes, dependentes e parasitas dos Meteli estão presentes, com os filhos e até mesmo netos sentados em seus ombros para marcar a passagem do seu patrono. É necessário ver e ser visto. Ninguém poderá dizer: *Onde você estava no funeral dele?*

Os espíritos dos ancestrais dos Meteli, com suas máscaras mortuárias, aprontam-se para guiar a liteira que carrega o morto. Músicos afinam seus instrumentos. As carpideiras contratadas, as melhores de sua profissão, bebem vinho quente com mel para lubrificar as gargantas. Suas vozes terão de resistir a horas de cantos fúnebres. Arautos passam pelas ruas desde a madrugada anunciando o funeral e o roteiro da procissão. Todos já sabem, mas, quando ouvem os arautos, correm para conseguir um bom lugar em meio à multidão que se alinha nas ruas. Será uma longa espera, mas valerá a pena, pois em um dia assim não se pode perder nada.

As máscaras mortuárias dos ancestrais dos Meteli são famosas. Quando passam pelas ruas nas carruagens, parece que os mortos respiram de novo e os velhos dias estão de volta. Os grandes feitos de heróis antigos voltam à vida. Elefantes capturados nas guerras contra Cartago berram furiosos, pisoteando as pedras do Fórum. Templos são erguidos da noite para o dia, e o sangue dos inimigos de Roma jorra como vinho. Os espíritos dos ancestrais se fartam ao ver a Roma que ajudaram a criar, e saciados voltam a seus lugares de honra na casa dos Meteli.

Os ancestrais terão orgulho de reconhecer seu filho e de acolhê-lo no Outro Mundo. Metelo Céler merece juntar-se a eles. Sua máscara mortuária foi criada, e ele será numerado e relembrado entre os ancestrais para sempre. São generais, advogados, políticos, governadores de províncias distantes, homens que, pela inteligência e pela força, disseminaram o poder de Roma como uma verdadeira maré pelo mundo inteiro. A vida de Quinto Cecílio Metelo — ou Metelo Céler, Metelo o Veloz — junta as vidas de seus antecessores em um eterno presente, que é também o eterno presente de Roma. No próximo funeral dos Meteli, seu espírito estará na carruagem, mascarado, atento à honra do clã.

As elegias formais de Metelo Céler serão lidas no Fórum, na presença da sua família e dos grandes homens de Roma aos quais ele pertence. O povo aglomerado nas ruas também tem histórias suas para contar. Eles gostavam de Metelo Céler no geral, embora ele não possuísse carisma e nunca os tivesse cortejado. Cortejar não fazia parte do seu vocabulário político. Ele era severo, correto, ortodoxo, e fazia o que dizia.

Havia ajudado a desbaratar a conspiração de Catilina, que todos sabem que teria levado Roma à ruína — assassinatos, incêndios criminosos e matança de criancinhas, como diziam. São os inimigos de Catilina que têm voz ativa agora, os amigos estão quase todos mortos. O Velho Catilina cometeu seu maior erro ao tornar-se inimigo do Velho Cícero. Será que não sabia que dessa forma teria seu nome denegrido por gerações? Se soubesse, se preocuparia mais do que se preocupou na última batalha contra Marco Antonius. Sua cabeça foi cortada e levada de volta para Roma. O homem só morre uma vez, mas sua reputação morre mil vezes.

Trouxeram de volta a cabeça fedorenta para que todos soubessem que Catilina estava morto. *Ele* sim tinha carisma. Muito carisma.

No entanto, ele está morto, e talvez isso tenha nos trazido vantagem. Quando ouvimos o Velho Cícero falar, temos a impressão de que Catilina era primo-irmão de uma víbora. Mas, quando lembramos que ele não se importava com dinheiro e que amava seus amigos, ficamos em dúvida quanto às acusações feitas. Mas não vale a pena entrar em detalhes, sabemos o que é bom para nós na Roma de hoje, a Roma que realmente existe e não a que poderia ter existido. É melhor nos concentrarmos no que falam sobre o morto que viemos homenagear.

— Metelo Céler era um lutador. Um homem da escola antiga. Não era dado a sorrir e a adular seus inimigos.

— Apesar de tudo, tinha inimigos.

(*Faz-se silêncio. Há boatos por todo lado de que sua morte não foi natural. Ele foi envenenado, dizem. Mas não podemos saber realmente com quem falamos nas ruas, a que facção o outro pertence. Esse sujeito pode parecer bom, mas discrição é a maior virtude, como se sabe.*)

— Ele poderia estar vivo. Iam nomeá-lo governador da Nossa Província.

— Mas não podemos nos esquecer de todos os loucos do norte. Quem ficar a cargo da Nossa Província terá de lidar com os gauleses de cabelos compridos e calças. Os avérneos, os helvécios e os judeus agora parecem ser nossos aliados, mas não se fiem nisso, os judeus são astutos. Quanto mais para o norte, pior fica. Os lunáticos da Germânia são aterrorizantes, montados naqueles pôneis treinados para lutar, segundo me disseram. Eu nunca os vi. Quando os germanos vencerem os belgas, será um horror.

— Você serviu lá?

— Servi em Massília por cinco anos. Fomos mandados para a fronteira durante seis meses porque os avérneos estavam criando encrenca. Nunca fui mais além. O melhor é deixá-los em paz matando uns aos outros, é o que eu digo, a pilhagem não vale a violência a ser enfrentada. O que precisamos agora é de um governador que tenha a intenção de pacificar a Gália. Graças aos deuses, não estou envolvido nisso. Não há nada que os gauleses mais gostem do que tramar contra a tribo vizinha, fazer tratados e transgredi-los, beber até cair e prometer coisas que nem mesmo Hércules seria capaz de cumprir... só que eles *têm* de cumprir porque a promessa é sagrada na Gália.

— Mais do que justo, aqui também é sagrada.

— O que estou dizendo é que *nós* não fazemos promessas que não podemos cumprir. Mas o gaulês, depois de beber algumas, fica cambaleando, briga com todo mundo e faz juramentos pela vida da sua mãe. E seus chefes são os piores. "Juro vingar a honra do meu primo de terceiro grau montando meu cavalo e enfrentando as legiões romanas." É esse tipo de loucura que eles fazem, e os outros se levantam e gritam que farão o mesmo. Então, quando se pensa que tudo está calmo, o alarme soa e os gauleses avançam sobre você, gritando palavrões, os cabelos vermelhos soltos nos ombros, com grandes escudos, parecendo centenas de víboras serpenteando, e uma lança com seu nome inscrito. É de se compreender, pois a longo prazo eles não têm nenhuma esperança e todos serão mortos, mas a curto prazo fincam sua cabeça em uma estaca. Por isso é sorte nossa eles viverem brigando entre si. Os gauleses são uns brigões. Caso se unissem e "desenvolvessem o conceito de um objetivo comum", que o Velho Cícero vive dizendo que só nós em todo o mundo sabemos fazer, estariam nos Alpes. Nunca subestime um gaulês, foi o que aprendi em Massília. (*Estou me excedendo um pouco. Quando falo dos gauleses, não consigo parar. Mas ele parece estar me seguindo.*)

— Então a quem você acha que vão entregar Nossa Província agora que Metelo morreu? (*Ele estava me seguindo, não é nenhum idiota. Sabe que essa é a grande questão. Quem conquistar a Gália criará um exército tão grande quanto puder comandar. Um exército desses irá aos portões do inferno se receber ordens para tal. E quem se interporá no caminho, então? Mas vamos com calma.*) Ouvi dizer que pode ser Júlio César.

— César? Você acha?

— Pense nisso. Ei, está ouvindo aquele barulho? Eles devem estar chegando.

Eles estão chegando. O som das gaitas de foles abafa a lamentação das carpideiras. Ouve-se o barulho de rodas. O povo conta as carruagens à medida que aparecem com as principais carpideiras e as figuras mascaradas dos ancestrais. Depois das carpideiras, vem o corpo do próprio Metelo Céler de pé, apoiado no esquife, vestido com uma toga roxa.

O embalsamador fez um trabalho esplêndido. Mesmo depois de o corpo ser exposto ao público durante dias, não há nenhuma mancha em seu rosto. Talvez ele não tenha sido envenenado. Dizem que o corpo envenenado se deteriora rápido, e em geral a família é forçada a fazer o enterro imediatamente. Mas o de Metelo Céler ficou exposto na casa dos Meteli durante cinco dias e não parece morto nem vivo. O rosto de um amarelo-acinzentado já se tornou uma máscara. Representa o homem que se foi, em vez de revelá-lo ao olhar do público uma última vez.

As órbitas estão encolhidas. A pele está bem esticada, e o nariz proeminente parece um andaime mantendo a estrutura. O esplendor de suas roupas, o brilho do esquife e o frescor das flores por cima dele contrastam estranhamente com essa relíquia mumificada. (Onde conseguiram encontrar tantas flores em janeiro? Quantos cavaleiros vieram galopando do sul, por ordem dos Meteli, com um ramalhete de lírios em uma das mãos e uma espada na outra?)

Um suspiro é ouvido ao longo do caminho da procissão, seguindo o esquife. É assim que tudo acaba, toda a glória e riqueza, mesmo para um dos grandes governantes de Roma. É o que acontece mesmo àqueles que podem ir aonde querem, fazer o que querem, escolher o que gostariam de comer no jantar e ter certeza de que seu desejo será realizado.

Metelo Céler era famoso por saber de onde vinha e para onde ia seu dinheiro. Não era exatamente sovina, mas prudente. Porém mesmo para ele chegou o momento em que a única moeda que pôde usar foi colocada debaixo da sua língua, para pagar o barqueiro Caronte pela travessia do rio Estige. Não há qualquer favorecimento nesse rio, todos os passageiros são iguais. O barco velho e desconjuntado de Caronte lhes serve, e ele resmunga quando pega os remos.

De certa forma, é possível ver com mais clareza o mistério da morte quando é um grande homem que morre. Fica mais fácil para o homem comum voltar para casa, com a expectativa de tomar uma sopa quente e comer um frango assado gordo com molho de peixe. Mesmo que ele só possa tomar uma sopa de legumes, ainda estará melhor do que Metelo Céler.

*

Catulo segue a multidão até o Fórum, depois se afasta. Clódia está no meio dos Meteli, ouvindo as orações fúnebres. Haverá longas elegias sobre seu marido morto, seguidas de discursos em homenagem aos ancestrais com os quais ele repousa agora.

É uma dessas ocasiões pesadas que definem Roma para si mesma. O morto não é só mais um homem, grande ou insignificante, é parte da história pública de Roma. Todas as virtudes de Metelo Céler se refletirão em Roma.

Catulo não tem lugar nesse cenário, mas não consegue afastar-se do funeral por completo. Fica vendo todos passarem e observa o rosto sem vida de Metelo Céler, que já não reconhece coisa alguma.

Embora esteja usando seu manto mais quente, sente um frio que nada pode mitigar. Ele está sozinho. Não quis participar desse espetáculo com os amigos. Não consegue se livrar do sentimento de que ajudou a emboscar um homem desarmado. Clódia está inacessível e permanecerá assim durante nove dias após o banquete do funeral. Mesmo depois da purificação, terá de observar um ano de luto. Como eles irão se encontrar se todos vigiam cada movimento que ela faz? Os boatos se tornarão uma acusação se ela não tiver cuidado.

Ele está certo de que ela não teve nada a ver com isso. Não conseguiria planejar uma morte assim. Imagina Clódia atravessando o quarto, pondo os braços fortes e esguios em volta do seu pescoço e apertando os seios contra ele. Seu corpo está quente e ela sorri. Depois de um instante, a empurra para trás e diz: "Quero olhar para você."

Mas nesse momento Clódia está ali, com o olhar vago, perdida em seus pensamentos. Os discursos continuarão por um longo tempo, e ela manterá uma máscara no rosto, como seu marido. Ficará atenta, sombria, mas controlada. Saberá que o povo está vigiando suas reações.

Segundo os costumes, antes de colocarem Metelo Céler dentro do jazigo da família na Via Ápia, seus olhos terão de ser abertos pela última vez. Catulo não sabe bem de onde vem essa tradição. Talvez, muito tempo atrás, fosse necessário saber ao certo se os mortos estavam realmente mortos antes de separá-los para sempre da terra dos vivos. Quem abrirá aqueles olhos? Decerto um dos homens da família. Ele espera e reza para que seja. Mas a imagem que o persegue é da própria Clódia debruçando-se sobre o marido, levantando suas pálpebras com os polegares, olhando dentro dos seus olhos, e aqueles olhos observando-a sem ver, com ar acusador.

É também costume que um membro da família dê o último beijo no morto. Na sua imaginação, os lábios quentes de Clódia encostam na carne acinzentada e sentem sua deterioração e um ligeiro gosto da gipsita do embalsamador.

Treze

Há veneno por todo lado, entrando por seus ouvidos e olhos. Catulo se lembra da semana em que Clódia achou que estava grávida, oito meses atrás. Aonde quer que ele fosse, via corpos de mulheres dilatados debaixo das túnicas, mulheres que ele podia jurar que, no dia anterior, não tinham barriga alguma. Ouvia bebês berrando a noite inteira. Recebia recados orgulhosos de amigos e mais amigos anunciando a gravidez das esposas.

Isso não pode ter acontecido. Catulo é um poeta, inventa coisas. Inventa até mesmo pessoas. Clódia o acusou uma vez disso. "Você não me conhece! Conhece apenas a mulher dos seus poemas."

Mas ela gostava dos poemas. E ele sabia disso. Ninguém, nem mesmo ela, conseguiria fingir um sorriso tão caloroso e maravilhado.

Veneno. Ele ouviu Lucius repreender o cozinheiro por ter comprado cogumelos silvestres na barraca de um mercado em vez de comprar com o fornecedor de confiança, que vinha do interior com uma cesta pendurada no braço e conhecia cada cogumelo como se fosse seu próprio filho.

— Está tentando nos envenenar? Nesta casa, falsa economia não é uma virtude!

No dia anterior, foi a vez do imbecil do Inácio na casa de banho, contando uma história sem nexo de uma menina que mandava doces envenenados para sua rival; a irmã mais jovem que os entregava olhou dentro da cesta e, ao ver mel com amêndoas, roubou um deles.

— Só *um*, e ficou rolando no chão em agonia. É verdade, eu soube disso por uma pessoa que conhece a tia da menina.

Ao contar a história, mostra a fileira de dentes e revira os olhos para ver se está sendo o centro das atenções. Você é como uma criança, Inácio. É um homem crescido com um monte de guardanapos sujos pendurados nos joelhos.

Mais tarde, no Fórum, um grupo de senhores calvos e pomposos falava sobre uma herança que se arrastava lentamente pelos tribunais durante um tempo maior que a vida dos herdeiros. Um deles riu veladamente, balançando a cabeça, como um burro amarrado por tanto tempo em frente a uma escola de retórica que passa a se considerar um refinado debatedor.

— Vale dizer — fala ele, rindo — que havia uma questão — ri um pouco mais — de interferência potencialmente imprópria na *sequência dos acontecimentos*, se é que me compreendem, a *sequência dos acontecimentos* que levou ao falecimento do — rindo de novo — falecido.

Depois dessa conversa, eles saíram dialogando baixinho sobre infusões, poções, preparações e sintomas...

O falecimento do falecido. Vocês são uns bárbaros. Se a linguagem um dia triunfasse, vocês seriam levados em trapos e correntes numa procissão. O populacho de Roma jogaria o conteúdo dos urinóis em suas cabeças, até o lado de fora igualar-se ao lado de dentro.

Todas as graves cabeças de burro foram balançando para cima e para baixo, solenes como os juízes que gostariam de ser. Saiam daqui, seus incompetentes, tagarelando sobre crimes. Se quiserem ver o falecimento do falecido, basta se olharem no espelho.

Aonde quer que Catulo fosse, era perseguido pela ideia de veneno. Passou por dois meninos que dividiam uma torta no degrau de uma porta. Num instante, a divisão se tornou uma briga.

— Passe isto aqui para mim, seu desgraçado!

Um puxou, o outro puxou de volta, e metade da torta caiu na terra. Um dos meninos ficou com um bom pedaço, o outro ficou sem nada. Rápido como um raio, o menino que saiu na pior escarrou na torta.

— Vamos, coma sua torta agora — gritou.

O outro, pálido de raiva, controlou-se.

— Por acaso acha que quero me envenenar? — disse, jogando o resto da torta na sarjeta.

É como se Catulo tivesse dormido e subitamente acordado e tomado conhecimento de coisas que todos já sabiam. Dormido e acordado. Os envenenadores podem se tornar celebridades, mestres da sua profissão. Roma está cheia deles. O próprio Dr. Filoctetes disse isso quando media uma dose de *digitalis* para Catulo, no auge da sua febre.

— Se o médico não for preciso, em breve verá o outro lado das drogas que emprega. Os remédios — disse ele, olhando para o teto com expressão sublime —, os remédios são como as duas faces de Jano, meu querido amigo. Uma face é capaz de curar, e a outra, de matar. Não há lugar melhor para envenenadores que Roma. Até mesmo o Egito deve reconhecer que nós somos mestres dessas artes profanas.

Mas será que Dr. Filoctetes realmente disse isso, ou é imaginação de Catulo? Sua obsessão por veneno corrompe tudo.

Ele precisa descobrir mais coisas. Quer fatos que apaguem essas suspeitas terríveis como o sol abrasador do meio-dia. Clódia não sabe de nada, é inocente. O Dr. Filoctetes deve estar errado. *Cogumelos, creio eu.* Foi o que ele disse, e disse também alguma coisa sobre o jato de saliva vindo da boca do moribundo. Mas que tipo de cogumelos, e como puderam ser servidos para um único homem? Os mesmos molhos foram postos na mesa para que todos escolhessem o que quisessem, e essas escolhas não foram premeditadas. Mas só Metelo Céler caiu doente.

Catulo sente um alívio. Impossível haver um prato de cogumelos venenosos à mesa, o risco era grande demais. Se o envenenamento não ocorreu no jantar, quando ocorreu então? Metelo Céler não era o tipo de homem de comer um prato de cogumelos antes do jantar. Ele se orgulhava de viver uma vida romana antiquada, não comia nada antes do jantar, se tivesse fome esperava até a refeição ser servida. Metelo Céler não atrapalhava o apetite com lanches saborosos.

Mas o Dr. Filoctetes não teria motivo para diagnosticar veneno se não houvesse sinal disso. Ele é um médico muito competente. Catulo tenta esquecer suas palavras, mas não consegue. Seu medo aumenta como a sombra noturna de uma árvore frondosa, espalhando-se até cobrir uma área inteira. O Dr. Filoctetes quis avisar para ele se manter fora disso. *Deixe esse quarto nocivo, cheio de miasmas ameaçadores... Nós precisamos de nossos poetas em Roma.* Talvez tivesse medo do que a família poderia fazer se suspeitasse que Catulo estava implicado na morte de Metelo Céler. Talvez acreditasse que um clã tão rico e poderoso como o dos Meteli poderia atacar qualquer um ligado "à cena do crime", como ele sem dúvida diria. É bem verdade que Catulo havia dormido com a esposa de Metelo Céler... mas isso não bastaria. Ninguém que olhasse para esse poeta, que o conhecesse, poderia imaginar que ele fosse um envenenador. Com certeza.

Ou talvez Filoctetes tivesse medo de outra pessoa. Possivelmente do Belo Menino. Ele é um bom candidato como qualquer outro para quem procura motivos. Motivos políticos, é claro, disse Catulo a si mesmo rapidamente, afastando o pensamento que surge como uma criatura vil e deformada das trevas. *Ele tem razão para odiar o homem que dorme com sua irmã, como se ela fosse sua esposa legal.*

Ele tem de parar de pensar. Precisa apenas descobrir qual foi o veneno e como foi ingerido por Metelo Céler. Se é que houve um veneno, acrescentou depressa. Precisa conversar com um especialista.

Perguntar para qualquer um pode ser perigoso. Dirá que está escrevendo uma peça e precisa fazer alguma pesquisa. Os escravos das casas de banho sabem tudo. Ele começará por eles, depois passará para os bordéis.

— Cíntia, você conhece todo mundo. Estou escrevendo uma peça e preciso de ajuda com uma das cenas.

— Uma peça? Pensei que só escrevesse poesia.

— Só?

— Não foi isso que eu quis dizer, tenho certeza de que pode escrever um drama maravilhoso.

— Você deve me considerar vaidoso como aquele idiota do Volúsio. *"Andei virando a mão para, em busca de uma palavra melhor, nossa grande tradição épica."* Aquele cretino é capaz de fazer a tradição se acovardar como um escravo antes de levar uma surra.

— Então está realmente escrevendo uma peça?

— É uma opção que venho considerando.

Ela fica desanimada.

— Não fale assim. Está parecendo um político. Estou cansada deles.

— É só para irritar você... Mas os poetas *deviam* ser mais políticos. Práticos... com o pé no chão... autoconfiantes, ou melhor, autossatisfeitos...

— Ou melhor, apaixonados por si mesmos, pelo menos os que eu conheço. Quanto a ter os pés no chão, eles passam muito tempo tramando: e se isso, e se aquilo. Acabam sabendo menos diferenciar o que é real ou não que uma criança de 6 anos. Você pode dizer a mentira que quiser que, se for bem lisonjeira, eles engolem.

— Mas, de certa forma, isso vale para os homens em geral, não é, Cíntia?

— Não ponha palavras na minha boca. Fale sobre sua peça. Vou sempre ao teatro se tiver uma tarde de folga. Não sei se já lhe disse que, quando eu era pequena, queria ser mímica. Deixava minha mãe e meu pai loucos, fazendo a morte de Electra em um dia e a de Ifigênia em Áulis no outro. E também dançava e fazia acrobacias, não sei o que os moradores de baixo pensavam. Aprendi a dar cambalhota para trás, fazer estrela e várias outras coisas. Mas é difícil ter um bom treinamento. É preciso ter contatos, mas nós não conhecíamos ninguém.

— Na peça que estou escrevendo, ocorre um envenenamento.

— É sobre Medeia? Imagine fazer esse papel. Seria difícil dormir à noite depois de se matar com a própria maldade.

— Medeia faz parte do passado. Minha peça é contemporânea.

— Eu adoro sua forma de escrever. É bem incisiva e engraçada... como a vida real. E tudo acaba se encaixando, como a caixa de um artesão. Eu gostaria de ter falas assim... Não tenha medo, meu querido, não estou a fim de um papel. Só nos meus sonhos. Talvez eu não fosse boa, mesmo que tivesse tido uma chance. Mas quem não tem chance pode sempre ter esperança... Talvez seja melhor não saber.

— Você vai ter lugares na primeira fila, Cíntia, se eu a finalizar. Mas estou parado nas pesquisas. Preciso conversar com alguém que saiba tudo sobre venenos e como eles funcionam. É o detalhe que faz a diferença. Se não for convincente, vão jogar ovo podre em mim.

— E você acha que eu sou a pessoa adequada para saber sobre veneno?

— Não, é claro que não. Mas você conhece muita gente, Cíntia.

— Conheço mesmo, não é? — repete ela, contraindo o nariz.

— Não foi isso que eu quis dizer — explica ele logo.

— Eu sei.

Mesmo há uns dois anos, Cíntia ainda era uma menina de ouro. Ela sempre foi assim, os amigos lhe disseram quando Catulo chegou em Roma. Uma dessas mulheres intocadas pelo tempo. Mas de repente, ela mudou. Os seios e quadris aumentaram, o cabelo está seco e sem brilho, apesar de bem-penteado como sempre. Seu rosto tem vincos que não desaparecem quando ela para de rir.

Mas Cíntia não ri tanto agora. Essa mudança foi decorrente do acidente que seu filho sofreu no ano anterior, quando brincava com os amigos e pulou de uma parede alta. Caiu de mau jeito e quebrou a perna, na ligação entre a coxa e o quadril. Apesar de Cíntia gastar muito dinheiro com médicos, os ossos não se recuperavam de forma adequada. O menino manca muito agora. Ainda assim, faz seus exercícios com afinco, diz Cíntia, e se trata com aquele terapeuta que seu amigo médico recomendou. Fez bastante progresso. É um menino brilhante e adora estudar. Seu professor particular o considera muito promissor. Talvez venha a ser advogado.

Cíntia o encoraja muito, mas raramente o vê; acha melhor assim. Ele já tem idade para notar o que acontece. Quando era pequeno, vinha sempre ver a mãe, e todas as moças o mimavam e lhe davam balas.

Ela trabalha mais do que nunca, mas seu preço está baixando. Portanto, tem de pegar mais clientes e nem sempre bons. No início da sua carreira, fez um bom dinheiro e deve ter algumas economias, que estão minguando com o problema do filho e sua educação.

— Não se preocupe com isso, Cíntia, vou perguntar por aí.

— Não, espere. Eu conheço alguém, isto é, eu sei de alguém. Mas você vai ter de tomar cuidado. Muito cuidado, realmente. Ela é bem protegida, e, se acharem que você está bisbilhotando com a ideia de delatá-la, darão um jeito de abreviar sua vida.

— Guarda-costas... sério?

— Há muito dinheiro envolvido nos seus trabalhos. Ela está no auge. Pode fazer qualquer coisa, e dizem que tem uma lista de clientes que nos envergonharia.

— Como se chama?

Cíntia olha em volta, embora só os dois estejam no quarto.

— Gorgo — diz baixinho.

— Então ela é grega? — Esse nome fica soando e ecoando em sua cabeça. Uma das rivais de Safo chamava-se Gorgo...

— Ela sempre morou aqui em Roma. Creio que seja originalmente de Lesbos, ou sua mãe é.

— Lesbos!

— Sim, creio que sim.

— Que idade tem essa mulher? — Centenas de anos talvez, pensa ele, uma mulher da ilha de Safo, com suas macieiras, sombras, rosas, anetos e violetas... — Você a conhece?

Cíntia fica ruborizada.

— Como assim? Está me acusando de quê?

— Cíntia, por favor! Eu fiz uma pergunta inocente.

— Eu jamais encomendei um trabalho para tirarem alguém do meu caminho, nunca faria isso. Os deuses proíbem, pois nossas vidas são deles, não nos pertencem. — De repente, ela assume um ar sombrio e sério. Por um instante, Catulo acha que está vendo o interior do seu ser, a incorruptível Cíntia. — Fui procurá-la por uma razão diferente — diz ela, levantando-se para ajeitar um vaso de anêmonas, de costas para ele.

Catulo lembra de uma noite, há muito tempo, em que Cíntia e ele bebiam vinho no quarto dela. Havia no cômodo um sofá esculpido coberto de seda bordada, não essa caminha que tem hoje. Os dois estavam deitados ali, aconchegados e cansados, conversando como os velhos amigos que lentamente estava se tornando. Ele sempre gostou da companhia dela. Apesar da sua profissão, ela era surpreendentemente sem imaginação na cama — de forma quase comovente —, como se nunca tivesse tido qualquer treinamento. Mas com a pele quente e macia e os lindos seios, essa sua passividade não importava. Seu quarto era bom, não esse cubículo abafado de agora. Cíntia nunca se queixou da mudança, nem pareceu notar. Alguma força a levava adiante, anulando quaisquer outros sentimentos que ela pudesse ter. Catulo achou que tudo isso era por causa do problema com seu filho.

Mas rebaixá-la assim é um absurdo. Ela não vai conseguir bons clientes se sua importância for evidentemente diminuída. Conseguirá homens com mau hálito ou hábitos desprezíveis.

E então Catulo pensa que, enquanto os deuses lhe deram um dom, ela tem de fazer esse tipo de trabalho.

E dá uma risadinha.

— Não há motivo para rir — diz Cíntia zangada —, e acho que você não compreenderia. É fácil para *você* ir embora.

Pétalas das anêmonas caem no chão. Cíntia está despetalando-as, logo ela que ama tanto as flores. Toda vez que vem vê-la, traz a flor da estação, por mais ridículo que seja entrar num bordel como se fosse um pretendente.

— Não despetale as anêmonas, Cíntia. Eu não estava rindo de você, mas de mim mesmo.

— Não é nada engraçado quando uma mulher tem um problema. Especialmente aqui.

Fui procurá-la por uma razão diferente... Sim, é claro. Uma mestra em venenos saberá tudo sobre as drogas que as mulheres precisam.

— Uma das meninas, uma das novas, entrou em pânico. Se tivesse vindo falar comigo, eu poderia ter ajudado. Pelo menos poderia ter lhe dito para procurar Gorgo. Mas ela manteve segredo de todas nós e foi ver uma curandeira, que disse que heléboro preto resolveria seu problema. Sem que soubéssemos o que estava acontecendo, ela tomou uma dose forte o suficiente para matar um boi. — Cíntia estremece. — Foi de noite, nunca me esquecerei.

— O que aconteceu?

— Ela morreu, é claro. As meninas tentam todo tipo de coisa. O preço de Gorgo é alto, e elas só se propõem a pagar quando precisam muito. Para usar ervas, é preciso saber o que estão fazendo, senão as plantas viram as tripas do avesso; elas ficam doentes durante dias e, no final, percebem que continuam grávidas. Clister funciona para algumas. As meninas gregas confiam muito em sílfio. Mas uma mulher experiente como Gorgo sabe. Ela realmente sabe. Não basta juntar todos os ingredientes, é preciso saber como misturá-los e em que quantidades. Leva anos para aprender, e é tudo mantido em segredo. Ninguém dá a receita.

— Como os médicos — diz ele.

— Você tem razão, é exatamente o mesmo, a não ser pelo resultado final. Dizem que Gorgo tem treinamento médico, mas não se pode garantir nada. A história que contam é que ela se vestia de homem.

A curiosidade de Catulo é aguçada.

— Parece que é com ela que preciso falar.

— Sim, mas tenha cuidado. Diga o que quer e por que quer. Não conte nenhuma das suas histórias para ela.

— Mas você adora minhas histórias, Cíntia.

Ela se vira e olha para ele.

— Você não vai receber mais nenhum elogio de mim hoje. Não estou de bom humor.

— Dá para ver. Vamos tomar outro drinque.

Cíntia vai até o resfriador de vinho, levanta a jarra, limpa-a e despeja o vinho em duas taças.

— Não ponha tanta água no meu. Essa coisa que você bebe... é água enfeitiçada.

Ela vira a taça e olha seu interior.

— Depois que a gente começa a beber aqui, bebe de verdade, não só uma taça entre clientes para se sentir relaxada, mas sem parar. Eu não vou seguir esse caminho.

— Como vai Tito?

Ela suspira e vem sentar-se na cama ao seu lado. Encosta nele o corpo pesado e perfumado, confortante como o vinho. Catulo gostaria de estar descansando assim com Clódia agora. Mas ela o levou a profundezas, a lugares com os quais ele nunca sonhara antes de conhecê-la. Às vezes, os dois parecem ter saído dos seus corpos, parecem ter se alçado para além de si mesmos, como que próximos da morte. Em outros momentos, ele tem tanta consciência do corpo dela que sente todas as gotas do seu suor, todos os fios do seu cabelo e as batidas do seu coração como se fossem dele.

Catulo suspira também, e Cíntia diz:

— Você está pensando nela de novo.

— Não estou, não.

— Eu sempre sei.

— Não diga isso, Cíntia. Eu estava perguntando sobre Tito.

— Os músculos das coxas dele precisam ser muito trabalhados. Estão desgastados. Os médicos dizem que é a perda muscular que o faz mancar tanto, não só a fratura em si.

— Você está bem financeiramente?

— Estou bem, por enquanto. Posso pagar as despesas médicas porque não tenho despesas pessoais.

— E o seu apartamento, Cíntia?

— Eu abri mão dele. Estou morando aqui agora.

Não há nada que Catulo possa dizer. Ele nunca viu seu apartamento claro, bonitinho e cheio de flores, ela não levava clientes lá. Queria ter duas vidas separadas. Mas descrevia o lugar com tanta frequência que ele poderia ir lá de olhos vendados. Fica no terceiro andar, não é barulhento, um lugar bem reservado. Há um pequeno balcão onde ela coloca vasos de tomilho, manjerona, salsa e flores. O apartamento ficou uma gracinha ao longo dos anos.

— E você vai sempre visitar Tito? Ele nunca vem em casa?

— Vinha muito pouco. É melhor não atrapalhar sua rotina. Ele tem uma vida lá... Não quero perturbar a rotina estabelecida.

— É claro que não.

Cíntia abriu mão do apartamento. Fica aqui agora o tempo todo, com os clientes entrando e saindo, as meninas fofocando. Sabem quem vem subindo, quem vai descendo. Restou-lhe apenas esse quartinho abafado e sem flores.

— É bom ter tempo para conversar — diz Cíntia. Seu rosto continua suave, mas a voz está ansiosa. Catulo é um bom cliente. Quando vem, sempre paga pela tarde toda. Talvez ela esteja com medo de que ele também vá trocá-la por uma mulher mais jovem.

Mas Catulo não vai. Não por virtude, mas porque realmente gosta mais de estar com Cíntia do que com qualquer outra menina dali. Os dois se conhecem há muito tempo, desde os dias inocentes em que ele não conhecia Clódia, logo que chegou em Roma. E tudo que viu nessa Roma mergulhada em sangue, repleta de tramas, de busca pelo poder, de histórias de morte, foi poesia. Não havia veneno então... Ele era como uma criança nua brincando em volta das tetas de uma loba. Um verdadeiro Rômulo.

Contudo é claro que essa não é toda a verdade. Catulo foi para Roma por uma razão. Estava se preparando para a vida como qualquer outro, mas de uma forma diferente — seu sonho era ser poeta. Queria conhecer tudo, sentir tudo. Muito antes de encontrar Clódia, ele a queria. Desejava sentir-se como Safo se sentia na presença do seu amante. Desejava que um fogo frio percorresse seu corpo e o transformasse.

— É bom, sim — concorda ele. — Gosto muito das nossas tardes.

— Você tem algum poema novo?

— Tenho um. Sirva-me mais um pouco de vinho que eu recito para você.

Ela lhe serve o vinho, volta para o sofá e se senta com as pernas cruzadas, em uma pose que deve ter aprendido com uma das meninas egípcias.

— Comece.

> *Copeiro, que está servindo o melhor vinho de Falerno,*
> *misture o meu até ficar o mais forte possível*
> *segundo a lei da dona da casa*
> *que está mais bêbada que a própria bebedeira;*
> *mas vocês, ninfas da água, que tudo diluem*
> *e transformam o vinho forte em urina*
> *deixam a orgia e se juntam aos virtuosos...*
> *aqui Baco não o mistura com ninguém!*

— Você compôs isso na casa de Lésbia? — pergunta Cíntia. — É muito bom, é claro, mas ouço tantas canções sobre bebida que estou um pouco cansada do tema.

— Cíntia, você não costuma ser tão maldosa.

Ela lhe dá um sorriso inocente.

— Não gosto de saber que um jovem bonito se tornou um bêbado de nariz vermelho. Já vi isso muitas vezes.

— O seu problema, Cíntia, é que você já viu muito de tudo. Tem uma palavra de advertência para cada ocasião.

— Pode ser verdade — diz ela, pensativa, inclinando-se sobre ele e dando-lhe um beijo rápido de desculpa. — Não há nada pior que uma prostituta dando lição de moral, não é?

— Não foi isso que eu disse.

— Eu sei que não foi, senão não o teria beijado. Você tem esse ar de inocência... tenho vontade de roubar um pouco para mim.

— *Você* não precisa roubar inocência.

Para sua surpresa, os olhos dela se encheram de lágrimas

— Acho que essa foi a coisa mais linda que já me disseram.

Os dois permanecem em silêncio. Ela perdida em pensamentos distantes, e ele sem querer estragar o momento. Gostaria de ficar ali para sempre. Ou pelo menos às tardes, tomando bastante vinho para as horas passarem suavemente, como agora...

Como ele chegou a esse lugar? Não ao quarto de Cíntia, mas *onde está agora*. Metelo Céler morreu em agonia, lutando para respirar, borrando-se e urinando-se em um quarto escuro. Clódia está oculta por trás de um véu de luto da família. Ele não a vê nem tem notícias dela. Mesmo que a visse, seria como olhar para uma máscara que cobre o rosto do morto.

Esse quartinho é como um barco. Seria bom manter-se nele e ser levado para a areia até chegar a uma caverna secreta...

Mas é claro que isso não é possível. Ele gosta de Cíntia, mas não a ama. Não pode amar ninguém. Nada pode tocá-lo agora, a não ser Clódia. Ela é seu alimento, sem ela morrerá de fome. Mesmo que seja envenenado, precisa vê-la.

Dentro de poucos minutos, irá embora. Não pretende ter um refúgio. Precisa ir aonde quer que o caminho de Clódia o leve. Primeiro terá de ver aquela envenenadora, Gorgo, depois irá à casa do Palatino. Como aquele inocente menino de Verona se surpreenderia se entrasse nesse quarto agora e visse aonde a poesia o levou.

— Cíntia, eu gostaria de lhe dar um dinheiro.

— Não precisa se preocupar, basta pagar o que sempre paga.

— Não é isso, eu gostaria que você voltasse a alugar seu apartamento.

Ela se senta sobre os calcanhares e olha para ele.

— Mas de que adiantaria? Eu acabaria tendo de entregá-lo de novo.

— Estou falando de um bom dinheiro, Cíntia.

— Eu nunca sei... nunca sei o que chamam de bom dinheiro. Não sei se você é realmente rico, por exemplo. Seus poemas dizem que seu bolso é cheio de teias de aranha e não daria para pôr um jantar na mesa... Não me entenda mal. Eu sei que você sempre paga o que deve.

— Nós temos o que chamam de "propriedade extensiva e interesses comerciais em casa e no estrangeiro". Estamos em Verona há muitas gerações e temos também uma casa em Sírmio. Meu irmão administra a propriedade da Bitínia, está morando lá no momento. O que quero dizer é que eu poderia lhe dar o suficiente para você comprar o apartamento.

— Mas por que faria isso?

— *Por quê*? Não sei por quê, Cíntia! Só estou dizendo que posso fazer isso.

— Eu não compreendo você.

— Não precisa compreender. Pense o seguinte: você falava tanto no apartamento que tenho a impressão de que já estive nele. Quero ver você lá de novo com suas flores.

— Mas saiba que eu nunca recebi homens naquele apartamento.

— Não estou pedindo isso. A casa não será minha, será sua. Eu nunca irei lá, prometo. A escritura ficará em seu nome.

Cíntia fica em silêncio por longo tempo, depois diz:

— Está fazendo isso porque vai parar de me ver? Porque sente pena de mim?

— Não, juro que não, Cíntia, não é um presente de grego. Não quero nada de você. É só uma compra. Além do mais, ninguém que a conheça pode sentir pena de você. Apenas pode ter inveja.

— Inveja! Você sabe como é a minha vida.

(*Ou talvez não saiba. Acha que sabe porque tem liberdade de ir e vir, pagando pelo tempo que passa aqui, fazendo-me rir. Você pode fazer o que quiser. Um dia dirá a seu filho: "Vá ver Cíntia, ela está ficando velha mas é decente, você estará seguro com ela."*)

Cíntia baixa os olhos. Ele é um bom cliente. Quase um amigo.

— Inveja! — repete, com um toque de ironia.

— Sim, dentro da sua cabeça você está em paz. Sempre fez tudo certo.

Ela se levanta e vai ajeitar as taças e a colcha da cama.

— Espere um instante. — Abaixa-se de repente para pegar os chinelos, mas ele nota que na verdade está chorando em silêncio.

— Cíntia, sinto muito. Eu não queria perturbar você.

— Não é culpa sua. É a minha preocupação com Tito. Tenho essas crises de vez em quando. Eu sei que ele está em boas mãos, mas sinto vontade de vê-lo... — Deixa cair os ombros, e seu rosto de repente fica manchado de lágrimas. — Gostaria de vê-lo andando com o corpo ereto como costumava andar e *correndo*. Ele corria tão rápido que eu ficava com o coração na boca.

Catulo não diz nada. A tristeza dela vai além de qualquer consolo. Pela segunda vez nesse mês, fica contente de não ter filhos. A primeira foi quando viu a enfermeira de Metelo Céler na casa do Palatino.

Aquele menino inocente de Verona queria saber tudo, sentir tudo. Como se tivesse escolha, que tolice!

Catorze

Lucius e Catulo estão no estúdio, examinando com cuidado uns papiros. Lucius encontrou um novo copista, um verdadeiro artesão, e trouxe umas amostras do seu trabalho.

— Lucius, por que estamos largando a oficina do Velho Balbo?

— Os olhos dele não são mais os mesmos. Uma película está crescendo sobre seu olho direito, e o esquerdo terá o mesmo destino.

— Mas ele tem uma equipe de copistas, não é ele quem faz o trabalho há anos.

— Ele supervisionava o trabalho como um falcão. Não aceitava ninguém que não fosse perfeito. Seu treinamento era o melhor da cidade. Mas nestes últimos meses tudo começou a degringolar. Dois dos seus melhores copistas foram comprados. Só os deuses sabem por que ele aceitou isso, mas imagino que a oferta tenha sido alta demais para ser recusada. E agora não consegue manter o bom padrão. Preste atenção no quarto verso do epitalâmio, o poema nupcial. Aqui.

— Eu concordo, ainda não está bom.

— Não pode circular assim. Os preços de Balbo são os mais altos da cidade, ele valia o que cobrava, mas não agora. Devolvi as primeiras cópias com sua permissão, se você se lembra, e ele nos mandou isso de volta. Na minha opinião, não adianta gastar papiro para copiar e recopiar um trabalho para ter um resultado assim. Você vai querer dar outra chance a Balbo?

— Não, é claro que não, Lucius. Você é que está cuidando disso, e sabe melhor que eu mesmo o que me serve.

Lucius abaixa a cabeça e fecha os olhos por um instante.

— Estou fazendo uma sindicância e visitando oficinas. Creio que esta aqui é a melhor de todas. — Pega um rolo de papiros inscritos com textos de amostra e passa-o para Catulo. — O nome dele é Alexandro, um grego que tem três escravos bem-treinados trabalhando sob suas ordens. Eu conversei com cada um deles e os interroguei cuidadosamente. Todos têm educação esmerada e grande habilidade. Passei de duas a três horas lá, observando o trabalho que faziam. A consistência é de primeira linha, e eles têm um excelente quadro de clientes. Alexandro me garantiu que cuidaria pessoalmente de todas as suas cópias.

Catulo examina os papiros. Por baixo do texto de amostra, há quatro versos do epitalâmio que ele escreveu para o casamento de Manlius. Parece que tudo isso ocorreu há muito tempo. Um dia de inocência sem volta. Ele pode quase ouvir o som das flautas e ver o brilho das tochas. Um casamento feliz. Mas Lucius está falando.

— Este é o estilo deles, mas, se não gostar, copiarão no estilo que você escolher. Nesse caso, podemos visitar a oficina juntos e discutir suas preferências.

— Este está bom. Vamos lhe pagar o mesmo que pagávamos a Balbo?

— Por que não, se ele apresenta um resultado assim? Entreguei os mesmos versos em cada oficina que visitei, para fazer um julgamento justo. E aí está: traços cristalinos como diamantes, e palavras fluindo como água.

— Você está fazendo poesia, Lucius.

— Considere a largura desses traços para baixo... aqui... e dos traços para cima. Não temos um trabalho como esse de Balbo há mais de um ano.

— Você tem razão. É verdade. Vá em frente, vamos fazer uma encomenda para Alexandro e ver como ele se sai.

Lucius assente, satisfeito. Essas são suas horas mais felizes, no estúdio, concentrado em detalhes que não significariam nada para um leigo. O braseiro queima madeira de macieira hoje e as lamparinas estão acesas, apesar de não ser noite ainda. O dia foi cinzento e frio, com um vento vindo do norte. Lucius gostaria de prolongar esse momento, mas seu senso de obrigação é muito rigoroso. A troca de ideias terminou. Enrola as amostras de papiros e as guarda com cuidado, a não ser uma que seu mestre ainda está examinando.

— Preciso ser mais produtivo — diz Catulo —, se quiser fazer jus à arte desse Alexandro que você encontrou.

Lucius sorri.

— As Musas não permitem que ninguém as tome como garantidas. Devemos nos dar por satisfeitos de elas visitarem nossa casa com a frequência que visitam.

Uma ideia bizarra, quase cômica, forma-se na cabeça de Catulo. As Musas gloriosas batendo à porta, e Lucius fazendo-as entrar, tirando suas sandálias e mandando um escravo trazer água quente aromatizada com raiz de lírios para lavar seus pés, e uma bandeja com copos de suco de uva misturado com gelo picado. Lucius lhes mostraria todas as joias da casa, mas esperaria que elas se sentassem com decoro e fossem embora no tempo apropriado.

É bom ver Lucius mais relaxado. A doença de Catulo o afetou muito, depois veio a morte de Metelo Céler. Durante anos, Lucius foi o homem que o menino Catulo admirava — braços fortes, peito largo e fundo e pernas grossas. De repente, sem que ele notasse, as coisas mudaram. De início, acreditou que essas mudanças poderiam ser revertidas. O cabelo grisalho, o corpo magro e velho não podiam ser permanentes, eram parte de uma elaborada simulação. Em certo momento, Lucius bateria palmas para terminar a brincadeira, tiraria o disfarce e riria para valer, uma dessas risadas estrondosas como as de Júpiter, com os meninos aconchegados em seu peito.

— Você devia usar uma túnica mais quente com esse tempo — diz Catulo, abruptamente.

— Eu? Você sabe que nunca sinto frio.

Eu sei que você não sentia, pensa Catulo, porém está mais magro agora e não tem mais a mesma agilidade.

— Fique um pouco aqui, Lucius. Vamos colocar mais madeira no braseiro e pedir para nos trazerem uma jarra de vinho condimentado. Gosto do cheiro da madeira de macieira, ela me traz recordações de Sírmio. Lembra-se de quando cortamos as árvores do pomar de lá e todos os camponeses trouxeram oferendas para apaziguar as dríades?

— Era mais que tempo de cortar aquelas árvores. Já haviam parado de dar frutos.

— Queimamos a madeira durante todo o inverno. Sempre que sinto esse cheiro, volto àquele inverno. A mamãe ainda estava viva, lembra?

— É claro — diz Lucius, levantando-se. — As árvores do pomar foram cortadas no dia seguinte ao que o médico veio de Roma ver sua mãe. Seu pai não estava satisfeito com os médicos de Verona, lembra?

Catulo não se lembra. Não consegue ver bem o rosto da sua mãe. As macieiras lhe são bem nítidas, as fogueiras, Lucius jogando mais um tronco para avivar as faíscas vermelhas. Sua mãe está por perto, em algum canto sombreado. Talvez em seu quarto.

O pomar era muito bonito, descendo a encosta que dava no lago Garda. Algumas árvores tinham sido plantadas quase na água. Os troncos eram nodosos e cinzentos, e ele costumava brincar de se esconder ali com seu irmão. Depois que as árvores foram cortadas, foi plantado um pequeno vinhedo. A bela Sírmio, a mais linda de todas as ilhas e quase ilhas do lago, com sua brisa de verão e tempestades de inverno. Ele, muitas vezes, ficava no terraço da vila enrolado em um manto frisado e, quando as tempestades chegavam, tinha a sensação de estar na proa de um navio, viajando, viajando.

Catulo pode compor uma poesia sobre isso ali e agora. O esboço do poema lhe vem à cabeça por um instante, imenso e escorregadio, depois desaparece. Ele sabe onde o poema está. Virá de novo, é claro que virá de novo. Sua mente se amplia, buscando o que não conseguiu captar. Lucius está na porta falando com uma escrava. Catulo vai até o braseiro e aquece as mãos. Lucius atravessa o quarto, com o rosto quente e contente, pronto para conversar.

— O vinho estará aqui em um minuto.

— Ótimo. Bem apropriado para um dia frio.

— E ela vai trazer aqueles biscoitos de amêndoas de que você gosta. Foram feitos hoje de manhã.

Sim, Lucius, você deu suas ordens. Biscoitos de amêndoas, um novo copista, madeira de macieira no braseiro. Todas as notas verdadeiras e familiares da casa devem ser tocadas para manter o perigo longe. Há boatos de que os Meteli juraram vingar-se "dos responsáveis pelo nosso sofrimento". Em público, não dizem nada. Todos mantêm a história da morte súbita, trágica e inevitável de um grande homem, abatido no auge da vida, uma perda irreparável para nossa cidade e assim por diante. Eram tantas as palavras que pareciam sepultar o homem pela segunda vez.

— Ah, aqui está ela.

Virgília vem trazendo a bandeja com duas taças fervendo. E também um prato com uma pilha de biscoitos de amêndoas ligeiramente tostados e crocantes. O aroma de mel e temperos se mistura ao da fumaça da madeira de macieira.

Eles levantam as taças e fazem um brinde.

— Saúde e felicidade!

— Saúde e felicidade para meu querido amigo, o mais incansável descobridor de novos copistas!

Eles bebem. Lucius dá apenas uns goles, pois sempre foi abstêmio. Suas bochechas enrubescem.

— Precisamos pensar em mandar buscar mais vinho caseiro de Sírmio — diz ele.

— Talvez fosse melhor irmos até lá. Você gostaria de ver aquele velho lugar de novo, Lucius? Está ficando cansado de Roma?

— Roma é exigente. Não estou convencido de que seja o melhor lugar para sua saúde. O ar de Sírmio sempre lhe fez bem. Lá você engorda e ganha um pouco de cor.

— Os poetas têm de viver onde estão as pessoas que querem ouvir poesia.

— Pode ser, mas, para escrever poesia, os poetas têm primeiro de viver — diz Lucius. — Você não sabe como esteve doente. Esteve a mais de meio caminho do reino das trevas, até mesmo o Dr. Filoctetes sabia que tinha uma luta nas mãos. Você não escapará tão facilmente da próxima vez.

Ele sabe o que Lucius deseja: que o escândalo da morte de Metelo Céler traga um fim ao seu relacionamento com Clódia. Há outras mulheres bonitas e jovens em Roma que pulariam no colo de um rapaz de posses e de boa família. E só dois irmãos para dividir a propriedade. O que poderia ser mais conveniente? E ele não é feio. Isso foi o máximo que Lucius se permitia dizer dos dois irmãos — não eram feios, não constituíam uma desgraça para o nome da família. E usavam as togas de forma aceitável, depois que entenderam que estava fora de moda drapeá-las como se fossem toalhas de mesa.

Quando Catulo olha para trás, é Lucius que faz parte de todas as suas lembranças importantes, não seu pai. No dia em que ele usou pela primeira vez uma toga de homem, foi Lucius quem ajustou as dobras. Onde estava seu pai? Decerto ali, mas Catulo não consegue lembrar-se dele.

Do braseiro, exala uma doce fumaça. Sim, Lucius está mais feliz agora do que nos últimos meses. Não têm chegado recados da casa do Palatino. Aemilia não apareceu mais enrolada em seu manto, com ar conspiratório, pouco à vontade com Lucius, tentando conversar com ele como se estivessem em pé de igualdade. Lucius tratou-a com rudeza, mas ela não notou. O que se podia esperar de uma mulher como aquela, por mais que mostrasse ser da confiança da sua senhora?

Lucius quase se convenceu de que a paixão de Catulo se esgotara, como ocorre com todas as fogueiras que não conseguem manter o calor por muito tempo. Agora, a vida da casa pode prosseguir. O braseiro queima de forma estável, previsível. Lucius não é um puritano. Ele já foi jovem, embora na sua juventude ainda fosse escravo, o que fazia toda a diferença. Mas seu sangue também queima. Todos os jovens bebem demais e têm vontade de levantar a túnica de todas as meninas bonitas que veem — e levantar também a túnica de um ou dois meninos bonitos. Eles vão aos bordéis de tarde, para depois beberem e comerem a noite toda em companhia decente, aonde pertencem.

Lucius sempre se orgulhou da forma como recebe os amigos de Catulo em casa e dos banquetes que organiza em alto estilo, como aprendeu muito tempo atrás, quando o pai de Catulo era jovem.

— Quer que eu mande trazer mais uma taça para você?

— Por que não?

Lucius chama Virgília e lhe pede mais vinho. Todas as servas são bem-treinadas, nenhuma casa em Roma é tão bem-cuidada, embora a ostentação não seja seu estilo. O dinheiro deles é antigo, não precisa ser alardeado.

Por isso ficou meio magoado ao ouvir o poema de Catulo, falando de um bolso cheio de teias de aranha, sem capacidade de pôr um jantar na mesa... Para coroar, o poema era dirigido a Fabullus, o amigo que mais jantava na casa.

Você jantará bem na minha casa, meu Fabullus,
em breve, se os deuses quiserem,
mas só se trouxer
o seu próprio jantar, bom e farto;
e por que não trazer também uma linda menina
e vinho e sal e todas as piadas?
sim, meu velho companheiro, traga toda a sua tralha
para poder jantar bem; pois ao seu Catulo
nada resta a não ser um bolso cheio de teias de aranha...

Como se fosse possível tal coisa acontecer! O poema parecia desconhecer a administração da casa a cargo de Lucius, e as belas noites regadas pelo melhor vinho de Falerno, que os leitores de poesia tanto apreciavam. Talvez tivessem se esquecido, quando riam, das fatias macias e transparentes de carne temperada, que desciam garganta abaixo, cobertas de molho de ostra.

Mas o poema não foi feito para ser levado a sério. Um homem rico pode fazer-se passar por pobre. Uma licença poética, que como tal não devia ser julgada nem devia ser motivo de ofensa.

Todos os amigos de Catulo conhecem Lucius e o tratam com o maior respeito. Ele não se importa com o que acontece, desde que seja posto um fim à relação de amor com uma mulher casada, que não só é dez anos mais velha que seu mestre como tem a pior das reputações da cidade.

Amor! Lucius olha de lado para Catulo. O menino pensa que sabe tudo sobre o amor. Mas ele e Lucius têm conceitos distintos sobre o assunto. O amor que "queima num fogo incontrolável", em que o homem esquece o resto do mundo, não consegue comer, nem dormir nem trabalhar, é um conceito. Mas amar e trabalhar não são conceitos incompatíveis. Cumprir as obrigações e comportar-se como um homem, não como uma criança. Se Lucius tivesse se soltado — tivesse mostrado um milésimo do que sentia — teria perdido a vida, o trabalho, as crianças e sua casa. O homem tem de se resguardar. Resguardar os olhos e a língua, saber onde pisa. E ao mesmo tempo sentir amor, como o fogo que dizem que queima fundo na terra. Lucius nunca sequer pronunciou o nome dela em voz alta com segurança para si próprio. Ela foi sempre "a senhora". O menino deixou-se possuir por aquela mulher. Parece com a mãe, tem os mesmos olhos dela. Mas sua mãe pertencia a si própria, nunca se deixaria engolfar.

As garras da criatura Meteli parecem perder a força. O menino se deu de corpo e alma à discussão sobre os pergaminhos. Está voltando a ser ele mesmo. Essa é a sua casa: um quarto quente, lamparinas de luz amarela, companhia, poesia...

— Lucius — diz Catulo, olhando para baixo sob o efeito do vinho —, preciso ir à rua dos Mestres Curtumeiros amanhã de manhã bem cedo.

Lucius pigarreia.

— À rua dos Mestres Curtumeiros? — repete ele, para ganhar tempo. — O que vai fazer lá? Não é lugar para você. Há um assaltante em cada esquina naquela área de Subura.

— É por isso que vou precisar de dois escravos para me acompanhar. Estou pensando em Niko e Antonius. Eles podem ir?

— É claro que podem. Você é o mestre desta casa — diz Lucius irritado. Ele sabe imediatamente que essa visita tem a ver com Clódia. Nada mais deixa os olhos de Catulo vermelhos e perturbados assim. Rua dos Mestres Curtumeiros! É um caso sério quando os Meteli sujam seu nome num lugar como esse. Mas todos dizem que ela se dá muito bem na sarjeta. Ela não ama seu menino. Uma mulher assim é incapaz de amar, quer apenas degradá-lo como já se degradou. O menino não vê isso, pois está obcecado por ela. Agora ela marcou um encontro numa daquelas ruas fedorentas, cheias de cubas para curtume.

— Vou pedir para Niko cortar uns galhos de hortelã para você — diz Lucius.

Catulo olha para ele, sem compreendê-lo.

— Você nunca esteve lá — continua ele. — O odor daquelas ruas dá vontade de vomitar. Os vapores são nocivos, penetram no seu cérebro. Segure os galhos de hortelã na frente do rosto para sentir seu cheiro.

— Entendi. Então providencie umas varas para Niko e Antonius e galhos de hortelã para nós. Só precisamos disso para nos proteger?

— O melhor é nem ir lá — diz Lucius em tom sombrio —, mas imagino que nada vá detê-lo.

— Não é o que você está pensando. Vou me encontrar com uma senhora...

— Eu sei disso.

— Desculpe, Lucius, você não sabe de nada. Eu nunca vi essa mulher. Ela tem certo conhecimento de medicina, e eu quero consultá-la.

Há algumas médicas em Roma que se dizem especialistas em problemas femininos, um outro nome para abortadeiras de alta classe, pensa Lucius. Mas que médico escolheria essa área de curtumes para exercer sua prática? E que paciente iria consultar-se lá?

De repente, ele prefere não saber mais nada. Não há como deter Catulo. Ele não é mais uma criança. Aqueles dois meninos que subiam em seus ombros para passear não existem mais. Os olhos de Catulo, que nem os da sua mãe, estão tomados de obsessão. O melhor é aceitar isso, e fazer o que puder para salvar o menino de si mesmo.

Se ele ainda *fosse* um menino, seria fácil. Tempos atrás, os dois irmãos procuravam Lucius como os filhotes de lobos procuram o chefe da alcateia. Seu mestre era um bom homem a seu modo, mas difícil. Não sabia valorizar o que tinha. Um homem crítico, mas que não sabia ser autocrítico. Como ficou surpreso ao saber que sua esposa escondera a doença dele!

— Não quero que ele saiba, Lucius — disse ela, quando teve uma crise de tosse que fez com que as veias da sua testa inchassem. — Ele vai querer me levar a mais médicos.

Ela já consultara um médico em segredo. Mas os remédios que estava tomando não surtiam efeito. Lucius a ajudou a ir para o quarto. Por algum milagre, nenhuma das escravas passou por ali. Ela se apoiou nele, e Lucius sentiu o cheiro do seu corpo, gasto e suado. Foi a única vez que a tocou.

— Obrigada, Lucius. Que bom que você estava aqui.

Ela era suave com os outros, mas dura consigo mesma. Tentou até afastar-se dos filhos para que eles não sentissem muito sua falta quando se fosse. Mas é claro que não adiantou. Os dois meninos se sentiram confusos e se mantiveram juntos depois da morte da mãe. O pai os deixou chorar por algum tempo, mas depois começou a irritar-se. Na verdade, era óbvio que não conseguia suportar tamanha infelicidade. Achou que precisava ir para a Bitínia — o que era verdade, de certa forma, considerando a extensão dos interesses da família por lá —, mas havia outra verdade também. Ele precisava afastar-se das crianças.

Lucius compreendia seu ponto de vista até determinado limite. Como chefe da família, ele tinha de controlar a própria dor. E não se podia negar que a dor era grande. Mas o dever vinha em primeiro lugar, e ele não queria estar rodeado de filhos infelizes, de rostos pálidos.

Naquele verão, Lucius mostrou aos meninos como começar a ser homens. Marcus estava pronto para isso, e o caçula tentava copiá-lo. Toda noite se enroscava no colo de Lucius para ouvir histórias e confortar-se. Em pouco tempo, os dois voltaram a brincar ruidosamente de novo durante o dia todo. Lucius lhes falou sobre os perigos da vida e os ensinou a evitá-los. Os dois remavam com ele nas calmas águas do lago, e aprenderam o que deviam fazer se um vento furioso soprasse das montanhas de repente. Aprenderam a tirar a pele de coelhos, a fazer fogueiras em campo aberto para ficar queimando a noite inteira e a se defender. Até o menino menor precisava saber que o mundo era um lugar rude, que não o acolheria bem. Mas crianças não aprendem esse tipo de coisa com facilidade. Lucius sabia disso. Os dois foram muito castigados na escola.

Todos esses ensinamentos não valiam de nada agora. Seu menino precisa dessa mulher como um bêbado precisa de vinho, e, quanto mais bebe, mais sede sente. Só os deuses sabem que crimes essa mulher cometeu. Isso nunca será falado na casa dele, nem mencionado, pois, quando a maldade é declarada, torna-se mais forte. Mas no mercado e na casa de banhos, Lucius ouve tudo.

Por que seu menino quer manter-se nessa loucura? Não lhe trará felicidade alguma. Não é nada que se possa chamar de amor. Ele olha para os rolos de papiros e sente o gosto de desapontamento na boca.

— É melhor levar quatro escravos — diz. — Há muitas gangues de rua andando por Subura atualmente.

— E sempre haverá enquanto houver bandidos como o Belo Menino Clódio para mantê-los ocupados — comenta Catulo, secamente.

Lucius não diz nada. É o velho hábito dos seus tempos de escravo entranhado na sua língua, o hábito do qual não conseguiu se desvencilhar mesmo depois de liberto. Ele não fala de política, nem quando tentam puxar o assunto. Mas a verdadeira razão de não falar agora é que as palavras que disser irão se interpor entre eles para sempre.

Você tem razão, o irmão daquela mulher é o pior dos dois. Corrompe homens decentes e treina seu bando de criminosos até estarem prontos para matar qualquer um para realizar as ambições dele. Criam tumultos nas ruas. Ele é irmão dela, pobre menino inocente, será que não percebe que são farinha do mesmo saco?

*

É noite agora, e Catulo está sozinho. Não consegue dormir. Pensa em Safo, que há centenas de anos só dorme depois que a lua e as estrelas desaparecem do céu. Ela estava sozinha. Sua vida passava como a noite. A juventude se fora. Mas era uma solidão significativa. Ele conhece isso, herdou esse sentimento.

Levanta-se e acende a lamparina. O quarto lhe parece seguro e familiar. Ele deveria ter sido mais gentil com Lucius. Lembrou-se dele bebendo o vinho condimentado com ar de felicidade, depois a lembrança se apagou.

Clódia estará acordada também. De repente, ele tem certeza disso. Acordada e sozinha, sem o pardal e sem o marido. Sua filha talvez ainda esteja lá, mas ela é quase uma estranha para a mãe. Provavelmente a menina já foi mandada de volta para o interior.

Catulo fica contente por Clódia estar sozinha. Gostaria que ela sofresse como ele sofreu tantas vezes. A ideia lhe vem à cabeça, mas logo se esvai. Ele não pode querer magoá-la, por mais que ela o tenha magoado. Quer Clódia ali e agora.

Que fim levaram todas as meninas de Safo? Ninguém sabe. Estão vivas apenas nos poemas. A bela Cleis, a filha que parecia uma flor dourada. Timas, que morreu cedo e longe de casa, cujas companheiras da mesma idade cortaram mechas de cabelo em sinal de luto. Só suas cinzas fizeram a longa viagem de volta para a família, não a filha viva. E também Anactoria, que fazia guirlandas de violetas nas matas. E a própria ilha de Safo, Lesbos, com os grilos zumbindo, as meninas trabalhando nos teares, os rebanhos de cabras, e os cavalos brilhantes galopando.

O poema está começando a tomar forma. Seu poema. Amanhã ele se encontrará com a envenenadora que tem o mesmo nome de uma das meninas de Safo. Hoje à noite escreverá. Sua própria ilha, a quase ilha de Sírmio, começa a se mostrar acima das ondas

Paene insularum, Sírmio, insularumque
ocelle...

Mas alguma coisa atrapalha o poema. É a rua dos Mestres Curtumeiros. Ele estará lá daqui a pouco. Veneno é uma forma cruel de matar um homem. Ele quer escrever seu poema, mas o rosto de Metelo Céler lhe vem à cabeça, com as feições contorcidas. Foi o que restou daquele homem bonito.

Paene insularum, Sirmio, insularumque
ocelle...

De todas as quase ilhas e ilhas, Sirmio
é a minha preferida...

Não está bom. Deixe isso para lá Catulo. As Musas já estão subindo a rua, já se despediram. É uma bobagem sentir-se tão abandonado. Você só escreveu poucas palavras, pelo amor de Deus! Sim, você ouviu as linhas na sua imaginação, mas as perdeu. Talvez voltem quando não as estiver buscando.

Às vezes, um poema não está pronto para ser escrito. Sírmio irá sempre esperar por você, meia ilha, quase ilha, quase ilha...

Mas seu pai está lá também. Olha para o filho com ar triste, o filho difícil, o que o desapontou. *Os poemas são todos bons*, diz o rosto do seu pai, *mas nossos ancestrais esperam mais*.

A bela Sírmio está se tornando pequena. Em breve será um ponto, e ele não poderá mais vê-la. Tudo que pode ver agora é o rosto do seu pai, fundindo-se no rosto de Metelo Céler. Se ele se enrolar no cobertor sem pensar em nada, com sorte o sono virá.

Quinze

Os escravos não gostam de ir a essa parte de Subura. As ruas são estreitas e cheias de meandros, o que torna difícil ver o que, ou quem, encontrará na próxima esquina. É como se você estivesse sendo vigiado. É em ruas assim que o Belo Menino Clódio recruta seus bandidos. Eles não têm nada a perder, farão tudo que o chefe mandar: tocaiar alguém, atear fogo em prédios, assassinar um estranho ou pôr abaixo a casa de alguém.

Antonius, Niko e os outros dois se mantêm perto do seu mestre, que olha para um lado e para o outro como se estivesse passando o dia em um local bonito. Fidalgos não vêm aqui. Não têm o que fazer nesse tipo de lugar, e além do mais é uma área perigosa durante o dia. Essa gente pode cortar sua garganta para roubar sua bolsa com alguns trocados dentro. Andar ali sozinho, com uma túnica e uma capa de lã de boa qualidade, é pedir para ser roubado. Com uma toga, é verdadeiro suicídio. E os escravos sabem que seu mestre não tem aptidão para sobreviver a situações perigosas.

Antonius disse a Lucius que Catulo devia usar uma capa marrom comum e botas velhas. Se fosse vestido com as roupas de sempre, seria como carregar um cartaz dizendo: "Venham me pegar!"

Lucius explicou tudo ao seu mestre.

— As ruas são cobertas de sujeira. Você não vai querer estragar uma capa bonita. E as botas podem ser jogadas fora depois de usadas. É melhor usar essas aqui, que estão velhas.

Mas não há nada que disfarce o aspecto de um homem criado em berço de ouro, sabendo que há uma sólida fortuna o esperando. Catulo enfrenta o mundo sem temor como uma criança feliz, não como um adulto que já levou muito na cabeça e sabe o que pode lhe acontecer. Parece achar que o mundo lhe pertence. E talvez pertença mesmo, pensa Antonius, ou pelo menos grande parte dele. Não pode nem imaginar como deve ser essa sensação.

— Aqui é um verdadeiro ninho de rato — diz Niko com nojo, pisando em uma pilha de cabeças de peixe fedorentas. Há entulho bloqueando a próxima esquina, onde parte de uma casa desabou. Não é de se admirar, do jeito como são erguidas essas construções.

Milhares e milhares de pessoas vivem nessa área. Os prédios são verdadeiros cortiços de quatro a cinco andares, que vedam a luz. Eles passam por um quarteirão todo queimado, com marcas calcinadas onde ficavam as portas. Por sorte a rua inteira não foi tomada de chamas. Esses lugares são armadilhas mortais. O fogo sobe de um prédio para outro e não há tempo para extingui-lo depois que as passagens estreitas se enchem de fumaça. O jeito é jogar as crianças na rua e rezar para que caiam por cima de uma pilha de bosta de cavalo.

As ruas são imundas. O sol não consegue descer para limpá-las com seu brilho avassalador de verão, e não há ninguém que retire o lixo regularmente. De vez em quando é preciso esvaziar as fossas, pensa Antonius.

Passam depois por restos de comida apodrecida, uma carcaça de uma galinha roída por ratos, uma pilha de madeira de construção vigiada por um cachorro de olhos amarelos, que avança sobre eles até ser contido pela corrente que o prende. Sai um enxame de gente dos cortiços. Crianças descalças, de pés sujos, passam gritando com pedaços de pão na mão, os homens que trabalham tentam arranjar um lugar para comer alguma coisa e outros se arrastam pelas ruas com os olhos ainda vermelhos da noite anterior.

Em seguida vem uma taverna, onde uma menina magrinha e cansada varre a serragem empapada de vinho no meio da rua. Vômito se espalha pelo chão, e alguém andou quebrando os vasos de margaridas colocados ao lado da porta. As raízes estão secas e as flores murcharam. A menina se abaixa para pegar as plantas, segura-as nas mãos por um instante, como que pensando se vale a pena tentar plantá-las de novo, joga-as no chão e varre tudo para longe com os cacos dos vasos. Mas não para muito longe. Os cacos vão se juntar à serragem da rua.

Catulo se pergunta se foi ela quem plantou aquelas margaridas.

— Ei! Saiam de baixo! — diz uma mulher do andar de cima, sacudindo um urinol por cima da grade do balcão. O líquido amarelo passa ao lado de Catulo, espalhando-se no ar como uma bandeira tremulante. Ele pula para trás, e a mulher dá uma risadinha. Teria sido fácil jogar tudo aquilo sobre a cabeça deles, sem avisar, só para dar uma boa risada. Mas ela está de bom humor naquela manhã. Sacode o urinol e volta para dentro.

Há varais de roupa por todo lado, amarrados nos balcões, cruzando as ruas em zigue-zague. Em qualquer lugar um varal pode ser estendido alto para que a roupa não toque na lama e os ladrões não possam alcançar. Mas quem poderia pensar em roubar aqueles trapos?

— Segundo meus cálculos, estamos a umas duas ruas de onde começam os pátios de curtume. Depois vem a rua dos Mestres Curtumeiros que o senhor quer. Vou ter de perguntar, não conheço nada aqui — diz Antonius.

Os dois escravos mais jovens se cutucam quando olham de novo para a taverna.

— Nós bem podíamos sentar um pouco para jogar dados — diz um baixinho para o outro.

— O Velho Varro era perito em jogar dados.

— Vamos andando! — diz Antonius a eles. São rapazes grandes, de mãos grossas, vindos de Sírmio, escravos criados em casa. Muito fortes, porém absolutamente ignorantes. Para eles, uma taverna em Subura é o máximo.

O grupo faz uma parada para comprar galhos de hortelã numa banca do mercado. As folhas estão foscas, mas Catulo as amassa com os dedos, e o cheiro ativo e limpo sobe no ar. Os pátios de curtume estão perto agora. O odor ácido que impregna as ruas penetra em sua garganta e fica preso ali, apesar da hortelã. Antonius pede informação ao dono de uma barraca e segue para a esquerda, depois para a direita, e por uma rua estreita que vai dar nos pátios de curtume. Os trabalhadores se movimentam em torno das bordas elevadas das cubas de pedra, com umas varas para afundar o couro na solução que o deixará curtido. São meninos por volta de 12 anos. É preciso ser criança para andar rápido e com segurança nessas estreitas bordas de pedra.

— Não é essa entrada, é a próxima — diz Antonius. — Vamos logo, o que acham que viemos fazer aqui? — grita para os rapazes, que se esqueceram que devem proteger o mestre e olham interessados para as cubas de curtume. São verdadeiros roceiros, só faltam a boca aberta e a palha por trás da orelha, pensa Antonius, aborrecido. Os dois diferem do resto do grupo. Niko, como sempre, vive no presente. Faz o que tem de fazer e parece não pensar no dia seguinte. Quando tem um tempo de folga, esculpe pequenas figuras de madeira e lhes dá nomes. Diz que é o que todos os meninos fazem em sua terra, em volta do fogo. Ele vem de uma tribo das montanhas gregas. É um cativo, tinha entre 10 e 11 anos quando o mestre o comprou. Assobia enquanto trabalha com a faquinha nas mãos.

Talvez seja essa a melhor maneira de viver. Niko não parece ter caraminholas na cabeça...

— Aqui estamos.

A entrada da rua dos Mestres Curtumeiros é larga o suficiente para deixar passar uma carroça puxada por burro. O fedor é abominável. Eles levantam os galhos de hortelã na altura do rosto e cheiram as folhas. Mesmo assim, o odor é fétido, não sairá mais das roupas que estão vestindo. Talvez seja por isso que os meninos em volta das cubas usem apenas uma tanga. As cubas de curtume são abertas para deixar sair os ácidos. É preciso cuidado para não cair lá dentro.

As barracas dos curtumeiros devem ficar por trás daquelas ruas, pensa Antonius. É bom averiguar. Ele gostaria de passar o dia observando um seleiro de primeira classe trabalhar, ou um homem que sabe transformar um cinto em uma joia sem usar uma única pedra. Ver um artesão trabalhar é um prazer. Transmite uma leveza toda especial. Se ele fosse habilidoso e tivesse um ofício, a vida seria diferente. Mas eles só vão ver os velhos curtumes fedorentos.

— Qual é a casa, mestre? — pergunta devagar, sem querer assustar Catulo, que parece perdido em seus pensamentos.

— A casa de Gorgo — responde ele. — Diga o nome dela, se não a conhecerem diga que é uma mulher que pratica medicina.

Deve ser uma médica estranha para viver num lugar como aquele, pensa Antonius. Não deve ter muitos pacientes batendo a *sua* porta. Ele entra em uma das oficinas, onde um escravo está jogando água no chão para assentar a poeira antes de varrer.

— Tudo bem, companheiro? Estou procurando uma senhora chamada Gorgo que mora nesta rua.

O rapaz dá um passo atrás e faz o sinal contra mau-olhado.

— Você a conhece? — continua Antonius. Era o que ele esperava. Nenhuma mulher decente moraria ali. Mas a forte reação do escravo o pega de surpresa. Provavelmente ela é uma bruxa.

— Seis portas adiante, em frente à placa da casa de câmbio — murmura o escravo, baixando a cabeça para não olhar mais para Antonius enquanto varre a poeira com a vassoura.

Oh, pensa Antonius ao juntar-se aos outros, nossa Gorgo tem uma reputação e tanto. O rapaz se borrou de medo.

Eles chegam à sexta porta, em frente à casa de câmbio. As persianas estão arriadas. Não há ninguém na rua, o que é natural, todos trabalham nos pátios de curtume, em oficinas e em escritórios, mas Antonius tem certeza de que está sendo vigiado.

Catulo sente o mesmo, e se lembra das palavras de Cíntia sobre a "proteção" de Gorgo.

— Bata à porta, Antonius — diz.

A casa está toda fechada. Talvez Gorgo durma até tarde. Senhoras do seu tipo em geral não acordam cedo.

— Bata de novo.

A porta abre de repente, como se as trancas, ferrolhos e dobradiças fossem extremamente lubrificados. Um homem alto e musculoso da Numídia aparece. Usa uma túnica bege fina com uma borda de fios dourados. Em volta do pescoço, uma corrente de ouro. Seus brincos e argola do nariz são cravejados de rubis.

Pode-se andar por aqui vestido assim, pensa Antonius. É uma coisa preocupante por si só. Ele conheceu alguns homens desse tipo na sua juventude. Não *conheceu*, exatamente, ninguém quer na verdade conhecer gente assim. Mas viu e ouviu falar. Esses homens podem andar de um extremo a outro de Roma com um saco de ouro na mão que ninguém tocará neles. Sua reputação é mais forte que uma armadura.

O numidiano dobra os braços, olha para eles e dá uma risada profunda.

— Vocês chegaram cedo — diz, como se os estivesse esperando.

O homem é uns 20 centímetros mais alto que Catulo, e forte como um touro. Mas não tem atitude de guarda-costas. Sua pose é de príncipe, e por alguma estranha razão Catulo se lembra de Lucius. Por um instante, sente-se com 9 anos de novo, olhando com admiração e confiança para Lucius, que a seu ver é capaz de lutar com leões das montanhas sem quaisquer armas.

— Saudações — diz Catulo — ao senhor e a toda a casa. Estamos aqui para ver Gorgo.

— O senhor marcou hora?

— Não. O nome dela me foi indicado.

— Entendi. — O homem chupa os dentes, pensativo, e diz: — É melhor entrarem.

Ele os leva a um quarto escuro no andar de baixo e sobe.

— Estamos na casa certa — diz Antonius. Ninguém fala nada. Nem mesmo Niko se mexe. Os dois escravos mais jovens olham nervosamente em torno do quarto, e acham melhor voltar os olhos para o chão.

Não que haja alguma coisa estranha no quarto. É apenas uma sala de espera. O único móvel é um sofá surrado encostado na parede.

Mas já aconteceu muita coisa ali. Dá para sentir. A atmosfera é densa, fechada. Antonius olha a todo momento para a porta a fim de se certificar de que não passaram a tranca. A casa tem fechaduras silenciosas, não seria nada interessante ficar trancado naquele lugar. Sente no ar um cheiro que lhe faz lembrar funerais. Que cheiro será esse? Se tivesse um gato no colo, o animal ficaria eriçado e o arranharia para tentar sair dali.

Suas mãos estão suadas. Talvez por se sentir enclausurado. A janela gradeada é pequena e alta demais. Seria preciso ter metade do tamanho de Antonius para tentar passar com dificuldade por aquela grade. Agora que o mestre encontrou a casa, parece não saber o que está fazendo lá. Quem é essa Gorgo?

Sente um calafrio. Pensou que o quarto fosse abafado, mas é frio. E úmido. E lá vem aquele cheiro de novo, perfumado e forte, um tanto frio também.

Finalmente ele entendeu. É como o bafo que exala do corpo de uma pessoa da alta classe carregado em procissão durante um funeral. Deve ter alguma coisa a ver com embalsamamento. É o tipo de cheiro que vai direto para o estômago.

A testa de Antonius está empapada de suor. Seu queixo começou a coçar. Desde criança, esse era um sinal claro de que iria vomitar. Precisa tomar um pouco de ar puro. Mas não tem coragem de sair, pois Lucius insistiu para ele não se afastar do mestre em hipótese alguma.

Controle-se. O cheiro não é de todo ruim. Deve vir de uma das oficinas por perto. Eles usam todo tipo de processos nos curtumes.

A porta se abre, e dessa vez aparece uma mulher grande, de cabelos vermelhos, parecendo uma gaulesa. E com cheiro de gaulesa também.

— Venha comigo — diz a Catulo. — Vocês não, só ele — acrescenta, dirigindo-se aos outros.

O pouco ar que entra faz com que Antonius se sinta melhor. É apenas um quarto, e ela é apenas uma mulher gaulesa. O cômodo tem uma porta e eles podem sair se quiserem, voltar para a rua, livres, a qualquer hora. Mas o mestre está saindo sozinho com a gaulesa...

— Nós temos de ficar com o senhor, mestre. Lucius me disse para não o deixar... — começa Antonius. Mas a mulher sacode a cabeça, irritada, e faz um gesto para ele e para os outros.

— Escravos não vão lá em cima — repete ela.

Gaulesa filha da puta, quem você pensa que é? É também uma escrava. Provavelmente viveu metade da vida em Roma, mas ainda não fala bem latim. O mestre não vai aceitar que ela lhe diga o que fazer.

Mas ele aceita.

— Esperem aqui, todos vocês. — E os olha com ar tão sério que Antonius não dá mais uma palavra. Nunca se sabe quando o mestre vai se virar contra você, nem mesmo sendo bom como ele. É como tentar amansar um cão de guarda, um dia ele rasga seu rosto com os dentes. Não se pode dar esse tipo de oportunidade a eles. Por mais bem-humorado — ou estúpido — que seja um mestre, ele mostra suas garras se você esquecer que é escravo. Não é o que você faz, mas a forma como faz. "Atrevimento", "Fazendo-se de importante", "Insubordinação", dizem. Ele já viu rapazes com as costas lanhadas. Não naquela casa — é bem verdade —, mas é preciso acreditar que isso pode acontecer em qualquer lugar.

Antonius espera que os outros estejam olhando quando ele balança a cabeça obedientemente e se prepara para esperar. Pelo menos terá tempo de pensar no que dizer a Lucius se alguma coisa der errado.

Catulo se vira para a mulher.

— Pode pedir para trazerem aos meus escravos alguma coisa para beber? Eles fizeram uma longa caminhada.

Muito bom. Não se esqueça de que seremos chicoteados até morrer se algo lhe acontecer. Quando um mestre morre em um buraco imundo como aquele, são os escravos que levam a culpa. Não adianta fugir disso, nós não temos saída. Diriam que houve uma conspiração, nos torturariam para descobrir com quem estávamos tramando, depois seríamos crucificados — eu, Niko e os outros dois. Você já viu uma crucificação? Eu já. Devíamos esquecer nosso dever de cuidar do mestre e pedir que essa filha da puta de cabelo vermelho nos desse uma taça de veneno. Seria melhor. Pobre Niko, olhe só a cara dele.

— Eu estou bem — diz Niko.

— Não estamos com sede — repetem os dois, em coro.

— Não precisa se preocupar, mas mesmo assim obrigado — diz Antonius, apressadamente. — Decerto não ficaremos aqui por muito tempo. Estaremos atentos, mestre, caso o senhor precise de alguma coisa — acrescenta em voz clara e alta para que a gaulesa e qualquer outro que esteja por ali possam ouvir bem.

O quarto do andar de cima é tão grande que deve ocupar o espaço de duas casas. As persianas estão arriadas, a iluminação é feita por lamparinas.

Catulo dá um passo à frente. O lugar parece vazio, mas a gaulesa junta as mãos, faz uma reverência e o anuncia em voz alta: "Vou levá-lo aí, senhora", e antes de entrar faz outra reverência na porta.

Seus olhos se adaptam à penumbra. O quarto é suntuoso, decorado com o luxo oriental, nem grego nem romano. Catulo nunca esteve no Egito, mas esse é o Egito da sua imaginação, todo de seda e cores vivas. O cômodo cheira a rosas e a um tempero que conhece, mas que não identifica imediatamente. E a óleo de lamparina e jasmim.

Vê os pés de prata no formato da garra de um sofá, quase oculto pelas cortinas que esvoaçam com a brisa que vem da porta. É ali que ela deve estar.

— Entre — diz uma voz feminina, muito calma e segura.

Ele atravessa o quarto olhando para o tapete bordado de íbis, tendo no meio uma borda de flamingos olhando para o mesmo lado e no fundo um lago de lápis-lazúli — ou talvez o céu. As paredes são cobertas de seda. Catulo gostaria de parar para olhar os detalhes do tapete, mas a mulher diz:

— Chegue mais perto de mim.

Ele dá a volta no biombo de cortina. Ela está reclinada no sofá, apoiada no cotovelo. Ao seu lado, há uma mesinha com uma jarra de prata e dois copos trabalhados no mesmo material por dentro.

Há um segundo sofá, que ele não vira antes porque estava por trás da cortina.

— Desculpe não me levantar para cumprimentá-lo — diz ela —, mas estou cansada. Recebi muitos clientes ontem.

Catulo não imaginou encontrar uma abortadeira e envenenadora assim. Pensou que veria vários instrumentos médicos sinistros e sentiria o cheiro forte de ervas fervendo com pele de sapo. Quanto a Gorgo, fazia ideia de uma velha enrugada, astuta e persuasiva, conhecedora de milhares de segredos proibidos.

Os olhos da mulher são azul-claros. Seu olhar parece flutuar sobre o rosto dele, sem perder nenhum detalhe. Ela é pálida, com cabelo escuro. Não parece grega. Veste-se como uma bárbara, com uma túnica azul solta por cima de calças de seda. Um longo colar de pedras cai entre seus seios, pesados como granizos. O cabelo está descoberto.

— Então aqui está você. Por favor, fique à vontade.

Catulo se ajeita no segundo sofá em frente a ela.

Dezesseis

Catulo tem uma história pronta. Ele diz que veio da Gália Cisal-pina visitar Roma. (Lembra-se facilmente do sotaque que tinha antes de chegar a Roma.) É filho adotivo de um rico cavaleiro que não tinha herdeiro homem. Tudo transcorria muito bem. Ele amava o pai de criação e honrava o bom nome da família que fora confiado a ele e a seus descendentes.

(Com um traço de satisfação criativa, assume o personagem. Talvez devesse mesmo escrever peças de teatro.)

Mas quando seu pai adotivo estava próximo dos 60 anos e já velho, casou-se de novo. A mulher era mais jovem e já enviuvara duas vezes. Vinha de uma boa família de Óstia, e os presságios eram propícios. Era uma mulher rica, pois herdara duas fortunas.

De início, tudo deu certo. Mas poucos meses depois do casa-mento as obrigações do filho levaram-no a Óstia, e quando estava lá ouviu boatos preocupantes. A esposa do seu pai tinha má repu-tação. Diziam que fora infiel aos dois maridos, e até mesmo que estava envolvida na morte conveniente de ambos.

— Quando voltei para a casa do meu pai — continua Catulo, olhando dentro dos olhos de Gorgo —, meu coração ficou dividido em dois, sem saber se lhe contava a história ou não. Se fosse um mero boato, eu estaria arriscando sua felicidade por nada. De início, pensei em esperar até que minha madrasta me desse razão para agir, mas finalmente resolvi consultar uma quiromante.

Ela ouviu a história toda e me convenceu de que eu devia abrir o coração para meu pai. Caso contrário, talvez me sentisse culpado pelo que pudesse lhe acontecer. Minha madrasta lucrara muito com a morte para ter medo dela.

"Com o coração pesado, tentei ter uma conversa privada com meu pai. Em vez de ouvir minha história, como eu esperava, enraiveceu-se à primeira menção das minhas suspeitas. Não quis saber de mais nada. Disse que eu estava enciumado e que não era digno de ser seu filho. E disse também que sua esposa lhe contara que eu mostrara um interesse impróprio por ela. Ele não acreditou, porque me amava. Mas agora eu estava mostrando minha verdadeira alma, e o desejo de destruir sua felicidade.

"Vi então como aquela mulher era esperta. Nada que eu dissesse convenceria meu pai de que ela mentira e que ele devia confiar em mim."

Fez uma pausa para sentir a reação de Gorgo. Era uma boa história. Ele via os personagens claramente: o pai enraivecido, com o sangue subindo pelo rosto, o filho ultrajado pelas mentiras da madrasta, mas ainda desesperado para proteger o amado pai...

Cíntia adoraria isso. Ficaria na ponta da cadeira, absorvendo todas as minhas palavras.

Mas não Gorgo. Ela se mantém calma e fria. Talvez a história seja bem-arquitetada demais. A verdade tem uma aresta mais imperfeita.

Pode ser que ela não se surpreenda com coisa alguma. Crime, morte e desespero talvez sejam seu pão de cada dia. Talvez ela tenha se tornado imune. Gente que ingere pequenas quantidades de veneno diariamente pode ser imunizada contra ele. Parricídio, matricídio e fratricídio talvez não sensibilizassem Gorgo.

Ela estica o braço, e a manga de seda da túnica cai para trás. A pele do seu braço é pálida como um cogumelo descascado.

Levanta a jarra de prata e despeja um líquido claro e transparente nos dois copos.

— Chá de jasmim — declara ela. — Quer um pouco?

Ele pega o copo. Não gosta de chá de jasmim, mas não vai se recusar a comer ou beber na casa dela, como os escravos. Dá um gole. Nada agradável. Lembra o cheiro de carne que não foi lavada. Dá mais um gole, forçando-se a engolir o líquido. Gorgo espera em silêncio. Catulo ouve seu próprio gole, e imagina se ela ouviu também.

Seus braços estão de lado agora. Os dedos são lânguidos e elegantes, mas sem a tonalidade clara da pele dos braços. São manchados. Possivelmente o sumo das ervas com as quais trabalha penetrou fundo em sua pele.

Ele dá outro gole. Agora que os atores saíram do palco da sua imaginação, a história parece sem valor. Por que não contar a verdade e fazer as perguntas que povoam seus sonhos noite após noite?

Clódia veio ver você? Pediu-lhe que a ajudasse? O que sabe sobre a morte de Metelo Céler?

Precisa colocar-se por trás da máscara da história para que não sejam reveladas essas perguntas horríveis e estarrecedoras. Ajeita o corpo e respira fundo, como um poeta deve fazer antes de declamar.

— Eu não podia mais ficar na casa do meu pai — continua. — Minha madrasta mandou seus próprios escravos me vigiarem e contar mentiras a ele. Viajei para a Bitínia para cuidar dos negócios da família. Nós trabalhamos lá com exportação de madeira. Fiquei um ano fora e quando voltei fui recebido por dois escravos de luto. Eu os conhecia bem, eles amavam meu pai. Percebi imediatamente que ele morrera, e que, pela lealdade que demonstravam, haviam sido alforriados no testamento do meu pai.

"E assim foi. Meu pai morrera subitamente, dois dias depois que caiu enfermo. Não houve tempo para me avisarem. Seu funeral já ocorrera."

— Ninguém o avisou? — pergunta Gorgo.

— Meu pai estava morto havia um mês, mas minha viagem levou mais de seis semanas.

— Entendi.

— Os escravos também disseram que minha madrasta estava grávida. Felizmente, ambos tinham ficado ao lado do meu pai o tempo todo durante sua breve doença, e puderam me fazer um relato detalhado do seu sofrimento. Insistiram em dizer que ele estava perfeitamente bem até a hora do jantar, no dia em que caiu doente. Na verdade, tinha ido à nossa propriedade para tratar de negócios com o empregado naquela manhã. Depois do jantar, foi para a cama. Por volta da meia-noite, tentou levantar-se, pois não se sentia bem, e caiu no chão. Os escravos e o resto dos criados acordaram e Mironus foi buscar um médico.

"Assim que eu ouvi isso, suspeitei que ocorrera um crime e que esse crime fora acobertado. Minha madrasta teve um filho, que tem o nome da família. Meu pai, em um longo casamento, só teve filhas. Foi por isso que me adotou.

— Uma história estranha — diz Gorgo.

— Sim.

— E por que veio me contar tudo isso?

— Porque me disseram que você tem grande experiência com ervas medicinais. Vim aqui na esperança de poder identificar a causa da morte do meu pai.

— Entendi — diz ela, bebendo mais chá. Seus olhos não estão mais fixados em mim, estão voltados para dentro de si. — Falaram a você muita coisa sobre mim.

— Sua habilidade e conhecimentos são famosos.

— Em certos círculos. Continue sua história. Diga exatamente o que ocorreu quando seu pai caiu doente.

Catulo pega uma carteira presa no cinto, tira um pequeno rolo de papiro e o abre. Nele vêm escritos todos os detalhes dos sintomas informados pelos escravos dos Meteli.

— Eu escrevi os sintomas em ordem, exatamente como Sextus e Mironus me informaram. Interroguei-os, e ambos prontificaram-se a me ajudar. Tinham sido libertos pelo testamento do meu pai, como eu previra, e haviam guardado dinheiro suficiente enquanto estavam a seu serviço para abrir seu próprio negócio. Gostavam muito do meu pai, e eram leais a ele. Não tinham motivo para mentir.

Mironus e Sextus pareciam muito reais, contando seu ouro e planejando o futuro. Tomara que a comercialização do sílfio seja um sucesso. Mas terão de tomar muito cuidado, pois a madrasta é uma mulher poderosa.

— Disseram que meu pai ficou doente umas horas depois de comer. Sentiu dores tão fortes no estômago e no peito que caiu no chão ao tentar sair da cama. Teve dificuldade de respirar. Engolia como se tivesse uma obstrução na garganta. O médico chegou e imediatamente aplicou ventosas e lhe deu um chá de canela. Àquela altura, ele mal conseguia engolir. Tiveram de limpar o excesso de saliva que escorria da sua boca. Mironus disse que meu pai chorou até as lágrimas escorrerem pelo seu rosto. E ele não era homem de chorar.

— A dor deve ter sido muito forte.

— Sextus me assegurou que as lágrimas escorriam como chuva, não como lágrimas humanas. Meu pai mal conseguia falar, mas reclamou de dormência e formigamento nas mãos e nos pés. Sua respiração foi piorando cada vez mais, e ele sentiu muito frio. Morreu no início da madrugada do segundo dia de grande sofrimento. Na primeira noite, o médico pediu para ver os pratos em que meu pai tinha comido. Deve ter suspeitado de veneno. Mas eles haviam sido esfregados, as panelas de cobre escovadas com areia, e as cozinhas estavam varridas e limpas. Nem uma só partícula de comida restou do jantar. Além do mais, os escravos juraram que o mesmo prato fora servido para meu pai, para minha madrasta e para todos os convidados.

— O que eles comeram?

— Perdiz assada, recheada com cogumelos e servida com molho de ostra. Meu pai adorava molho de ostra.

— E todos comeram o mesmo prato?

— Todos.

— E o molho?

— É claro que perguntei sobre o molho. Disseram que foi servido na mesma molheira para todos que estavam na mesa.

De fato ele checara essas informações. Não foi difícil. Escravos da cozinha conversam com escravos da cozinha, e ele pagou bem pelas informações sobre o último jantar servido na casa de Metelo Céler. O marido de Clódia sempre comia molho de ostra com carne assada. Seus gostos eram simples, ele não apreciava novos pratos. Naturalmente oferecia os *hors d'oeuvres* esperados, iguarias e carnes doces para os convidados, mas ele próprio comia apenas o prato principal. Fazia questão de uma ótima carne e de pratos de caça. As perdizes (talvez sua caça preferida) tinham de ser gordas e perfeitamente cozidas para se manterem suculentas.

Catulo sabia exatamente o que havia no prato de Metelo Céler em seu último jantar. Duas perdizes inteiras recheadas com cogumelo, cobertas com molho de ostra. O apetite do homem era grande e simples. Será que Clódia olhou para o prato do marido a fim de ver se tudo estava como devia?

De repente, Catulo se lembra da primeira vez em que foi convidado para jantar na casa do Palatino. Parecia que o jantar acontecera há cem anos. Lembra que não se entusiasmou ao pensar que passaria a noite com Metelo Céler e seus amigos importantes, embora pudesse sair mais cedo e fugir para a casa de Ipsitilla...

Não foi a primeira vez que viu Clódia, mas naquela noite ela lhe pareceu uma visão divina. E ele se entregou com prazer. Estava onde sempre quis estar, dentro do fogo.

Usou uma parte do poema de Safo para descrever a sensação:

uma chama súbita
queima sob minha pele,
meu sangue fervilha
meus ouvidos zumbem
a noite cobre meus olhos

Sente o coração apertado. Foi assim. Se pudesse esquecer tudo aquilo, sobreviveria a qualquer coisa. A forma como a imagem de Clódia se mantém dentro dele o deixa dilacerado. Ela pode ser fria, calculista, traidora, a ponto de ser odiada por Catulo, mas de repente é sua menina de novo, incomparável. Vira-se para ele como se fosse a primeira vez.

Aquela primeira vez. Ele a fez rir, foi o que Clódia disse. Ele riu de tudo e não teve medo de ninguém. Tinha vindo para Roma a fim de fazer um nome, e seus versos eram repetidos assim que ficavam prontos. Seus epigramas eram famosos. Ele falava de pretensão, mentira, oportunismo, loucura. Mas também podia ser terno, com uma intimidade de tirar o fôlego, e desnudava as palavras. Clódia sabia de tudo sobre ele antes de conhecê-lo. Eles se viram uma ou duas vezes em festas onde não tiveram oportunidade de se falar. Um dia a atenção dela foi despertada e sua pulsação acelerou. Resolveu convidá-lo para o próximo jantar em sua casa no Palatino, e disse ao marido:

— Tenho uma novidade: convidei Catulo para jantar.

— É mesmo? Sua família veio de Verona para passar uns dias em Roma, não é? — perguntou o marido. Ele conhecia a genealogia de todos e suas terras natais.

— Não, ele está morando em Roma agora. Sua poesia causa grande furor.

— Não conheço a poesia, mas sei que ele vem de uma boa família.

Ela sorriu para o marido. É claro que ele não conhece a poesia de Catulo. Contava com Clódia para se manter "a par das tendências culturais", como dizia. Ela sempre sabia das coisas, sabia o que traria distinção à sua casa.

O jantar começou. Insípido de início, pensou Catulo. Um grupo pequeno e seleto reunido. Falaram sobre poesia com tão pouca imaginação que seus olhos se estreitaram como os de um gato. Falaram também sobre a relação entre Pompeu e César. Catulo não conseguia se concentrar. Olhava as bocas, os lábios movendo-se, os escravos movimentando-se ao redor da mesa. De repente, sentiu-se voltar à vida. Contou uma história sobre um ladrão nos Banhos, e todos riram. Clódia abriu a boca, mostrando os lindos dentes brancos.

E então ele viu Clódia, realmente a viu. As risadas morreram. As pupilas dela se dilataram como se alguém tivesse pingado uma gota de antimônio em seus olhos. Os dois se notaram. Um sentimento agudo como uma punhalada, mas até hoje ele não sabe se o que notou foi seu poder de se fazer amada ou seu poder de fazê-lo sofrer. Mas Catulo não estava sozinho nesse jogo. Clódia foi fisgada também. E não puderam fazer nada a não ser aceitar esse encantamento.

Sua menina, sua deusa brilhante. Se ela era capaz de observar o marido sacudir o guardanapo, espetar um naco da perdiz com a faca, afundá-la no molho de ostra, fazer um gesto com a cabeça em sinal de aprovação e depois virar-se e conversar e rir com um convidado, seria capaz de qualquer coisa.

Molho de ostra é condimentado com *garum*, um tempero muito forte. Não seria possível detectar cogumelos nele se tivessem sido adicionados em forma de pasta. Às vezes Catulo fica surpreso com todos esses pensamentos atormentadores que passam pela sua cabeça. Põe a mão na testa e espera sentir uma vibração, como a fúria de abelhas aprisionadas.

Se ela pode fazer isso, não se pode confiar em nada nem em ninguém.

— Mas você ainda desconfia que seu pai foi envenenado — diz Gorgo num tom ligeiro, como se essa suspeita fosse a coisa mais natural do mundo.

Catulo não consegue responder. Não confia em si mesmo. Não dá para esquecer a morte de um homem por envenenamento. Achou que sua história encobriria a verdade, mas está se tornando a verdade.

Não. Isso só ocorrerá se você acreditar. Sua menina, que ficou de coração partido quando seu pardalzinho morreu, não poderia ter planejado uma morte assim. Clódia não conseguiu observar com calma o marido ser colocado no túmulo. E que morte! Uma degradação lenta, talvez até ele próprio desejar a morte, da mesma forma que um homem brutalmente torturado não nota o fedor de fezes quando é atirado na Cloaca Máxima. Nenhuma mulher poderia ser responsável por tamanhos horrores. Ela deve ser inocente.

Mas Catulo não pode evitar a dúvida que permanece dentro de si, estrangulando-o, matando-o.

— Seu pai era forte e saudável?

Ele assente. Gorgo se vira no sofá, e a luz da lamparina incide sobre suas roupas.

— Os escravos fizeram alguma menção ao cheiro que vinha da boca do seu pai? Esse mesmo cheiro estaria também em sua pele, no suor e na urina.

Catulo está de novo no quarto de Metelo Céler. O odor de vômito e fezes é tão forte que, de início, não percebe os outros cheiros. Mas, ao chegar mais perto da cama, sente um odor diferente e familiar — mas no lugar errado — de maçãs podres espalhadas debaixo das árvores. As cascas são cobertas de pontos brancos, e, quando as maçãs são pisadas, exalam um cheiro ativo de fermentação.

— Disseram que sentiram cheiro de fruta podre. Maçãs podres.

Gorgo põe as pernas para fora do sofá e se senta ereta.

— Dores de estômago, dificuldade de respirar, suores... você mencionou suores? Salivação excessiva e choro incontrolável. — Ela enumera os sintomas com os dedos. — E finalmente o cheiro de maçãs podres. Seu pai não teve sorte. Ou teve uma doença rara e súbita com efeitos exatamente iguais aos da ingestão de certos cogumelos, ou comeu cogumelos envenenados e morreu.

— Mas não é possível. Os escravos juram que todos foram servidos do mesmo prato. E os molhos foram despejados da mesma molheira.

— Então há três possibilidades — diz Gorgo. Seus olhos claros brilham como os mares bárbaros do norte distante. Pelo seu sorriso, ele tem a impressão de que ela está se divertindo. — Ou suas suspeitas não procedem e seu pai morreu de morte natural; ou os escravos estão mentindo sobre o prato servido para todos; ou precisamos encontrar uma terceira explicação. Nada é *impossível*. Só parece impossível porque não sabemos a explicação.

Ela pula do sofá subitamente e bate as mãos por cima da cabeça. No mesmo instante, entra outro escravo. Dessa vez é um menino, escuro e esguio. Eles falam em uma língua que Catulo não conhece. Não é grego.

— Mandei o menino trazer uns bolos para adoçar nossa conversa. E trazer mais chá também. Ouvi dizer que seus escravos estão se recusando a comer ou beber na minha casa. Você devia treiná-los melhor.

Em um piscar de olhos, o menino está de volta com outra bandeja de prata de borda alta. Os bolos, colocados em um prato azul, são pequenos como um dedo polegar e brilham com a calda de açúcar. Na bandeja, há dois pratinhos e dois guardanapos de linho bordados.

— Os bolos são uma especialidade da casa, feitos de mel, amêndoas e cardamomo. Sirva-se — diz Gorgo.

Ele pega três bolinhos e coloca em seu prato. Ainda estão quentes do forno.

— Temos uma calda de água de rosas e mel para comer com eles — explica ela, mostrando uma jarra na mão do menino. A jarra é azul como os pratos, com um desenho lateral de uma lebre pulando. — Algumas pessoas gostam do sabor de água de rosas, outras preferem os bolos puros.

— Vou experimentar a calda — diz ele, e o menino despeja um pouco sobre os bolinhos. A jarra está tão perto que Catulo nota uma pequena lasca na borda. O menino passa por trás dele, vai para junto da sua senhora e a serve com a calda, depois coloca a jarra na bandeja. Ela pega um bolinho empapado de calda e dá uma dentada. Depois sorri, com os dentes pequenos e brancos.

— Delicioso. Por que não experimenta um? Eles não são tão bons depois que esfriam.

Catulo não é escravo, mas mesmo assim fica contente de vê-la provar o bolo antes dele. Levanta um pedaço da guloseima encharcada e pegajosa. Uma gota dourada cai em seu prato, e sua boca se enche de água. Nesse instante, ela se inclina para a frente e ataca como uma cobra, tirando o bolo da mão dele e jogando-o no chão.

— Acho que puseram o tipo errado de água de rosas na calda — diz calmamente. — É melhor você não comer esses bolos.

— Mas você já comeu o seu.

Ela dá uma risada e diz umas palavras para o menino na língua estrangeira. Ele dá um sorriso esperto e olha de lado para Catulo e para sua senhora.

— Ele vai lhe mostrar — diz Gorgo. Com um ligeiro floreio, o menino tira uma jarra das costas. Mas não pode ser a mesma que usou para despejar a calda, pois aquela ainda está na bandeja.

É claro, são duas jarras. Idênticas, com o mesmo brilho azul, a mesma lebre pulando, e até mesmo a pequena lasca na borda.

— Sim, são duas — diz Gorgo. — Ele tem um bolso na túnica. Segura uma das jarras e serve você. A calda dá só para uma pessoa, ela é especial. Depois passa por trás da sua cadeira, coloca a jarra usada no bolso, pega a outra e me serve. É preciso certa habilidade, é claro, e certa prática. O importante é não derramar nem uma gota da calda verdadeira. Mas não é um truque difícil.

Sorri para o menino e lhe diz alguma coisa. Ele abre a boca, ela joga dentro um bolinho do seu próprio prato e o manda embora.

— Você comprovou sua teoria — diz Catulo —, mas eu ainda estou com fome. É seguro comer meus bolinhos?

— Faça como quiser.

Ele a observa por um instante. Seus dedos estão relaxados. Ela continua atenta, mas não com medo. Não está querendo arrumar problemas, e com quatro escravos seus lá embaixo e todos da sua casa sabendo onde ele se encontra, poderia muito bem haver problemas. Deliberadamente ele pega um bolinho, põe na boca e dá uma dentada.

— Delicioso — diz.

Não é um truque difícil. Metelo Céler sempre pedia molho de ostra para acompanhar a carne assada.

Ele não quer saber mais. Um homem saudável pode morrer de um dia para o outro. Pode ter uma febre ou uma inflamação no cérebro. O Dr. Filoctetes é um bom médico, mas pode cometer erros. Roma é um burburinho de boatos, e não há um grande homem na cidade que não tenha inimigos nos seus calcanhares. Quando um homem como Metelo Céler morre subitamente, todos pensam que foi crime.

Clódia não tem motivo. O que lucraria com isso? Liberdade? Ela já era livre. Fazia o que bem entendia. É bem verdade que seu irmão e seu marido eram inimigos políticos — mas ninguém, nem mesmo o Belo Menino Clódio, esperaria isso de uma irmã...

Os pálidos olhos azuis o observam.

— Você não trabalha com madeira — diz a ele.

— Não.

— Trabalha com quê?

— Eu sou poeta.

Ela assente.

— E queria saber o que aconteceu.

— Sim.

— Quer saber o que vai acontecer?

Ele dá de ombros.

— Eu tenho certo dom para isso, mas talvez você não acredite.

Catulo esteve em metade das quiromantes de Roma no passado, que diziam:

"Lemos sua sorte com penas de pavão! Venha ler sua sorte aqui, bonitão, com penas autênticas do santuário da Santa Afrodite em Kos!"

"Entre aqui, maravilha! A incrível Rufa pode prever seu futuro com uma única carta divinatória trazida das paredes do túmulo do faraó no Egito."

Ipsitilla diz que é tudo bobagem. *O que você gosta é de ver as quiromantes concentradas na sua pessoa, querido. Acho que não liga a mínima para o que elas dizem.* Mas há uma coisa chamada clarividência, que faz você estremecer e arrepiar o cabelo. Nunca se deve irritar uma clarividente. Ela tem o poder de trazer luz ou trevas à sua vida.

Ele estica a mão, e Gorgo põe uma das mãos dela sob a sua, de leve. Com a outra alisa sua palma com muita delicadeza, como se estivesse limpando tudo que pudesse esconder o que ela deseja ver.

— Não olhe para mim — diz ela.

A mão dele parece formigar um pouco quando ela o toca de novo.

— Eu vejo uma grande viagem — começa ela. Seu sotaque é mais forte agora. — Já amadureceram a madeira para construir o navio no qual você viajará. Fique quieto. Estou tentando ver a linha da sua vida.

Seus dedos correm na mão dele, depois param.

— Você vai viver muito tempo — diz, engrossando a voz. Um fio de suor escorre da sua testa. — Nenhuma das mãos que eu li mostra uma linha da vida tão longa. Porém há mais...

Faz uma pausa e alisa a palma da mão dele várias vezes. As veias da sua testa se dilatam. Seu rosto fica vincado, o nariz franze e a boca afina. Parece uma velha de idade avançada quando inspira fundo e diz com voz rápida e monocórdica:

— Você tem duas vidas. Odeia e ama. Vê e permanece nas trevas. Vive e morre. Morre sem deixar filhos, mas seus descendentes levarão seu nome para sempre. Agora retire a mão da mesa.

Catulo retira a mão.

Dezessete

Gorgo se recosta nas almofadas.

— Espere — diz baixinho.

As palmas das mãos de Catulo estão suadas. Gorgo se infiltrou em sua vida como uma ladra. Mas ela não pode conhecer seu futuro nem seu passado. Ninguém tem o poder de deter o trabalho do tempo. Sem o tempo, não se tem nada. É a única coisa certa. Uma porta abre e você entra no mundo, e, quando fecha, sai dele. Senão a vida seria insuportável. Ele sempre detestou a ideia da imortalidade. Não é de se admirar que os deuses tenham sorrisos tão frios e duros.

Olha fixo para Gorgo. Ela parece que viverá para sempre, preparando venenos para os assassinatos convenientes de Roma.

É de Clódia que ele precisa. Sua menina, sua Clódia. Todo dia mais uma preguinha mínima aparece em volta dos seus lindos olhos, e a pele do seu cotovelo se torna mais solta. Eles estão morrendo juntos de mãos dadas, atravessando o tempo. O poema que escreveu sobre o pardal de Clódia pulando na escuridão se refere aos dois entrando no caminho escuro, sabendo onde termina para eles. Mas não importa, tiveram o que queriam do tempo e da morte.

Sua menina.

— Sua cara não está boa — diz Gorgo. — Seu peito sempre chia assim quando você respira?

Gorgo está sugando sua vida. Ele não consegue respirar direito. Aquele quarto é abafado. Por que ela não abre as janelas?

Ele expira devagar e relaxa os ombros, como o Dr. Filoctetes lhe ensinou.

— Se você fosse meu paciente, eu poderia ajudá-lo — diz Gorgo.

— Eu já tenho um médico.

Ela dá de ombros.

— Qualquer um pode se dizer médico. A maioria é composta de charlatões. Dê-me sua mão de novo. Quero sentir sua pele. Só preciso de um fio de cabelo seu, uma gota de suor e talvez um pouco de urina. O resto é uma questão de observação. Aprendi a arte de diagnose no Egito, estudei seis anos para isso.

— Não sei se quero ser diagnosticado.

— Você prefere correr o risco — diz Gorgo, bocejando e esticando os braços, moldando a seda da túnica no corpo. Parece cansada e mais velha. Ele é o mesmo rapaz da época em que escrevia durante horas até se sentir exausto. Vazio, pronto para qualquer loucura que seus amigos inventassem, querendo escapar a todo custo.

Você prefere correr o risco.

Prefiro. *Você vive e morre.* A quem isso não se aplica? *Você odeia e ama.* Essa bateu em cheio nele. Gorgo talvez tenha lido seus pensamentos. *Odi et amo.* Ele sente-se exposto, como se ela tivesse penetrado na parte do seu ser onde os poemas são feitos.

Ódio e amor se emaranham, como o cabelo de Clódia em sua boca quando ela monta nele e se inclina para a frente com os lábios abertos.

Há alguma coisa em Clódia que ele nunca viu em mulher alguma, por mais cativante e sexualmente desejável que as outras fossem. Ela não é cativante como Cíntia. Não é desejável como Ipsitilla. É como um gosto que nunca foi conhecido antes no mundo. Revira a boca como um bebê procurando avidamente o seio da mãe, pois o seio da mãe é vida.

Ele provou Clódia e nunca poderá abrir mão dela. Foi loucura sua ir ali. Não está procurando saber a verdade sobre ela porque não quer saber. Se ela cometeu um grave erro, que o esconda. É a própria Clódia que ele quer, só ela.

Seu marido está morto, e os mortos não voltam. Por que se torturar pensando na forma como Metelo Céler morreu se tudo que restou foi uma máscara pendurada junto às outras máscaras dos seus ancestrais? Seu sofrimento terminou. Ninguém pode ajudá-lo ou magoá-lo. Ele nunca mais terá o prazer de passar uma manhã fresca de primavera no Palatino, nem ver as arestas íngremes e azuladas das montanhas distantes. Passou a vida em sólido esplendor, mas a morte arruinou isso como se fosse uma casca de ovo.

Catulo não quer mais saber se o marido de Clódia morreu envenenado. Gorgo talvez lhe desse uma resposta, mas ele não quer perguntar.

Não, Clódia, pensa ele, deixe de fingir. Estou falando com você agora. Não vamos nos esconder um do outro, brincando com o sofrimento e a consciência. Nosso tempo é muito curto. Vamos agarrar a bola dourada que o destino nos jogou, antes que ela saia rolando para sempre.

Ele está livre, e Clódia está livre.

Engraçado ele pensar que se considerava sensível, que passaria por cima de corpos para chegar até Clódia.

Mas não precisa mais, Clódia agora é uma viúva. Está terminada aquela parte da peça em que ela era uma esposa, Catulo seu amante secreto desesperado, e Metelo Céler sabia de tudo ou não suspeitava de nada, importava-se ou era indiferente a isso. Eles nunca saberão se o marido de Clódia pretendia pôr um fim a esse caso amoroso, puni-la e fazer Catulo pagar.

Aqueles primeiros encontros na pequena vila de Manlius parecem inocentes como brincadeiras de criança, quando se recorda dos fatos pela estreita passagem do tempo. Mas eles nunca foram inocentes. Vinham carregados de conhecimento e destruição desde o primeiro momento. Ele sempre desejou que o marido de Clódia saísse do seu caminho.

Sim. Tudo levou a esse momento. Ele pode ter o que quiser. Depois de um ano de luto, ela estará livre para se casar de novo. Hoje está sendo chamada de assassina. O casamento talvez a proteja. No mínimo, será uma coisa nova para falarem.

— Você ouviu? Nossa Lésbia está se casando com seu dedicado poeta.

— Tomara que ele tenha um estômago forte.

Catulo estremece. Seus pensamentos são tão cruéis que ele não quer mais pensar. Perdeu o direito ao tipo de casamento em que todos se regozijam, e as piadas mais cruas do mundo nada mais são que água jogada no fogo. Se ele e Clódia pudessem voltar ao passado, intocados, e se encontrassem pela primeira vez...

Mas isso é uma fantasia autoindulgente. Os dois estão desgastados. Esse é o problema. É por isso que Catulo jamais consegue se cansar dela. Clódia parece reunir a vida toda dele nas mãos, fazendo-o sentir que ela é tudo que sempre desejou.

Ela já teve homens, e ele teve mulheres e homens também — Cíntia, Ipsitilla, Ameana, o doce Juventius, Rufa, e dúzias mais com quem dormiu, provocou, embebedou-se, conversou e passou tardes agradáveis. Todas aquelas tardes parecem fundir-se em uma tarde infindável, as persianas arriadas para não deixar passar o sol, uma jarra de vinho, um prato de bolos, o lençol da cama empapado de suor. E um corpo nu espalhado ao seu lado ou montado nele, sentindo o mesmo prazer que ele próprio sente.

As tardes de Clódia eram assim também. Seria preciso um ábaco para enumerar seus amantes. Por isso é que os dois se entendem, porque são igualmente ligados a todas as promessas que não pretendiam cumprir. Os dois têm muita coisa em comum. Têm uma série de recursos e estratagemas. Conhecem as suas mentiras e as dos outros. Sabem tudo sobre cenas e crises de choro. Ambos juraram que sabiam que o amor é aquilo em que se resolve acreditar no momento. A realidade é o corpo quente e o coração frio observador.

Mas um dia ele viu sua deusa brilhante, com as coxas ainda molhadas do sêmen de outro homem.

Ambos estão saturados de experiências, como o solo que, se receber mais uma gota de água, ficará alagado. Ele deseja falar com Clódia e jurar que nunca duvidou da sua inocência, nem por um segundo. Uma rosa pode crescer no esterco e continuar sendo uma rosa. Clódia acreditará na confiança depositada nela. Eles criarão seu próprio tipo de inocência entre si.

Por que ele está esperando?

Primeiro irá aos Banhos para o vapor tirar da sua pele o fedor da casa de Gorgo. Um massagista massageará seu corpo até todos os pensamentos terem sumido da sua cabeça. Ele mergulhará na piscina fria, depois recomeçará o ciclo — quente, frio, quente, frio — até o corpo ficar tão limpo e vazio que um dos escravos terá de enrolá-lo na toalha como um bebê.

Será uma nova vida. Terá de haver um intervalo decente, mas Clódia é uma mulher livre. Eles serão felizes.

Oh, deuses! E se ela disser sim?

Catulo se levanta.

— Você deve me perdoar. Já fiquei muito mais tempo aqui do que pretendia.

Mas Gorgo o segura.

— Espere. Você queria saber sobre venenos.

— Preciso ir embora.

As pálpebras dela caem, quase cobrindo os olhos.

— Quem envenena uma vez envenenará outra — diz ela. — Você falou que é poeta. Os poetas merecem ser protegidos. As gargantas dos rouxinóis não devem ser cortadas.

— Mas as línguas dos rouxinóis dão uma torta excelente.

— Os envenenadores não se importam de repetir um verso que lhes serviu bem.

Ele ri.

— Não é esse o meu tipo de poesia.

— Venha comigo. Não levarei mais que alguns minutos.

Levanta-se, e ele faz o mesmo. Ainda não se resolveu, talvez saia a qualquer instante. Diz a si mesmo que é por pura curiosidade que está seguindo Gorgo.

No corredor, o numidiano está encostado na parede. Sorri para Catulo, com o tipo de sorriso que um homem dá para um menino.

— Deseja alguma coisa? — pergunta a Gorgo.

— Nós vamos à minha oficina.

O numidiano levanta as sobrancelhas.

— Quer que eu vá junto?

— Não. Aqueles escravos lá embaixo estão bem?

— Estão muito bem.

— Comendo e bebendo?

— Comendo e bebendo agora.

Ela dá uma risada, deixando ver o dentinho pontudo, e o numidiano ri também em silêncio, vira-se e vai embora. Gorgo levanta o trinco da porta em frente.

Na oficina, uma parede é coberta de gavetas de madeira do chão ao teto. Na mesa comprida, há uma balança, vários almofarizes, um jogo de facas, uma prateleira com colheres douradas e outro com colheres prateadas, tudo organizado na maior perfeição. Há uma pilha de tigelas, fileiras de jarras de vidro e potes fechados, rolos de papiro e tabletes de cera. Na lareira, o fogo está baixo, quase apagado. Junto da lareira, panelas de cobre refletem a luz do fogo.

Na parede oposta, sem gavetas, há couros de cobra secos pendurados em prateleiras. O couro de uma píton é tão longo que tem de ser dobrado em um gancho acolchoado. Há fileiras de dentes presos em arames de ouro.

— Dentes de tigre — diz Gorgo.

Em uma prateleira alta, há jarras com um líquido onde flutuam formas indefinidas. O quarto cheira a resina, cabelo chamuscado e incenso.

Gorgo puxa uma maçaneta e abre uma das gavetas subdividida em dúzias de compartimentos, cada um da largura de dois polegares. Os compartimentos são protegidos com papiro untado. Levanta a ponta de um deles, e Catulo vê umas sementezinhas finas, pretas, familiares.

— Sim, são sementes de papoula.

Ele gosta de ver que aquele compartimento contém uma coisa tão inofensiva.

— As sementes de papoula puras não fazem mal algum — diz Gorgo, pensativa, mexendo nas sementes com o dedo mínimo. — Precisam ser misturadas a outros ingredientes.

— Entendi.

— Eu passei a vida aqui, e ainda não sei muito. Você reconhece isso?

Gorgo mostra um compartimento maior do lado direito da gaveta, com raízes secas e murchas.

— Não.

— Se a planta estivesse completa, você conheceria. São mandrágoras. Quando são arrancadas do solo, gritam como se fossem humanas. Quem come essa erva dorme e acorda alternadamente, o coração se acelera e a boca fica seca até a pessoa não conseguir nem pedir ajuda. Mas a mandrágora pode ter também um efeito muito lento. Nós combinamos essa erva com esses cogumelos secos aqui que contêm muscarina, um elemento venenoso.

A gaveta corre silenciosamente. Ela puxa outra maçaneta, hesita e parece mudar de ideia. De repente, ajoelha-se e abre a gaveta de baixo.

— Esta é uma maçã espinhosa. A vantagem dela é que a vítima não se lembrará de nada se sobreviver. A maçã espinhosa apaga a memória. A desvantagem é que a vítima pode sobreviver. Esta aqui é a cicuta. Todos conhecem o destino de Sócrates. Bem, meu conterrâneo teve a sorte de poder falar calmamente com seus amigos depois de tomar cicuta, o que raramente ocorre. Quem ingere a erva não tem convulsões de quebrar ossos, mas sofre muito. E talvez não tenha tempo de filosofar.

"Este é o crócus de outono. Veja como ele seca, tanto a flor quanto a haste. Veja a perfeição dos estames. A colchicina é muito mais bonita que a cicuta, mas seu efeito é pior. A boca descobre isso assim que o veneno é ingerido. Ele queima e gela. E é apenas o início. A vítima não consegue respirar, e evacua sangue. Morre em aproximadamente seis horas.

"Chegue mais perto, não dá para ver daí. Agora vem o teixo. Quando o rosto fica muito vermelho e os olhos tão dilatados que a íris desaparece, pode-se saber que é efeito do teixo. A vítima tem dificuldade de respirar, fica arfando como uma mulher desesperada para dar à luz.

"E este é o heléboro. Seu efeito é ainda mais rápido que o do crócus. O coração para e os pulmões se enchem de água.

"Cogumelos você conhece. Mas há uma centena de variedades e milhares de combinações. Com cogumelos se pode brincar com o corpo, como um músico puxando as cordas da sua lira.

— Mas os resultados não são nada bonitos — diz Catulo, pronunciando as palavras com dificuldade, como se os venenos estivessem atuando nele. Seu coração bate devagar, com batidas fortes. As palavras de Gorgo o tocam onde ele não quer ser tocado.

— Qual deles você escolhe? — pergunta ele.

— O quê?

— Que veneno *você* escolheria para si mesma?

Ela franze as sobrancelhas, e seus dedos passam pelos cogumelos secos enquanto pensa na pergunta.

— Eu não escolheria um veneno se quisesse morrer — diz ela, finalmente. — Pularia de um lugar alto. Até já escolhi o lugar.

— Mas suponha que tivesse de usar um veneno.

— Então usaria cicuta.

— E faria efeito em você? Talvez já esteja imune a essa altura.

Ela ri. Seus dedos rápidos repõem a tampa sobre os cogumelos sem que ela precise olhar. As mãos lembram as mãos do Dr. Filoctetes.

— Vale lembrar, com relação a todos os venenos, que os resultados podem mudar a seu gosto se você for experiente — diz ela.

— Não estou interessado em envenenar ninguém.

Gorgo ajeita o corpo lentamente, observando-o.

— Vocês romanos...

— Eu sou de Verona.

Ela dá de ombros.

— Roma, Verona. O que quero dizer é que esta cidade vive se beneficiando dos crimes dos outros. Mas vocês romanos são cuidadosos. Nunca participam deles realmente. Permanecem puros.

— Eu sou poeta, não político.

— E nunca se beneficiou de um crime. Aí está: um romano que não é romano.

— Já tomei muito do seu tempo. Agora preciso ir.

— Você é jovem, rico e romano. Olhe para mim. Eu não sou jovem, não sou muito rica e sou grega. Mas conheço o jeito dos romanos melhor que você. Quando o navio de grãos entra em Puteoli e os grãos de Alexandria enchem os depósitos de Roma, eu sei quem sai perdendo e quem se beneficia. Quando um belo menino grego é posto a leilão e é apalpado por um velho que precisa de um novo "secretário", eu sei quem sai perdendo. E sei quem se beneficia. Agora vamos descer e ver como estão seus escravos.

Catulo a segue em silêncio pelas escadas.

Quando entra na sala de espera, sente um cheiro ácido de vinho. Os escravos estão recostados no chão, rodeados de taças, pratos e restos de comida. Os dois mais moços se apoiam nos cotovelos, com o rosto brilhando da bebida. Há uns dados no chão, mas eles não jogam porque estão muito bêbados. Uma das taças derramou e uma mancha escura de vinho se espalhou pelo chão ladrilhado. Ninguém tentou limpar a mancha. Os jovens olham para o mestre com surpresa, como se tivessem esquecido que essa pessoa existia no mundo.

Niko parece não notar a presença do mestre. Tem na mão meia galinha assada e enfia grandes nacos na boca. Seus lábios brilham com a gordura. Uma pele de galinha se prende no seu nariz, dando-lhe um ar ridículo. A gaulesa está sentada ao seu lado com a coxa encostada nele. A frente da sua túnica está abaixada, deixando os seios à mostra. Niko deve ter interrompido seus carinhos para comer a galinha. Antonius é o único sóbrio. Está afastado, encostado na parede, olhando para o espaço.

— Antonius, o que aconteceu? — pergunta Catulo.

Antonius pigarreia, olha para os pés com botinas grosseiras de escravo, depois para o mestre, evitando seus olhos. Esse homem eficiente e bem-humorado, cuja capacidade de trabalho o levou a subir cada vez mais no conceito de Lucius, sente-se condenado. Vem juntando dinheiro há anos para comprar sua liberdade. E agora está perdido. Vê seu futuro esvair-se como moedas jogadas ao mar.

— Não foi culpa dos meninos — diz ele. — Não tiveram escolha. *Ele* lhes deu vinho. *Ele* lhes disse que, se fossem homens de verdade e quisessem saber o que um homem sabe, teriam de beber o vinho. Os meninos são camponeses rudes.

— E Niko?

Antonius dá uma olhada rápida para Niko.

— Ele está fora de si — murmura. — Qualquer um pode ver que foi enfeitiçado, mestre, não pode nos ver nem ouvir. Puseram alguma coisa em sua bebida, juro pela minha vida, mestre.

— E você não comeu nem bebeu?

— Não toquei em nada.

Gorgo está na porta com os braços dobrados, observando a cena com um olhar frio, como se aqueles escravos fossem animais no campo. Sente-se indiferente a todos eles; se estivessem mortos no chão, mandaria arrastá-los dali e não se importaria. Não se importava com Catulo tampouco. Toda aquela atenção que lhe deu não significou nada. Que tolo foi ele de entrar tão fundo em seu mundo. Agora estava confuso, como Niko. Enfeitiçado, poderia dizer. A atenção de Gorgo o envaidecera. Ele está acostumado a ser apreciado pelas mulheres.

Embebedar os escravos faz parte disso. Talvez ela se considere a Circe de Subura, transformando-os em porcos. *Vocês romanos.* Quantos romanos ela terá ajudado a morrer? Quantos bebês romanos terá arrancado do útero da mãe antes que se tornassem gente? E tudo com a maior sutileza. O que ela faz é medir o desejo e fornecer os meios. Deve ser muito satisfatório, enquanto ela pesa e mistura, saber quem sairá beneficiado.

— Seus escravos se embebedaram na minha casa — diz ela. — Você devia tê-los treinado melhor. Esse comportamento é ofensivo e merece punição. Se eu chamar as autoridades... — ameaça, observando Antonius de esguelha. Sabe que ele é o único ainda capaz de sentir medo.

Você não vai chamar ninguém, pensa Catulo. Não para esta casa, com tudo que existe aqui. Pela primeira vez, ele percebe como está distante do seu próprio mundo, no fundo de um labirinto de ruas onde a riqueza e a condição social só contam para fazer de um homem um alvo. Pessoas desaparecem todo dia. Seus escravos se dissolveram em álcool e nos ingredientes adicionados naquelas taças. Ele não pode deixar que Gorgo perceba isso. Deve parecer não ter consciência da situação.

— Você terá de chamar umas duas liteiras — diz ele. — Eles não vão conseguir andar.

— Acha que as liteiras virão à rua dos Mestres Curtumeiros buscar um grupo de escravos bêbados e seu mestre? — pergunta Gorgo em tom insolente.

Mas dessa vez ela foi longe demais. Catulo sorri, liberado de repente da sua hostilidade aberta. Se ele foi enfeitiçado, o feitiço se quebrou. Não há mistério, é apenas um trabalho sujo.

Para ele bastou. Não quer mais afastar-se da sua menina em vez de aproximar-se dela. Se houve algum veneno no caso, foi na sua própria imaginação, trabalhando contra ele e contra Clódia. Foi isso que Gorgo fez por ele.

Como Clódia riria se estivesse ali naquele quarto. Ela não permitiria que Gorgo dominasse a situação nem por um instante.

— *O quê? Você deixou aquela Circe de segunda classe intimidá-lo?*

Clódia é igual com tudo e com todos. Um marido desconfiado? Boatos maldosos no Fórum? Morte? Não se deixe intimidar. Sua menina é bastante romana, nasceu para respirar o ar do Palatino e para ignorar os verdadeiros formigueiros de gente que a servem. Se duvida de si mesma, ninguém sabe.

É tudo um jogo, uma enorme jogada de dados. Roma enfrenta o mundo todo, e precisa de grãos para alimentar sua plebe. Clódia enfrentou os olhares hostis dos Meteli e o corpo embalsamado do marido, e agora está livre. Ele precisa entrar no jogo também.

Primeiro, precisa voltar para casa, apesar dos escravos bêbados. Por mais inconveniente e entediante que seja, permanecerá na sala de espera de Gorgo até Niko e "os meninos" melhorarem da bebedeira. Gorgo terá de chamar as liteiras ou estender sua hospitalidade. Sua clientela regular de matronas grávidas e esposas assassinas poderá esperar nas escadas.

Lucius deve estar sofrendo porque eles ainda não voltaram. Mas não há nada que Catulo possa fazer para acalmá-lo.

— É melhor você ir — diz Gorgo, de repente. — Vou providenciar sua volta para casa. — Seu sotaque de repente parece muito mais forte. Ela estica o pé e dá uma ligeira cutucada na coxa de Niko. Ele nem nota. Eles são homens ou animais?, pensa em voz alta.

As horas na casa de Gorgo pareceram infindáveis enquanto duraram. Se alguém lhe perguntasse há quanto tempo ele estava ali, talvez dissesse "cem anos" e acreditasse na resposta. Mas assim que chegou em casa o tempo passou e aquelas longas horas se tornaram um incidente. Estava tudo acabado agora, não era mais importante. A visita deixou sua marca, é claro, mas ele não precisava saber se era uma marca muito profunda, ou onde ele fora tocado.

O que restou em sua cabeça foi a expressão do rosto de Antonius. Vergonha, medo, e uma falta de esperança que Catulo nunca vira em ninguém...

Pensou em todos esses sentimentos dentro de Antonius. Mas, como era romano, logo seus pensamentos mudaram de direção.

Dezoito

O sol está forte. As nuvens se dissipam, deixando no céu uma faixa de azul desbotado. De repente, o inverno terminou e a primavera chegou.

Os pássaros cantam nos bosques de oliveiras quando Catulo sobe a ladeira do Palatino. Uma brisa pura e quente sopra em seu rosto, trazendo o som distante de marteladas vindas do prédio em construção logo adiante. Os operários falam aos gritos, depois vem um rangido de metal contra metal. Mais uma linda vila está sendo erigida por algum ricaço, com dinheiro suficiente para comprar a terra mais cara de Roma. Essa expansão de construções vem ocorrendo há muito tempo. Catulo presta atenção e tem a impressão de que os pássaros e as marteladas fazem música juntos. Talvez as aves do Palatino tenham aprendido a imitar os sons dos operários.

(*Seu pensamento se amplia no espaço. Os rouxinóis talvez aprendam a blasfemar nas noites de verão. Os poetas podem introduzir o barulho dessa mudança em seus poemas: o gemido e o rangido dos guindastes descarregando os navios de grãos, o ruído surdo das rodas dos vagões quando as ruas da cidade se abrem para eles ao anoitecer...*)

Catulo adora esse lugar, especialmente o alto das ladeiras, onde a rocha se esfacela e é impossível cavar fundações. Ali se vê apenas a grama verde, que terá um colorido forte no final de maio. Tomilho e lavanda se prendem nas rochas. Um pouco mais acima, duas oliveiras balançam com a brisa, as folhas tremendo com a luz prateada. Pelo caminho surgem as flores do viburno, com os cachos brancos brilhando sobre as folhas escuras. Seu aroma vem e vai quando a brisa muda.

Um pardal aparece por ali, para numa poça d'água para beber e voa para longe. Mais pardais chilreiam nos arbustos.

Uma borboleta se prende em uma pedra com as asas abertas palpitando. Catulo para e observa. As asas estão estendidas ao máximo. A borboleta parece alimentar-se da pequena mancha de sol onde pousou. Os poetas escrevem que elas se regalam com néctar, como os deuses. Mas isso é bobagem. Ele e Marcus uma vez viram um cão morto com a barriga aberta pela pressão dos gases internos, e de seis a sete lindas borboletas claras em meio à nuvem de insetos agarrados às tripas do cão. Ele e Marcus ficaram olhando, ouvindo o zumbido das moscas nos ouvidos, depois voltaram para casa.

Talvez os deuses também se regalem com a morte e se deliciem com a putrefação. Nossos sofrimentos são seu néctar. Eles toleram o incenso e a fumaça que se elevam do touro sacrificado, mas preferem o sofrimento humano.

(*O rosto de Metelo Céler aparece para Catulo a toda hora, como um credor voltando várias vezes à casa de alguém que lhe deve dinheiro.*)

A subida não é muito difícil, mas sua respiração já está curta. Ele limpa o suor da testa e olha para o Fórum que ficou lá embaixo, e para os ocres e terracotas da cidade fervilhante.

Um tronco de cipreste está crescendo próximo à ladeira quase na horizontal. Talvez pense que o céu está naquela direção. Catulo sorri, pensando nos céus horizontais e nos céus sob o solo. Sente-se melhor agora, mas resolve descansar um pouco.

É um bom lugar, calmo e silencioso. Só as coisas mais próximas parecem reais: as formigas lutando contra um grão de terra, a luz do sol filtrando-se pelas folhas e incidindo em sua capa. O sol está quente. Ele se alegra por ter tomado esse caminho onde não se vê ninguém, em vez de pegar a estrada principal que passa pelo templo. É bom descansar ali sozinho, sem escravos ou amigos.

Mas seu preparo físico está ruim, precisa exercitar-se mais. Em um minuto, continuará a caminhada. Mais acima estão as vilas em todo seu esplendor. Catulo imagina aquele lugar sete séculos atrás, quando o Palatino era uma colina coberta de mata, onde a loba amamentou Rômulo e Remo. Roma ainda não era nascida. Que estranho pensar que essa imensa cidade moderna, de mais de um milhão de almas, era um círculo de colinas em volta de um pântano. Se ele olhar para baixo, por entre as folhas, terá a impressão de que Roma desapareceu, deixando apenas uma pilha de pedras brancas e avermelhadas.

Seu peito dói. Ele sente uma pontada. Subiu a ladeira depressa demais. Terá de descansar mais um pouco, não quer entrar na casa de Clódia suando e arfando.

Como Marcus riria se o visse bufando assim. Quando os dois eram meninos, nadavam, remavam e apostavam corrida o dia todo no verão. Acordavam de madrugada e passavam descalços pela casa silenciosa, na esperança de saírem sem serem vistos por Lucius. Quando chegavam lá fora, afivelavam as sandálias, e Marcus dizia: "Seu idiota! Esqueceu sua capa de novo! Use a minha!" Naquele inverno, Catulo ficou muito doente, com febre e tosse. No verão, já estava bem, mas Marcus cuidava dele como se fosse Lucius.

No final da curva, ficava a praia deles. Os dois desciam correndo pelos bosques de oliveiras, escorregando, tomando cuidado para não tropeçarem nas raízes nodosas. Então viam o sol deslumbrante sobre o lago. O ar era frio, e havia uma névoa acima da água. Até os seixos da praia eram frios.

Tiravam as túnicas e as sandálias e entravam direto na água. Esta era a regra, correr sem parar até entrar no lago com água até a coxa e não poder correr mais. Era a forma de não sentirem frio. Então Marcus mergulhava, e Catulo começava a contar. Contava devagar de início, observando a superfície, e, quando não via nenhuma movimentação na água, entrava em pânico e contava cada vez mais depressa; seu irmão tinha mergulhado há bastante tempo, e, se não aparecesse em poucos segundos, ele teria de pedir ajuda...

Nesse momento, Marcus subia à tona, sempre onde não era esperado. Às vezes aparecia próximo à margem, subindo como um sapo procurando ar, outras vezes surgia atrás do irmão, balançando o cabelo e molhando tudo à sua volta.

Ele sabia que seu irmãozinho se assustava.

— Eu sempre volto. Não vou me afogar, seu idiota. Por que não mergulha também? — Marcus dizia que era melhor participar das coisas a observá-las. Uma luta sempre parecia muito pior para quem observava de fora. "Quem estivesse lutando", dizia ele, "sentia tanta raiva que só sentiria os socos mais tarde."

Catulo tinha certeza de que Marcus seria um grande general quando crescesse. Ele era o líder da sua gangue, os Lakers, que vivia em guerra com os Hillers. Os Lakers eram ele, Marcus e todos os meninos da aldeia de pescadores que viviam perto da sua vila, próxima ao lago. Os Hillers eram pastores, meninos valentes e selvagens das colinas, com cães enormes que atiçavam contra nós. Marcus tinha certa noção de tática e estratégia. Os Lakers faziam reuniões secretas no forte que tinham construído nas oliveiras logo acima da praia. Era aí que planejavam seus ataques aos Hillers.

O bom é que os Hillers em geral não podiam descer dos morros, pois tinham de cuidar dos carneiros e cabras. Mas o ruim eram seus cães. Marcus aprendeu o assobio dos Hillers para chamá-los, e dava ao mais feroz deles pedaços de carne roubados das cozinhas.

Mas Marcus não se tornou um general. Alguém tinha de aprender a administrar as propriedades da família. Alguém tinha de ir à Bitínia regularmente, supervisionar o negócio de exportação de madeira que dava grande lucro à família. Seu pai já estava velho para fazer grandes viagens marítimas.

As ideias de Catulo mudam sem cessar. Marcus parece bem feliz. Não é grande conhecedor de poesia, mas sabe que os poetas têm de viver em Roma. A última vez em que Catulo esteve em Sírmio recitou para o irmão um poema em hexâmetros datílicos, um pretenso épico sobre as guerras com os pastores que viviam nos morros desde o início da primavera até o início do inverno, enrolados em grossas capas, dormindo no dorso dos cães para se aquecerem. Marcus sorriu quando ele terminou e disse:

— Dá quase para ver o que você descreve.

— Quero escrever mais sobre Sírmio, mas não consigo encontrar a abordagem certa.

— Talvez fosse bom você voltar para cá. — Depois de uma longa pausa, acrescentou: — Estou brincando. Sei que você está estabelecido em Roma.

Ele sabia também da existência de Clódia, mas não gostava de falar sobre ela. Queria que seu irmão se casasse, como ele se casou, embora ainda não tivesse filhos.

Marcus não fica preso em Sírmio o tempo todo. Viaja para a Bitínia regularmente, e no momento se encontra lá; aliás, está lá desde o verão passado. Estabeleceu direitos de coleta de impostos para toda a madeireira. Foi a Trôade e aos santuários de Cibele e observou as cerimônias detalhadamente; em uma delas, um dos devotos da deusa se castrou durante uma dança ritual. Catulo gostaria muito de ler essas "observações detalhadas", mas Marcus só disse que o homem parecia não sentir dor. Suas cartas são às vezes frustrantes.

Escreveu que está bem de saúde, apesar de o inverno ser longo. Julia não pôde acompanhá-lo, pois, depois de três abortos, foi aconselhada a repousar, fazer oferendas à deusa da fertilidade Bona Dea e evitar engravidar durante um ano.

Você tem de vir até aqui. A viagem é monótona, mas, quando o tempo melhora, leva menos de um mês. Não preciso citar os benefícios que o ar marinho lhe traria. Venha em maio para irmos juntos a Trôade, antes que chegue o verão e fique muito quente por lá. Você encontrará material para explorar, para não falar na felicidade que sua visita me trará.

No momento em que escrevo, vejo a neve pesada nas montanhas e o céu escuro como uma panela de cozinha. O inverno está muito longo, meu querido irmão, e me deixou com tosse. O ponto fraco da família, como você sabe... Recebi uma carta de Julia na semana passada, e ela está bem.

A carta de Marcus era formal, com um latim correto que não refletia seu modo de falar. *Para não falar na felicidade que sua visita me trará.* Mas nem tanto assim. Um céu *escuro como uma panela de cozinha.* Eu gostaria disso, pensa Catulo.

Catulo voltou ao passado porque agora que está perto de Clódia tem medo do que verá nela. Gostaria de prolongar esse momento. Há quanto tempo está sentado ali? É preciso prosseguir.

Vai conquistando lentamente a última etapa do caminho, e enfim chega ao plano. As fachadas de mármore das vilas do Palatino brilham à luz do sol. São casas altas, magníficas, que parecem flutuar sobre a cidade. Mas o ar está impregnado da poeira das construções. Um bando de escravos agrilhoados cava as fundações de uma nova rua.

Niko foi chicoteado, pois Lucius sentiu logo o cheiro de álcool em seu hálito e lhe pediu explicações. Ou pelo menos alguma explicação. Os dois meninos tiveram sorte de escapar do chicote, mas foram mandados de volta para Sírmio para trabalharem pelo resto da vida nos campos.

Catulo não interveio. O administrador da casa sabe o que faz.

Ele se vira e olha para a cidade lá embaixo. Tanta gente querendo tantas coisas! O Fórum nesta manhã está repleto de pessoas que ele conhece, passando umas pelas outras, cumprimentando-se apressadamente para visitar os clientes, analisando casos nos tribunais, parando para congratular um orador pelo seu último discurso, discutindo seus investimentos com a discrição dos ricos.

O irmão de Clódia também estava no Fórum, como sempre rodeado por um bando de admiradores. O Belo Menino Clódio, a outra face da irmã. Tudo que era encantador nela se tornava repulsivo nele: os olhos grandes que olhavam os outros com arrogância e desinteresse, a franja cuidadosamente encrespada, a pele dourada lustrosa, e sua crueldade.

Cumprimentou Catulo civilmente, com um sorriso que parecia dizer: "Oh, sim, minha irmã. Nós dois sabemos sobre ela."

E lá estava Cícero. Ele se arriscara quando fez um discurso contra o Belo Menino Clódio, que havia profanado os rituais de Bona Dea. O Belo Menino Clódio observa-o, esperando o momento propício. O Velho Cícero parece surpreendentemente despreocupado. Zomba dos brutamontes do Belo Menino, como se seus bastões não pudessem estourar seus miolos ou as facas não pudessem cortar sua língua. O homem pode ser tão inteligente, pensa Catulo, que deixa de usar a inteligência. E esquece da vigilância normal do homem normal.

Ou talvez eu é que seja inteligente demais. Posso zombar dos idiotas com um epigrama, recitá-lo para Fabullus ou Calvus e ver o epigrama circular pela cidade toda, de boca em boca, até todos que se consideram um gênio o recitarem. E nada acontece. Estou bem seguro. Quem esmaga uma borboleta em uma roda? Homens poderosos com gangues de brutamontes mercenários armados não se enfurecerão porque eu escrevo um poema sobre eles. Darão de ombros. Talvez se sintam até lisonjeados.

Lembra que logo que veio de Verona para Roma olhava para tudo embasbacado (tentando não olhar, não se deslumbrar, mas não conseguia). O Fórum era um tesouro naquela época, com aqueles grandes discursos de oradores conhecidos pelo mundo inteiro! Figuras se movimentavam rapidamente em uma intrincada coreografia que ele desejava tanto aprender! Apaixonou-se por Roma à primeira vista, e sua meta era pertencer àquele lugar. Não se tornar parte da cidade — ele era poeta, e isso vinha em primeiro lugar —, mas movimentar-se com a mesma facilidade e segurança que os outros, conhecer as livrarias, as casas de banho e, acima de tudo, saber o que havia por trás de certos nomes presentes nas fofocas de Roma.

Agora ele pertence. Aprendeu a respirar no caldeirão do ódio, da desconfiança, das alianças temporárias e traições elaboradas de Roma. Sabe que os políticos estão sempre querendo comer uns aos outros; em certos casos, também comer em outros sentidos.

Costumava pensar que a sátira era uma arma. Agora já não tem tanta certeza. Esses homens querem ser notados. Até mesmo insultos são considerados elogios.

"É melhor escreverem contra mim do que não escreverem."

"Toda publicidade é boa, como dizem."

"Já leu o último poema de Catulo?"

"Sobre quem ele escreveu dessa vez?"

"Oh, devo admitir que foi muito bom."

Às vezes, arbitrariamente, eles decidem que um poema "foi longe demais" e exigem desculpas. Ele também passou por isso.

Se quem exige a desculpa tiver muitas espadas e bastões à sua disposição, é claro que Catulo se desculpa. Não faz diferença alguma para ele.

Nil nimium studeo, Caesar, tibi velle placere,
nec scire utrum sis albus an ater homo.

Sem querer saber o que você é
ou o que lhe agrada, eu o ignoro, César.

Mas não é bem assim. César comicha em sua cabeça, forçando-o a escrever. "Um grande homem", seu pai diz em tom de admiração. Como pode ser tão ingênuo? Mas talvez César seja o mais ingênuo deles todos. Esses grandes oradores, generais e políticos, até o mais cínico deles, têm fé. Realmente creem que, se trabalharem, tramarem, subornarem, conspirarem e manipularem o suficiente, com o tempo conseguirão o que querem. Com coragem e visão (que ele é forçado a admitir que César tem), serão invencíveis. Por que não percebem que quase todos os homens ambiciosos de Roma pensam exatamente o mesmo? Por isso acabarão cortando a garganta uns dos outros.

Todos estavam no Fórum naquela manhã ensolarada, fazendo um contato aqui, ofendendo um rival ali. Cada um deles se considera o carro-chefe aclamado pela multidão. Mas um dos carros acabará batendo num poste, capotando e desaparecendo debaixo de escombros de metal, madeira e carne... é inevitável...

Pelo amor de Deus, chega de tanto pensar! Senão vai terminar sentindo pena de César ou de uma víbora como o Belo Menino Clódio. E *você* por acaso é tão puro e independente?

Não. Ele faz parte de tudo isso. Toda aquela gente do Fórum o reconheceu, cumprimentou-o e o acolheu bem. O Belo Menino Clódio apenas piscou para ele. Gorgo tinha razão. Ele era um dos *vocês romanos*. Em todas as transações da cidade, seu nome estava envolvido. Até mesmo os golpes mais sujos da política o tinham na mira. Para ele, os navios ancoravam em Puteoli; para ele, os mercados de escravos abriam durante longas horas; para ele, os agentes intermediários falavam da velocidade dos navios e do peso das cargas. César jantava na casa do pai de Catulo, portanto ele podia escrever o que quisesse.

O destino o tocara ligeiramente no seu nascimento. O mundo era seu, e sua linguagem frutificava por todo lugar. Ele tinha tanta sorte que precisava tentar vigorosamente livrar-se dela...

Quando passou pelo Fórum, sentiu-se engolfado por aquele lugar. Mas, como era um poeta, considerava sua cabeça independente de Roma. Apagava um verso que estava elaborando, mudava o passo, mudava o ritmo, porém de nada adiantava. Não conseguia ouvir seus versos no vozerio dos cambistas, lojistas e oradores baratos.

Era o barulho de Roma trabalhando para ele. Sua riqueza se transformara em um pequeno império, tão ampliado que era preciso velejar durante semanas para chegar de um extremo ao outro. Em vales remotos, onde nem mesmo os deuses tinham ouvido falar em Roma, trabalhadores punham abaixo cedros em nome de Catulo.

Passou por trás do Templo das Virgens Vestais, tentou terminar um verso e desistiu. Ali também estavam trabalhando em seu nome, mantendo a chama, mantendo Roma viva. Até mesmo o Velho Cícero, saído da tribuna, reconhecendo o próprio sucesso com uma modéstia calculada e cômica, até mesmo ele tinha mais coragem que Catulo. Para Cícero, atingir a função de cônsul foi como morrer e ir para o céu. Ele nunca duvidou do valor da própria contribuição, nem parou de lembrar o mundo disso. Provavelmente trabalhava por uma grande causa com tanto afinco como trabalha para manter uma voz melodiosa.

Pode atrair mil ouvintes para sua casa, fazer com que se sintam parte do mecanismo interno e brilhante da sua mente.

Mas é uma fraude, é claro. Essa voz melodiosa é resultado de horas e horas de exercícios. Nada é improvisado. Todas as suas piadas são ensaiadas, e ele defenderá um mentiroso e um criminoso no tribunal com tanta paixão quanto defenderá um inocente. Contudo, esse é o trabalho do advogado. Pelo menos o Velho Cícero possui a coragem de definir o que quer e tenta conseguir isso. Não tem medo de chafurdar a mão na lama.

Ele deve ter ficado ali por um longo tempo, perdido em seus pensamentos. Um dos escravos agrilhoados o olha com curiosidade, mas não para de trabalhar nem por um segundo sequer. O capataz tem um chicote na mão, talvez eles estejam atrasados na construção dessa rua.

— Você aí! Continue a trabalhar, seu imbecil, senão sentirá o chicote nas costas! — grita ele. Então põe a mão na testa e diz a Catulo: — É uma gente indolente e idiota; desculpe, senhor, mas terminaremos essa parte final antes do cair da noite.

O capataz deve achar que estou inspecionando o trabalho, que sou um dos proprietários que pagaram pela construção da nova rua.

— Excelente — diz Catulo, e o bando volta a trabalhar, jogando o cascalho para dentro da vala. O chicote funciona. Falta muito tempo para chegar a noite, pensa ele, subindo a ladeira.

Agora está quase na casa dela em Clivus Victoriae. Qualquer coisa pode acontecer. Clódia é o máximo da perfeição que Catulo pode imaginar.

Seu bobo. Você é bobo até para si mesmo, Catulo. Entre. Anuncie-se.

Desculpe, meu caro Cícero. Você é uma fraude e eu sou aquele que discute até consigo mesmo.

Ainda pensando, dirige-se à porta de Clódia.

Dezenove

Sentam-se lado a lado em um banco de mármore em frente a um lago de peixes, o projeto preferido de Metelo Céler, que ficou pronto poucos meses antes da sua morte.

Aemilia lhe disse que Clódia estaria no novo lago de peixes.

— Ultimamente minha senhora passa metade da vida observando esses peixes. — Aemilia se mostra arredia. Parece mais velha e mais irritada, com olheiras fundas. — Albus vai levá-lo até lá — diz ela, chamando o escravo. Quando ele entrou correndo, Catulo notou que não era nenhum dos escravos dos Meteli, tão bem-treinados que organizavam as grandes festas como se fosse um jantar íntimo com um casal de amigos. Esse menino, de cabelo desgrenhado e opaco, parecia ter terminado de cavar uma vala para plantar favas. Seu suor cheirava a medo.

Havia sinais de deterioração por todo lugar. Pequenos detalhes, mas que nunca teriam sido autorizados seis meses atrás. A menina que lhe lavou os pés quando ele entrou trouxe água fria, sem qualquer aroma. Os Meteli sempre usavam lavanda na água. Alguém havia deixado uma escova no chão do corredor. A porta da sala de recepção era mantida aberta com um bloco de madeira. Uma casa grande como aquela não podia depender do mau humor de Aemilia. Catulo se perguntou se Clódia não notava... ou se não ligava mais.

— Venha comigo, mestre — disse Albus. Aemilia começou a implicar com um menino que limpava um fauno de pedra.

— Meu Deus, você ainda não aprendeu, seu imbecil? Limpe com o espanador de pena, não com essa escova bruta. É uma peça antiga e valiosa; se for riscada, minha senhora mandará vendê-lo para pagar o estrago.

Albus piscou quando viraram na esquina do corredor.

— Ela tem uma língua viperina — disse, como se falasse com um igual. — Se viesse de onde eu venho, estaria com os lábios costurados. Não é de admirar que a dona fique sempre na área da piscina.

Era assim a nova casa, onde a atitude dos escravos variava do servilismo a um sorriso excessivamente familiar. O termo "dona" era bem diferente do termo formal "senhora" anteriormente usado na casa dos Meteli.

Mas talvez Catulo estivesse notando detalhes demais. Aquele menino dava a impressão de que não estava habituado a ficar dentro de casa.

— Mas a minha dona é muito linda — continuou o menino com ar imbecil.

— Daqui em diante, posso encontrar meu caminho sozinho. Volte para o seu trabalho.

Finalmente os dois se encontraram. O mau humor de Aemilia e o ar estúpido de Albus não chegavam a ser significativos. Qualquer casa vira de pernas para o ar depois de uma morte como aquela. É natural, não há nada que Clódia possa fazer. Tudo voltará ao lugar, diz ele para si mesmo, confortando-se com a repetição. Tudo voltará a ser como era.

Ali está Clódia ao seu lado. Eles não se tocam, mas ela está ali juntinho, respirando, existindo. Sua busca constante e penosa terminou, ele não precisa mais imaginar o que ela está fazendo, qual será seu aspecto, com quem estará. Mas não tenta tocá-la.

Uma vez ele estava nas montanhas com seu irmão, numa manhã de início de inverno, quando encontrou uma moita de jacintos silvestres. Como havia geado, as flores estavam cobertas de gelo. Marcus me disse para não tocar nelas senão ficariam pretas quando o gelo derretesse. *Se deixá-las aí, elas voltarão ao normal quando o sol aparecer.* Ele sempre se lembrou disso: seu irmão, o líder, o lutador, preocupado com uma flor.

— Clódia?

— Sim?

— Em que está pensando?

— Não sei. Nos peixes. Eles estão comendo uns aos outros. Creio que compramos canibais por engano.

— É claro que não. São carpas, não é?

— Sim. Se tivéssemos instalado tanques com água salgada, teríamos tentado criar peixinhos dourados. Estão muito na moda. Ao que parece, pode-se fazer uma fortuna com esses peixinhos.

— Você não precisa de uma fortuna, Clódia, já tem a sua.

Ela dá uma vaga risada. Está pálida, com uma túnica escura de lã e uma capa com capuz que esconde seu rosto. Catulo achou suas roupas escuras e sem graça. O rosto está avermelhado, e ela estremece quando uma brisa sopra na superfície do lago.

— Está frio, não é?

— Há quanto tempo você está aqui?

— Há bastante tempo. Não sei.

— Você não devia estar sentada no mármore frio nesta época do ano.

— Eu sei — diz ela, vagamente —, devia ter pedido para Aemilia colocar almofadas no banco. Há dúzias delas junto à piscina. Mas não posso usar o tempo de Aemilia para isso. Tudo ainda está muito caótico, nem começamos a treinar os novos escravos.

— O que aconteceu com os antigos?

— Alguns foram libertos, conforme testamento do meu marido.

Mas eles teriam permanecido ali. Escravos libertos ficam na casa. Por que sairiam? Por que ela quis livrar-se deles? Não, não pense nisso.

— Outros foram para a casa da minha cunhada — continuou Clódia com o mesmo tom vago —, e eu mandei alguns para Formiae e para nossas outras propriedades. Precisávamos de gente nova aqui. Escravos antigos adquirem maus hábitos, você sabe como é.

— Não sei, não. A maioria dos nossos escravos permaneceu conosco a vida toda.

— Sorte de vocês — diz ela em tom cortante, encerrando o assunto. Mas ele insiste.

— Mas você manteve Aemilia.

Ele vê uma faísca em seus olhos.

— Oh, sim — diz ela depressa. — Aemilia tem de ficar, é claro. — Estremece de novo e puxa a capa para mais junto do corpo.

— Venha aqui. Venha aqui, Clódia. Quero abraçar você. Quero esquentar você.

Ela permite que ele ponha os braços à sua volta e a puxe para mais perto. Mas não se aconchega a ele, e um instante depois se solta.

— Você gostaria que eu ligasse os esguichos? É muito impressionante. Meu marido ajudou a projetar tudo isto. — Mostra o grande lago oval, os canteiros de flores e a fonte. — Ele sempre quis construir um lago aqui — diz pensativa, mordendo o lábio.

— Muito bem.

Ele a segue até a sala das máquinas. Há uma grande quantidade de alavancas de metal, e ele se pergunta se Clódia sabe o que está fazendo. Ela tira o capuz da cabeça e fica ali, carrancuda.

— É melhor mandar chamar alguém.

— Não. Eu sei fazer isso. Ele me mostrou. Acho que é a alavanca da esquerda que liga os esguichos.

Mexe na alavanca, mas nada acontece. De repente, ela exclama:

— É claro, que bobagem a minha, é preciso abrir essa válvula antes. É a alavanca grande que tem de ser puxada para baixo. Não olhe para mim, está me deixando nervosa. Vá lá para fora ver o efeito. A água vai começar a jorrar.

Catulo volta para junto do lago. O lago ovalado tem mais de 10 metros de comprimento. Um grande projeto, um magnífico acréscimo a uma das vilas mais lindas do Palatino. Há mosaicos de Netuno no fundo do lago. As imagens tremulam quando os peixes passam sobre ela, agitando a água.

— A água está chegando! — diz Clódia.

De uma dúzia de nichos embutidos nas paredes, a água começa a jorrar. Os peixes passam pelo mosaico e desaparecem em nuvens de bolhas. Há mais peixes do que ele pensava. Alguns se escondem por baixo das saliências ladrilhadas, outros se escondem nas plantas. Ele se ajoelha e põe a mão debaixo de um dos esguichos. O fluxo de água é frio e forte.

Clódia veio para junto dele.

— Não é lindo? — diz, com o rosto brilhando. — Ninguém tem um lago com esguichos como esses, pelo menos não em Roma. Meu marido mandou fazer depois que eu falei de um lago que tinha visto em uma vila em Baiae. Ele foi visitar o lugar no verão passado. Você devia ver os desenhos do arquiteto, são uma obra de arte. Há cerca de 400 metros de tubos só no complexo do lago, e é possível controlar o fluxo d'água à vontade. Tivemos sorte, pois a primavera foi maravilhosa, com água à vontade. Ele estava planejando construir uma piscina para banho. Mas é claro que teríamos de comprar mais terra para isso.

Catulo olha para Clódia.

— Você pode continuar o projeto em memória a ele — diz. Ela lhe lança um olhar duro, mas ele se mantém impassível. Por um instante, nem a odeia nem a ama. Tem um sentimento novo: uma tristeza fria e seca, como se alguma coisa tivesse morrido.

A água verde-clara borbulha no lago, e ele a ouve passando pelos canos ocultos, correndo até chegar na extremidade. Parece uma queda-d'água no início da primavera, quando as chuvas fortes descem das montanhas e enchem o lago de Sírmio. Ele sempre gostou de dormir embalado por esse som.

Ninguém pode vê-los ali. O lago fica longe da vila, unido por uma passagem coberta. Os muros altos são uma proteção contra o sol e a sombra. Os canteiros de flores ainda não estão plantados, mas as trepadeiras e as roseiras começam a subir nos muros. Ainda dá para sentir o cheiro fresco de cimento. Não há estátuas por ali, mas Metelo Céler cuidaria disso. Talvez tenha chegado a fazer uma encomenda para um escultor. Ele tinha algum senso artístico, afinal de contas. Ou talvez tivesse só dinheiro, e um arquiteto diplomático o deixasse pensar que o projeto era seu.

O fluxo d'água diminui. Mais umas gotas jorram dos nichos e caem soltas no lago.

— A água não deve parar assim — diz Clódia, franzindo o cenho.

— Mande chamar um dos escravos — sugere ele, de novo. — Não há ninguém aqui que entenda do sistema?

— É claro que sim. Mas eu mesma quero fazer isso. Aprendi a mexer em tudo, mas não me lembro mais.

Vai para a casa de máquinas, e ele a imagina puxando uma alavanca atrás da oura.

— Está funcionando? — pergunta ela.

— Não.

— E agora?

— Não. Não acontece nada.

Depois de uma longa pausa, ela aparece com os olhos brilhando de raiva.

— Meu marido devia ter deixado um diagrama. Esse lago foi construído para a gente vir aqui relaxar. Os escravos fazem jardinagem e limpam o lago de manhã bem cedo, depois vão embora. É um lugar de paz total, um lugar onde posso ficar sozinha com meus pensamentos. Pode imaginar um luxo maior quando se tem uma vida pública?

Ele nunca ouvira Clódia falar tanta bobagem. Ela parece ter pena do marido agora que ele está morto. Catulo odeia isso. É a mesma droga de sempre que se ouve por todo lugar, o lamento dos políticos ricos de Roma. *As preocupações de um cônsul — os sacrifícios do prazer pessoal pelo bem da cidade — as pressões em razão da sua responsabilidade.* Todo escriturário, todo político ativo, todo parasita cheio de si fala de seus "sacrifícios". O que Clódia tem a ver com tudo isso? Ele se sente nauseado ao ouvi-la elogiar o marido morto dessa forma.

— Ele mesmo escolheu todos os peixes — diz ela.

— Um a um? — Catulo brinca, mas ela não responde.

A vida conjugal de Clódia e Metelo Céler parece desenrolar-se diante de Catulo, como o mosaico que vai clareando lentamente quando a água fica parada. Mas isso é falso. Eles não tinham uma vida em comum. Seu casamento era um arranjo, e a vida em comum, uma formalidade. Eles não se amavam.

— Ele costumava tirar as folhas do lago com uma rede — continua Clódia, rindo. — Os escravos se queixavam de que não lhes restava nada para fazer.

— Realmente — diz Catulo. *Você é uma mentirosa. Eu a conheço. Deixava-o fazer o que queria, não participava da vida dele. Tinha sua própria vida. Você não o vigiava, ia para a minha cama. Não me venha com essa história, não se faça de esposa piedosa que satisfazia seu marido e apoiava esse passatempo porque era uma boa forma de relaxamento para quem trabalhava tanto.*

— Estou planejando construir um pequeno estúdio aqui — continua ela. — Procuro um arquiteto. Ainda não contei a ninguém, nem mesmo a Aemilia. Mas é um lugar perfeito para escrever, não acha?

— Um estúdio — repete ele. A conversa parece cada vez mais bizarra. Primeiro um lago de peixes, depois um estúdio, em seguida o quê? Para que tudo isso? Clódia não é despida de talento, mas seus poemas não merecem um estúdio. Ela própria, sim, é uma obra de arte. Mas só quando é *ela própria*, sua Clódia, sua Lésbia, de cujo corpo emana um aroma mais raro que qualquer aroma vindo do Oriente.

A dona de um lago de peixes, com inclinações artísticas, respeitando a memória do marido falecido tragicamente, é uma estranha para ele. E não muito agradável. Respira fundo e vê que a solução é simples. O que lhe resta fazer é deixar de amá-la.

— Vou escrever aqui ao som da água — continua ela — e arranjar outro pardal, já lhe contei isso? Um filhote nascido nesta primavera. Assim que ele ganhar penas, vou trazê-lo para cá e domesticá-lo.

— Não, não me contou.

— Você está muito quieto. Não gosta daqui?

— Quem pode não gostar? É muito bem-projetado. Depois que as flores crescerem e aquelas árvores pequenas subirem, ficará um primor. Seu marido devia pensar muito no futuro.

— Pensava, sim — diz ela, olhando para o espaço com seus belos olhos.

Só os deuses sabem o que ela vê lá, ele pensa, com um arrepio de frio.

— Você pode escrever aqui também — sugere ela. — É um lugar de muita paz.

— Não, acho que não poderia escrever neste lugar.

— Você está tremendo.

— Está úmido aqui. Por que não voltamos para a casa?

— Não. Prefiro ficar. Aemilia me segue por todo canto, não me dá sossego. Está se excedendo. Às vezes chego a pensar que está sendo paga pelos Meteli, mas não importa. Use minha capa.

Põe a capa em volta dele como se fosse a asa de um pássaro. O cheiro do seu cabelo e da sua pele deixa Catulo inebriado. O rosto dela está bem perto do seu. Dá para ver os grãos do pó de arroz em suas bochechas. Ela não usa ruge nem batom. Afinal, está de luto. A cor escura da sua capa a deixa ainda mais pálida e mais frágil, como se tivesse estado doente e saísse no primeiro dia de sol do ano para se recuperar. Seus olhos são enormes e líquidos. Bem abertos, mas escondem tudo.

Catulo passa os braços em sua volta e a puxa para perto de si. Não deve pensar mal dela. É sua menina.

— Pensei que você viesse antes — diz ela. — Estava esperando-o.

— Pensei que sua casa estivesse cheia dos Meteli.

— Não mais. Até mesmo minha filha voltou para o campo. Mas eles continuam a me visitar a toda hora, como se esperassem descobrir alguma coisa. — Ela ri com suavidade, e o olha para ver se ele ri. Seu rosto está retesado, mas ele consegue dar um sorriso. Olha por trás e vê uma mancha roxa junto a um canteiro de pedra. Tira a capa, levanta-se e vai ver o que é.

— O que está fazendo?

— Nada.

É um jacinto silvestre. Decerto veio num dos canteiros de flor, um escravo o arrancou e o jogou na pedra. Inclina-se e vê que a flor está amassada, como se tivesse sido pisada por uma bota.

— Volte para mim — diz Clódia. — Oh, meu Deus, olhe esses peixes. É revoltante. Aquele lá tem um pedaço faltando do lado, olhe ali. Mas parece que nem nota. Não sei o que vou fazer com eles. Meu marido comprou tantos peixes e eles agora estão se devorando. Tenho certeza de que é algum tipo de fungo, veja aquele ali com umas manchas brancas do lado.

— Ele não parece muito saudável.

— Não. Talvez fosse melhor nos livrarmos deles todos e começar de novo.

— Ponha veneno na água, assim vai depressa. Eles viriam à tona e você poderia recolhê-los.

Ela arregala os olhos.

— Eu não poderia fazer isso. Vou dar todos para os escravos. Eles vão adorar. Creio que nunca provaram carne de carpa. Oh, querido, que conversa mórbida. Não pode pensar em um assunto mais animado?

— Umas duas coisas vêm à minha cabeça.

— Só?

Eles entram juntos na casa de máquinas, onde há uns bancos com tampos acolchoados e bordados. Clódia levanta um e tira de dentro umas almofadas de seda e cobertores de lã grossa.

— Dá para passar a noite aqui — murmura.

— É mesmo.

Estão juntos de novo. Ela abre o cobertor no chão, cobre-os com a seda e puxa-o para junto dela.

— Ninguém vem aqui. Ninguém pode nos ver — diz baixinho, como se fosse uma magia.

Ele está de costas, sentindo sua pele, o cabelo, os olhos, os lábios, e a cintura quente por baixo da lã da túnica e das roupas de baixo de seda. Clódia aperta os olhos e rola por cima dele, segurando seu rosto entre as mãos, puxando-o e mordendo seus lábios, sem ferir, mas sentindo seu gosto, como se ele fosse uma fruta que não se cansava de provar.

Catulo tem aquela sensação de novo, a sensação rara de não saber onde ele acaba e onde ela começa, se continuam a ser macho e fêmea. Talvez ele a tenha parido, ou talvez ela o tenha parido. Ele nunca se sentiu tão novo. Os dois ficam juntos ali, entrelaçados, respirando. Seus lábios contornam o queixo pálido dela. Abre os olhos e vê aqueles olhos semicerrados, brilhando. Então, cobre-a com o cobertor para aquecê-la.

De repente, ouvem um barulho de água.

— Oh! — grita ela, dando um pulo e correndo para a janela. — Os esguichos! Estão funcionando de novo!

— Tem alguém lá fora?

— Não, mas os esguichos estão funcionando sem terem sido ligados.

Catulo ouve a água caindo no lago e vê a curva das costas dela, suas nádegas e pernas. O corpo está tensionado, imóvel. Subitamente percebe que ela está com medo. Pensa que foi o espírito de Metelo Céler que desligou a água e a ligou de novo.

— Você deve ter finalmente encontrado a alavanca certa — diz depressa.

Ela volta, pega um cobertor e se cobre. Seu rosto está ainda mais pálido. Os olhos parecem buracos em uma máscara.

— Venha cá — pede ele. — Venha se deitar comigo.

Mas ela não vai.

— A água está muito forte. Vai alagar tudo, e eu não sei como desligar.

Catulo se levanta enrolado em um cobertor também. Ela tem razão, está frio ali. Põe os braços à sua volta e ela não resiste, entrega-se como se mal pudesse ficar de pé. Ele a segura com os pés abertos para sustentar seu peso.

— Está tudo bem, não precisa ficar tão preocupada, já terminou, temos de pensar no futuro — murmura ele. Quando as palavras saem de sua boca, ele vê como são idiotas, e ela parece pensar o mesmo; põe as mãos nos seus ombros, empurra-o para trás e examina seu rosto. Não parece zangada, tem até um ligeiro sorriso nos lábios, mas os olhos parecem cansados.

— Futuro? O que é isso? — pergunta ela.

— Nossa vida juntos.

— Olhe para mim. Olhe para você. Será que esqueceu que eu sou dez anos mais velha?

— Isso não faz diferença.

— Na sua idade, eu já estava casada havia dez anos. Pode imaginar isso? Em breve minha filha estará pronta para se casar. Teremos de trazê-la para Roma para lhe encontrar um bom marido.

— Está dizendo que vai se tornar uma viúva virtuosa, um crédito para os Meteli? É isso?

— Nem tanto. — Dá um sorriso e olha para as almofadas e cobertores jogados no chão.

— Eu quero me casar com você, Clódia. Quero que você se case comigo.

— Casar? — Ela repete a palavra com delicadeza, como se tivesse um gosto novo e estranho. — Realmente pensa que eu e você devemos nos casar?

— É claro.

— Estou com frio. Rápido, passe minhas roupas. Você também deve se vestir.

Os dois se vestem em silêncio. Quando ela amarra a capa, diz abruptamente:

— Você é a única pessoa com quem eu me casaria. É o único homem... — Faz uma pausa, franze a sobrancelha e mexe no fecho do seu broche. — ... é o único homem que realmente me conhece. — Fecha o broche, ajeita as dobras da capa e joga o cabelo para trás. — Não adianta. Vou ter de cobrir a cabeça. Não sei fazer nada sem um espelho. Venha cá. Vou arrumar seu cabelo, parece que você veio de uma tempestade.

Os dedos rápidos e macios passam pelo seu cabelo, e ela limpa alguma coisa em sua bochecha.

— Você vai acabar cuspindo na manga e limpando meu rosto com ela — protesta Catulo.

— Pronto, agora meu lindo poeta parece respeitável.

— Pare com isso, Clódia. Ouça. Estou falando sério.

— Por favor, não fale sério, não agora.

— Eu perguntei se você quer ser minha esposa.

— Não há ninguém no mundo com quem eu me casaria, a não ser com você. Já lhe disse isso.

— Mas não foi o que eu perguntei. Você disse que sou a única pessoa que realmente a conhece. Todos os outros nem querem conhecê-la, Clódia.

— Todos os outros — repete ela. Está vestida de novo, absolutamente separada dele e absolutamente ela mesma.

— Não finja que não sabe o que quero dizer.

— Creio que *não* sei o que você quer dizer — declara Clódia com desdém, como se ele estivesse suplicando seus favores. Dessa vez, ela foi longe demais.

— Agora você vai me ouvir. Todos os outros, aqueles que não devo saber que existem, aqueles que dizem que qualquer um pode ter você por uns vinténs e aqueles que dizem que você é uma sedutora que faz tudo, menos se entregar. Você achava que eu mantinha os olhos fechados? Achava que eu era cego ou estúpido demais para notar o que você estava fazendo? Não, Clódia. Eu não amei você *porque não sabia*. Amei você apesar de saber de tudo.

— E acha que gostei de você apesar de quê?

— De quê?

— Ou melhor, de *quem*. Apesar de todas aquelas mulheres bonitas. Suas Ipsitillas, Cíntias, Aufillenas e Rufas.

— Isso é absolutamente injusto. Eu nunca cheguei perto de Rufa.

— Para não falar no jovem Juventius.

— Juventius é história. Sou como um irmão mais velho para ele. Ou um tio.

— É verdade que há uns relacionamentos muito surpreendentes entre tios e sobrinhos atualmente.

Clódia volta à antiga forma. Sua Clódia, arrebatadora como fogo na lareira.

— Não há nada que você possa dizer, minha querida, sobre tios e sobrinhos estranhos. Gélio é um exemplo. Para não falar em tias, mães e irmãos... Tudo isso leva a corações partidos, Clódia, e a muita tensão dentro das respeitáveis casas romanas. Mas espero que também leve a poemas muito bons.

Ela sorri.

— Agora você está como costumava ser, sempre me fazendo rir. Era por isso que eu o convidava para nossa casa. O jantar deixava de ser enfadonho e a noite se tornava maravilhosa.

— Foram as noites mais maravilhosas da minha vida.

— Não, não faça isso. Não fique sério de novo.

— Você tem razão. *Era* maravilhoso. E isso me assustava. Por que não quer que eu diga? Ninguém mais amará tanto você. E agora está livre. Por que desperdiçar seu tempo com pessoas que não a conhecem e muito menos a amam? Por que não fica comigo? Por que não quer ser minha esposa?

Ela o olha como que à distância. Não parece hostil, mas não cede.

— Eu já fui uma esposa. Isso acabou. Não se queixe mais. Detesto homens que se queixam. Esses homens deviam ser soldados...

— Soldados do seu campo de batalha?

— Sim, por que não? Isso tem suas próprias honras. E você gosta, sabe que gosta. — Ela inclina-se para a frente e lhe dá um beijo rápido nos lábios. — Não sei por que está fazendo tanto estardalhaço. Eu já disse que ficaremos juntos sempre que quisermos. Mas agora terá de ir embora. As irmãs e tias Meteli virão fazer uma de suas visitas a qualquer hora, e você sabe como elas são entediantes. Estou certa de que tem coisas melhores para fazer, pessoas para ver...

— Poemas para escrever — termina ele, num tom amargo.

— Talvez um *lindo* poema sobre mim dessa vez, não é, querido? Será que estou pedindo o impossível?

— Parece que sou eu que estou pedindo o impossível.

— Não fique assim. — Clódia dá um sorriso caloroso e conspiratório. Sabe que ele não pode e não vai resistir, e é claro que ele não resiste. Sorri, hesitante, e segura sua mão com tanta força que quase pode sentir seus ossos.

— Prefiro me casar com você a com qualquer outro — diz ela para acalmá-lo. — Mesmo que Júpiter em pessoa me pedisse em casamento, eu agradeceria e diria que só me casaria com meu poeta.

Vinte

Sempre que Catulo tem uma ressaca, fica com a sensação de que uma coisa ruim vai acontecer. Ou descobre que aconteceu se puder se lembrar de tudo da noite anterior.

Ele anda bebendo demais. Mas o vinho lhe faz bem, aquece o sangue e faz sua tosse melhorar. Lucius diz que o vinho deve ser mais diluído. Sente-se no direito de dizer essas coisas. Mas houve uma briga silenciosa entre os dois há meses, porque o pai de Catulo está doente e ele disse que não vai a Sírmio, apesar de Marcus estar na Bitínia de novo.

Júlia ainda não engravidou. Recusou-se a ficar para trás dessa vez. Marcus escreveu para ele: *Ela acha que, se começar a se preocupar um pouco menos consigo mesma e tentar esquecer essa história de ter um filho, talvez engravide. Além disso, quer visitar um santuário aqui.*

— Seu pai está ficando velho e está sozinho. Precisa de você lá — disse Lucius.

— Se precisasse de mim, teria mandado me buscar.

Lucius se manteve em silêncio. Um desses silêncios críticos e vigilantes que Catulo jamais conseguiu deixar de quebrar.

— Ele não quer a minha presença, Lucius, e você sabe disso. Eu o deixaria inquieto. Quando estou em Sírmio, ele se lembra de tudo que eu não fiz e devia ter feito. Ou de tudo que fiz e não devia ter feito. Isso não vai melhorar sua saúde. Nem seu humor.

— Seu pai tem a mesma idade que eu, já passamos dos 50 anos. Nessa idade, seu avô já estava morto. As pessoas mudam quando ficam mais velhas. Pensa que seu pai ainda o vê com 15 ou 20 anos, quando você vivia na sua casa sob sua autoridade. Mas ele o libertou da autoridade paterna antes de você vir para Roma, assim como seu avô me libertou da escravidão. Toda pedra se desgasta com o tempo.

— Lucius, eu juro que você devia ter sido poeta.

Lucius sorri e olha para baixo.

— Seu irmão não tem filhos — diz ele, com calma.

— Eu sei disso.

— Eu rezei e fiz oferendas para a esposa dele conceber, como você deve ter feito.

Mas Catulo nunca pensou em rezar.

— Ainda estou esperançoso. Seu irmão e a esposa são jovens.

— Talvez os deuses não estejam olhando.

— Você nunca devia dizer tal coisa.

— Quando foi que alguém conseguiu o que queria através de orações?

— Eu consegui — diz Lucius. — Quando era menino e escravo na casa do seu avô, rezei para cair nas boas graças dele. Jurei que trabalharia para sua família como se fosse a minha própria, até o dia em que morresse. Como você sabe, minha oração foi atendida. Seu avô me mandou para a escola com seu pai. Quando morreu, deixou em testamento minha carta de alforria, nunca me esquecerei dele. Quando eu morrer, já deixei estabelecido que minha gratidão a ele seja inscrita em meu túmulo.

— Você não vai morrer, Lucius. Você é forte como um touro.

— Um touro velho que se engana que ainda pode puxar o arado.

— Mas, Lucius, você conquistou sua liberdade. Foi seu trabalho, sua lealdade. Conquistou a confiança que meu avô depositou em você. Não teve nada a ver com oração.

Lucius sacudiu a cabeça.

— Que bom que é só comigo que você fala assim. As orações têm uma força que você só compreenderá muito tempo depois de ter orado.

— Mas mesmo assim não vou a Sírmio.

Lucius o olhou com determinação. Um olhar estranho, penetrante, quase de pena, como se houvesse coisas que ele compreendia, mas sabia que nunca poderia comunicar.

Se a mãe de Catulo ainda estivesse viva, olharia para ele da mesma forma. Pediria também que ele compreendesse seu pai e até o amasse.

Sua mãe amara o marido a seu modo. Catulo lutou contra isso durante anos. Ela conhecia coisas dele que os filhos jamais conheceram. Os dois ficavam conversando sobre assuntos que lhe pareciam enfadonhos quando conseguia entreouvir. Seu pai não gostava de ser interrompido. Ela trabalhava no tear, como uma esposa modelo, mas seu olhar era claro, inteligente e superior.

Mas Catulo não conseguiu amar o pai. Quando pensava nele, sentia uma raiva furiosa e impotente. Como se seu pai o tivesse lido há muitos anos, depois jogado o pergaminho no fogo por achar que não tinha valor.

— Não, Lucius, ele pensa que quer me ver, mas o filho que quer ver não existe. Quando eu tinha 10 anos, tentava ser esse menino. Você sabe tão bem quanto eu que isso nunca funcionou, mas levei muito tempo para aprender a lição. Anos e anos a fio. Quando olho para trás, eu me sinto mal. O que eu achava que estava fazendo? Não compreendia que ninguém sente nada a não ser aversão pelo desempenho de um macaco.

Lucius estendeu a mão como que para não o deixar continuar, mas Catulo continuou.

— Eu achava que, se meu pai me conhecesse um pouco melhor, se eu lhe escrevesse sobre tudo aqui em Roma, se ele lesse meus poemas, se me visitasse em vez de querer sempre, eternamente, que eu voltasse para Sírmio, para onde achava que eu pertencia, talvez finalmente perdesse o interesse pelo filho que tinha na cabeça e aprendesse a amar o filho real. Engraçado, não é? Mas era essa a minha ideia de menino, antes de eu me tornar adulto.

Lucius não disse nada. Parecia velho e cansado.

— Um dia vou voltar para Sírmio — disse Catulo, com mais calma. — Mas ainda não.

Sua cabeça está estourando. Não vale a pena pensar nisso. Resolve tomar uma xícara de chá de hortelã para clarear seus pensamentos. Devia ter saído mais cedo da festa na noite passada. Nem estava se divertindo tanto assim. Caelio Rufus estava lá, atraente como sempre. Estranho como seu charme funcionava, mesmo quando se percebia que ele não estava sendo sincero. À distância, Rufus ainda parecia ser um amigo bonito e charmoso.

E achou que tinha o direito de se dirigir a Catulo como amigo.

— Conheço sua elegia de cor. Um grande poema.

Não conhece não, seu idiota, pensou Catulo. Tinha conversado sobre poesia com Rufus muito tempo atrás, quando os dois eram amigos, amigos de verdade. Mas isso foi antes de Rufus conhecer Clódia.

Muito tempo atrás, antes de sentir ciúme, antes de sentir desconfiança. Caso contrário, teria percebido os sinais de alerta. Foi numa noite em que os dois conversavam sobre métrica. Catulo achou que Rufus tinha grande conhecimento da língua quando fez uma comparação altamente erudita e sensível entre os versos iambos de Calvus e de Catulo. E teve a sensibilidade e erudição de preferir os versos do último...

Que tolo você foi, Catulo. Ele não gosta de lembrar, nem mesmo agora, como ficou envaidecido.

Emocionou-se e comoveu-se naquela noite quando Rufus recitou uma poesia de amor, que era mais que erudita — era apaixonada. E o mais surpreendente é que ele não era desses poetas que levam sempre no bolso um ou dois poemas para serem lidos em reuniões, e dizem "é um poema que escrevi há anos, mas adoraria ouvir a opinião de um conhecedor". Não, justiça seja feita, Rufus era um animal raro: um amante da poesia desinteressado.

Catulo falou demais. E se traiu. Até hoje não se perdoa por isso.

Deve ter sido nessa hora que Fúrio começou a perguntar sobre Clódia.

— Como vão as coisas com a nossa Clódia? Na mesma? — Seus olhos brilhavam de curiosidade. Fúrio era um amigo a seu modo, mas demonstrava sempre certa malícia e rivalidade. Não tinha o toque de delicadeza feminina de um verdadeiro amigo como Calvus.

Catulo deu de ombros e não respondeu.

— Clódia Meteli? — perguntou Rufus. Só duas palavras, mas ditas com grande irritação. Ficou alerta de repente, estreitou os lindos olhos e concentrou sua atenção. Por que cargas-d'água teria reagido assim ao ouvir o nome de Clódia?

Catulo sentiu o entusiasmo de Rufus, mas afastou esse pensamento. Disse a si mesmo que ele era um amigo e seu interesse por Clódia não significava nada.

Convenceu-se de que a luz em seus olhos nada mais era do que uma manifestação de boa educação. Alguma coisa a ver com sua amizade e aliança com o Belo Menino. Os dois eram carne e unha em termos políticos, e no momento suas ambições se casavam.

— *Clódia Meteli?*

Ele devia ter ouvido. Devia ter percebido os sinais. Mas de que adiantaria? Mesmo que visse, falasse ou fizesse alguma coisa, Rufus teria seguido em frente.

Na festa da noite passada, os convidados eram os mesmos. Ou quase os mesmos, embora ele não se lembrasse de todos. Fúrio estava lá. Depois Rufus entrou, hesitou e fez menção de atravessar a sala para cumprimentar Catulo. Mas este se afastou.

— Acho que está precisando beber mais um pouco — disse Fúrio a ele, fazendo um sinal para o escravo. Sentou-se, tentando ser discreto, mas louco para falar sobre o assunto. Como eles gostavam de uma fofoca! Catulo bebeu vinho sem dizer nada. Não ia dar nenhuma abertura para Fúrio. Embora não olhasse para Rufus, podia sentir exatamente onde ele estava. Por que Fúrio não parava de olhá-lo daquele jeito?

Você e Clódia. Por que não dá ouvidos aos seus amigos? Ela não o merece. As coisas que eu poderia contar sobre ela...

Eu sei disso, Fúrio. Você pensa que sou tão idiota assim? Vou lhe dizer uma coisa. Se a gente achar que uma coisa não é real, mesmo que seja, depois de um tempo — muito tempo, devo admitir —, aos poucos ela se torna menos perigosa. Isso não funciona com um leão ou um elefante, obviamente, mas com os terrores mais sutis da vida é muito efetivo.

Catulo bebeu mais vinho, consciente dos olhos de Rufus sobre ele do outro lado da sala, incisivos e avaliadores. Podia ouvir sua voz, mas não o que estava dizendo. Havia gente conversando com ele, rindo, tratando-o como amigo. Catulo sentia a cabeça esquentar. Tinha de sair dali.

Foi então que Rufus se acercou dele.

— Conheço sua elegia de cor — disse com calma. — Um grande poema.

— Estou de saída — falou Catulo, em voz bem alta. Mas, ao levantar-se, cambaleou. Todos o observavam, e ele achou que Rufus o olhava com um ar de piedade.

Por que lembra tanto daquela noite com gosto de fel? Isso não o levará a lugar algum. Ele deve ser inflexível. Deve decidir-se e prender-se à sua ideia. Meses e meses se passaram depois que Clódia disse aquelas lindas palavras que não significavam nada.

"Se eu me casasse de novo, seria com você."

E por que ela não podia se casar? Não havia nenhum empecilho. Fazia mais de um ano que Metelo Céler morrera.

Lésbia diz que prefere se casar comigo do que com qualquer outro...

Catulo vai continuar a acreditar nela. Vai continuar a confiar no que ela diz. Mas uma voz fria e infeliz dentro da sua cabeça fala: *Você vai colher o que plantou.*

Foi comprovado no ano anterior como aquela família podia ser cruel. O Belo Menino finalmente se deleitou com seu prato de vingança contra Cícero, mesmo servido frio. Com certa dose de suborno, corrupção e apoio do corpo político, conseguiu, enfim, que o Velho Cícero fosse banido, com a alegação de que cidadãos romanos tinham sido mortos ilegalmente durante seu consulado. Quando Cícero estava saindo de Roma, os sicários do Belo Menino Clódio destruíram suas propriedades com a perícia de um grupo de demolição. Ninguém ousou detê-los. Até mesmo o casarão no Palatino, orgulho e alegria de Cícero, símbolo da sua chegada ao ápice da sociedade romana, o Belo Menino mandou demolir. No local, começou a construir um templo, para que, depois de consagrado, o Velho Cícero nunca mais pudesse reconstruir ali. Foi uma vingança tão clara quanto suja.

Catulo não se sente bem ao saber que um psicopata louco e poderoso como o Belo Menino Clódio tem simpatia por ele, não só por causa da sua irmã, mas porque, aparentemente, "aprecia seu estilo". O Belo Menino Clódio intimida o Senado, suborna júris, mata seus inimigos nas ruas ou ateia fogo em suas casas, e Clódia simplesmente sorri e diz: "Meu irmão não vai incomodar *você*, querido, ele é muito gentil e leal com as pessoas que aprecia."

E disse também, para seu horror e espanto: "*Meu irmão* espera que você escreva alguma coisa sobre ele, querido." Mas, ao notar sua falta de entusiasmo, não tocou mais no assunto.

Clódia assumiu sua condição de viúva. Talvez "assumir sua condição" não seja a expressão correta...

Ele se levanta e anda pelo pátio, como que tentando livrar-se de si mesmo.

Com uma mulher como Clódia, é preciso aceitar certas coisas. Ela nunca vai viver de acordo com as convenções...

"Não, seu idiota, e você nunca vai parar de pensar em clichês e circunlóquios."

Sua cabeça dói muito. Lucius tem razão, seu vinho precisa ser mais diluído. Mas só depois do quinto ou sexto copo é que as coisas se tornam mais claras e Catulo se sente ele mesmo. Não consegue parar de beber, bebe o sexto e o sétimo copo. Então uma escuridão invade sua mente e vai se entranhando lentamente por dentro dela.

Ele nunca impedirá que Clódia durma com outros homens. O máximo que pode desejar é que ela seja discreta e não jogue isso na sua cara. Se tiver sorte, ela vai parar de arregalar os olhos e dizer: "Querido, por que você leva tudo tão a sério? Isso não tem nada a ver com o que sinto por você."

O máximo que espera é que ela o deixe fingir. O que ele não sabe não o magoa; ou pode saber de modos mais sutis, e criar defesas. Fazer com que o saber não penetre na fibra do seu ser, onde a mágoa é maior. Rufus nunca foi um amigo de verdade; deixe-o para lá, corte-o da sua vida para que ele não tenha mais poder. É só através de Clódia que Rufus tem poder, pois ela parece deleitar-se em forçar "seu querido poeta" a saber de tudo.

Ele se sente como uma cidade com os muros destruídos pelo ataque do inimigo. Mas pode resistir ao cerco. Pode continuar a acreditar nela, pois não tem alternativa. Quando seus muros desabarem e os inimigos invadirem as ruas, ele estará morto. Não terá nada.

Está lindo ali no pátio, com o sol da manhã forte o suficiente para esquentar, mas não o bastante para queimar. Montes de folhas novas espalham-se pelas videiras que cobrem a pérgula, onde todo ano um casal de melros faz seu ninho. Lucius proibiu os escravos de tocarem neles, senão serão punidos. Sem essa proibição, eles tirariam os ovos dali em cinco minutos e os chupariam.

Até mesmo as baixas caixas de sebes estão esplendorosas com o novo crescimento. Sua árvore favorita é a amoreira, plantada bem no canto para as amoras não caírem nas roupas de quem passa. O jardim é simples e tradicional. Ciprestes escuros e esguios, amoreiras viçosas, fileiras precisas de sebes em volta dos canteiros ornamentais. Não há topiaria pomposa, nem estátuas especialmente encomendadas para o lugar. Tudo parece ter estado sempre ali e crescido dessa forma.

O ar cheira a tomilho, alecrim e cravos-de-defunto. Uma vez, em Sírmio, Lucius descobriu um arbusto de alecrim com as flores mais escuras que ele havia visto. O azul era tão rico e forte que tendia para o roxo. Lucius tirou umas mudas, e hoje há arbustos pelo pátio todo, cobertos de abelhas durante o verão.

Há quatro bicas e uma tigela côncava de mármore no centro do pátio, onde a água borbulha até a borda e cai em filetes sobre uma tigela maior embaixo. Um sapo mora entre as colunas de pedra que apoiam a fonte com a tigela e as bicas. Lucius fala em trocar essa fonte por uma maior, uma peça de engenharia mais ambiciosa — talvez uma estátua de Juturna —, porém o som da água caindo é tudo que Catulo deseja.

Ele fecha os olhos. O ar cheira agora a tomilho, pedra, água e o alecrim que esfregou nos dedos. Devia estar feliz. Ele será feliz e planejará seu futuro como todo homem, confiante no que deseja que aconteça.

"Prefiro me casar com você do que com qualquer outro."

(A noite é sono. *Nobis cum semel occidit brevis lux, / nox est perpetua una dormienda.* Nosso curto dia começou / depois da noite duradoura. Um sono longo e eterno, uma noite inacabável. Se você não for tolo, apegue-se ao dia.)

Ele sente o cheiro de alecrim, e os versos que tinha esquecido voltam-lhe à cabeça, com pouca nitidez no início e de repente com agudeza, insistentes, já tomando forma.

> *Você pensa, minha vida, que esse nosso amor*
> *esse paraíso entre nós pode manter-se imutável?*
> *Oh, grandes deuses, façam com que ela seja sincera*
> *Façam com que seja verdade o que sua alma diz,*
> *e façam com que passemos toda a vida*
> *sem sair desse paraíso.*

Clódia está com ele agora. A Clódia que só ele conhece. Vem carregando a tocha de si mesma, como a que carregou na escuridão do não ser antes do nascimento e que carregará nas trevas da morte. Lucius está errado. Os deuses nos ouvem com indiferença, não foram feitos para sentir como seres humanos. As cabeças que criaram o mundo não são quentes, suaves e férteis como um corpo de mulher; são duras.

Ele precisa dar aquele dinheiro a Cíntia. Já havia se esquecido. Ela vai achar que ele não estava falando sério. Precisa pedir a Lucius para providenciar isso...

Justo naquele momento, como se Lucius tivesse ouvido os pensamentos do seu menino, ele chega ao pátio. Olha em volta, como se não reconhecesse o lugar. Seus olhos pousam em Catulo. Está pálido, com um olhar fixo.

— Lucius!

Ele chega mais perto. Catulo vê que seu queixo está tremendo. Na mão esquerda, segura um pergaminho. Uma carta, ainda selada. Catulo dá um passo atrás.

Meu pai está morto, pensa. Nada mais deixaria Lucius assim.

— De Sírmio? Aconteceu alguma coisa com meu pai? — pergunta, estendendo a mão e notando que ela está firme.

Mas Lucius balança a cabeça.

— A carta é do seu pai. Demetrius está em casa, chegou em Sírmio trazendo um recado.

— Não é o meu pai? — As palavras levam um tempo para começar a fazer sentido. De repente, seu coração bate duas vezes, com força. Sente um arrepio como se estivesse sendo queimado.

— Quem é então? O que aconteceu, Lucius?

Lucius já sabe, por isso está tão pálido. Demetrius lhe contou.

— Marcus?

Lucius concorda com a cabeça.

Catulo pega a carta e quebra o selo. A saudação formal vem escrita primeiro, "... *para seu filho Caio Valério Catulo, saudações*". As palavras se embaralham no texto quando ele tenta ler. Ajeita o pergaminho com cuidado, mas as palavras continuam iguais.

Marcus esteve doente durante vários dias, com gripe e tosse, mas não parecia nada sério. Sentiu-se muito melhor, e não quis mais ficar trancado em casa. O dia estava quente. Insistiu em sair a cavalo com o agrimensor para inspecionar um possível local para a nova ponte. O tempo mudou de repente e eles foram apanhados por uma violenta tempestade. Naquela noite, teve febre alta e, três dias depois, apesar de tudo que foi feito, morreu. O médico disse que foi pneumonia.

Muito à distância, Catulo ouve a voz de Júlia através da carta do seu pai. *"Não quis mais ficar trancado em casa... insistiu em sair a cavalo..."*

Imagina os dois, Júlia ao pé da escada enrolada na capa, apesar do sol, subindo para ver se Marcus fechou bem a camisa. *"Você tem de se manter aquecido. Não se canse muito. Lembre que esteve doente. Dê uma olhada rápida nesse lugar maravilhoso para a ponte e volte direto para casa."* Ele sorri para ela, vendo seu cabelo despenteado pelo vento e o rosto redondo e suave. O cavalo se mexe, impaciente. *"Vou chegar em casa antes de a noite cair."* Júlia sorri. Está pensando no vinho quente condimentado que vai servir quando Marcus voltar.

Catulo sorri também ao pensar neles, depois as lágrimas se derramam pelo seu peito. Terminou. Marcus se foi.

Vai tateando, como se quisesse tocar seu irmão, mas é Lucius que está ali. Lucius não abre os braços para abraçar seu menino, para oferecer o conforto e apoio que sempre deu. Sente-se duro como uma madeira velha e frágil.

— Lucius — diz ele. — Lucius!

— Ele se foi — fala Lucius, com voz abafada. — Nosso menino se foi. Nunca mais o veremos.

Catulo nunca o ouviu falar com essa voz. É como se a morte o tivesse jogado de volta à infância, e ele fosse o escravo que veio para Verona 45 anos atrás. Quantos anos tinha então, 6, 7? Teria sentido falta da sua mãe e falado com aquela mesma voz: *"Nunca mais verei minha mãe."*

Aconteceu de novo. Marcus está morto. O choque o deixa trêmulo. Ele se afasta de Lucius e entra.

— Marcus teve pneumonia — diz em voz alta. — A carta de Júlia para meu pai veio por mar. Levou seis semanas para chegar lá.

Lucius assente.

— Então já foi enterrado — diz.

— Sim.

Mas quando terá acontecido? Quando ele estava bebendo, quando estava escrevendo, quando estava no Fórum, ou quando estava com Clódia?

Quando estava com Clódia, talvez o corpo do seu irmão estivesse sendo incinerado. Ele nunca mais o verá. Não verá o corpo de Marcus, não dirá seu nome pela última vez, não abrirá os olhos do irmão pela última vez, antes que o corpo seja entregue ao fogo. Tudo acabou antes que ele soubesse que Marcus estava morto. Tenta imaginar Júlia negociando com agentes funerários e carpideiras, enquanto ele e Lucius pensavam que Marcus estivesse vivo e esperavam sua próxima carta.

— Meu pai quer que eu vá lá.

— Para levar minha Sra. Júlia para casa?

— Não, ela já tomou um navio com a esposa do governador. Foi o que meu pai escreveu. Leia a carta, Lucius. Mais tarde eu irei à Bitínia. Tenho coisas para resolver por lá.

As palavras soam estranhas em sua boca. Essa linguagem não lhe pertence. Sente-se como se tivesse sido catapultado para outro mundo.

— Ele ajudava seu pai em tudo — diz Lucius baixinho, como se falasse para si mesmo, como se começasse a avaliar a perda para a família.

— Lucius! Se Marcus tivesse sido tratado pelo Dr. Filoctetes, talvez não tivesse morrido.

— A Sra. Júlia deve ter se cercado dos melhores médicos.

— Eu nunca fui visitá-lo. Ele vivia me convidando para ir lá.

Lucius não diz nada. Parece um velho, os ombros caídos, as mãos pendentes. Segura a carta sem olhar para ele. Seus olhos estão vermelhos.

— Eu não sei ler. Graças a Deus sua mãe não está viva para ler isso. Quero pensar no meu menino como ele era. — E entrega a carta a Catulo.

De repente, segura-o pelos ombros, como que para se assegurar de que ele está ali, firme, vivo.

— Seu pai está sozinho. Iremos a Sírmio primeiro para ele saber que ainda tem um filho.

— Sim, irei a Sírmio primeiro.

— Quando for à Bitínia, eu o acompanharei.

— Não, Lucius. Vá comigo para Sírmio. Preciso que fique lá cuidando do meu pai. Lembra que me disse que vocês estão ficando mais velhos? Tinha razão. Não posso arriscar perder você.

No final do dia, Catulo deixa Lucius fazendo as malas e vai à casa de Clódia. Dá seu nome e entrega uma mensagem breve, dizendo que Marcus morreu e que ele irá para Sírmio de madrugada. De lá irá para a Bitínia, onde deverá ficar fora muitos meses, talvez um ano ou mais.

Catulo sabe exatamente por que escreveu aquela mensagem. Queria estar sozinho com ela, toda sua, sem pensar em ninguém e em nada. Sabe que Clódia pode fazer isso por ele, pelo menos por algumas horas. Olha a mensagem antes de entregá-la ao porteiro escravo. "É uma traição a Marcus?", pergunta a si mesmo. Talvez seja. Talvez ele esteja explorando o próprio sofrimento. Quer que ela saiba da morte do seu irmão antes de vê-lo, para ter sua Clódia sozinho, calorosa e terna. Precisa estar com ela. Precisa tocá-la e senti-la para poder carregá-la dentro do seu coração. Sua Clódia.

Os dois estão na sala de máquinas agora. Está ficando tarde, e pela janela ele pode ver as estrelas aparecerem no céu — uma a uma de início, depois tantas que não podem ser contadas. Vira-se para Clódia. Pode ouvir sua respiração, mas está escuro demais para ver seu rosto. Ela não quis acender a lamparina.

— Aemilia vai fingir que pensa que eu preciso de alguma coisa se souber que estou aqui.

— Onde ela acha que você está?

Clódia dá de ombros.

Rapidamente seu pensamento se desvia.

— Venha se deitar de novo — diz Clódia.

Enrola os braços quentes e esguios em volta dele. Catulo cheira seu corpo e sente seu hálito. Ela o embala com carinho.

— Você está feliz, não é? — pergunta, insegura. Não é a Clódia confiante que todos conhecem, é a sua Clódia.

— Estou.

— Você faz com que eu me sinta diferente — diz, com uma gargalhada contida. — Se alguém que me conhecesse entrasse aqui, não me reconheceria.

Ele toca em seu cabelo. Não quer que ela pense em mais ninguém.

— Minha Clódia, minha vida. Minha menina.

— Eu não devia ter perguntado se você estava feliz. É claro que não pode estar feliz. Você amava seu irmão. É terrível quando se ama alguém e essa pessoa morre.

— Em quem está pensando?

— Livia. Minha amiga. Eu lhe falei sobre ela.

— Sim, agora me lembro.

Continua a mexer em seu cabelo. Enquanto fizer isso, Marcus não está morto. Está em algum lugar na escuridão, quente e divertido, mas não diz nada porque não precisa falar. Marcus entenderia aquela mensagem. Não se zangaria.

Vinte e um

Seu pai estava determinado a mandar Catulo para a Bitínia "em uma condição especial". Mexeu os pauzinhos e lhe arranjou um cargo de assessor do governador Mêmio.

— Uma experiência extremamente valiosa para um rapaz.

A perspectiva de mandar outro filho para a Bitínia parecia melhorar seu ânimo. O segundo filho, o difícil, seria transformado em um representante maduro da família, que cuidaria dos seus interesses, levaria adiante sua causa e acabaria enriquecendo se tivesse uma relação próxima com um homem em posição influente e poderosa...

Era de novo a história do filho ideal, só que dessa vez com um cunho de realidade. Catulo chegou a sentir um certo orgulho quando a responsabilidade foi colocada em suas mãos. Lucius tinha razão, seu pai estava velho. Tinha um tremor permanente nas mãos e raramente falava de Marcus, mas seu silêncio era significativo. Ele nunca imaginara que a postura destemida do pai pudesse mudar tão de repente.

Um homem velho, fraco, mas ainda obstinado. Os dois não se deram melhor do que se davam normalmente naquelas longas semanas em Sírmio, antes de Catulo partir para o Oriente. Ele ficava em casa durante o dia, caminhando pelos morros, sem ver ninguém. Se pudesse encontrar Marcus, seria ali. Ficava imaginando que, ao fazer a curva no caminho, veria dois meninos agachados no chão, com as cabeças juntas, observando um lagarto entrar no mato. Ou talvez se escondendo em uma oliveira, ocultos pelas manchas de sol e sombra. Mas estava cansado da própria imaginação. Queria Marcus, não uma sombra em sua mente.

Ouvia os meninos pastores chamando uns aos outros de morro em morro. Às vezes, deparava-se com eles, selvagens, sujos, esfarrapados, com o cabelo até os ombros. Cumprimentava-os com um ar respeitoso, e eles o olhavam. Punha-se a pensar se ainda brigavam com os meninos da aldeia de pescadores, e se os Lakers tinham um líder para planejar ataques aos acampamentos deles.

Ficava sentado durante horas à sombra de uma oliveira, sem pensar em nada, ouvindo à distância as ovelhas, as cigarras e os pardais. Uma ou duas vezes ouviu um menino tocando uma flauta construída por ele mesmo. Um som grosseiro, mas com sua própria doçura quando o vento levava embora as notas.

Nunca sentia a presença do seu irmão, apesar de ansiar por isso. "Marcus?", perguntou uma vez, mas ouviu a própria voz quebrando o silêncio.

Júlia se mudara para a casa do pai. Ele a visitaria para saber os detalhes da doença e da morte do irmão, mas não agora. Mais tarde, quando voltasse da Bitínia. Primeiro, queria andar por onde Marcus andara e ver os lugares que ele vira.

Júlia não conseguira engravidar. Catulo percebeu quanto seu pai queria um neto quando recebeu uma carta dela dizendo que não estava grávida. Escreveu com muita sutileza: "... *nossa tristeza porque os deuses resolveram não nos dar um filho.*" Seu pai ficou deprimido, e mais tarde anunciou: "Está tudo nos seus ombros agora, meu filho."

Era óbvio para Catulo que em breve Sírmio seria dele. Não havia mais ninguém que pudesse cuidar dos assuntos da família ou assegurar a continuação da linhagem. Seu pai contava com isso.

Lucius estava certo. Seu pai não viveria muitos anos mais. Os membros da família dele não eram longevos. Era quase impossível imaginar Sírmio sem ele administrando as terras, sempre vigilante, tornando maior o que já era grande. Mas Sírmio sem ele seria diferente sob outro aspecto. Aos poucos, a dor e o desapontamento desapareceriam e deixariam o caminho livre. E Catulo, talvez, então tivesse vontade de ir lá. Não teria de convidar os amigos do pai para sua casa nem receber longas visitas de César...

Ele era um ímpio. Um filho ingrato. Imagine ter um filho assim. Catulo sorriu. A ideia de ter um filho começou a ganhar força dentro dele. Pensava em Sírmio mudando, deixando de ser marcado pela identidade do seu pai e tornando-se mais do que a casa perdida da sua infância — tornando-se sua própria casa, ali, agora. Gostaria de mostrar seu filho a Lucius. E ao seu pai também, naturalmente, antes que ele morresse. Seria como dizer: *Não tenha medo. Tudo aqui vai continuar.* Podia se ver entregando a criança nas mãos de Lucius.

Seu filho se chamaria Marcus.

De repente, foi tomado de tristeza. Marcus não existia mais. Ele poderia chamar seu nome para sempre que ele não ouviria nada a não ser o balido dos carneiros e o canto das cigarras. Seu pai escrevia cartas, fazendo planos para a viagem à Bitínia, chamando o filho ao seu escritório toda noite para falar sobre contratos, contatos, personalidades e possibilidades. Conversavam sobre tudo, a não ser a única coisa que os assombrava: o túmulo de Marcus. Finalmente, na noite anterior à sua partida, o pai de repente esfregou os olhos, como se estivessem irritados pela fumaça da lamparina, e disse:

— É claro que você vai fazer as oferendas.

Catulo não conseguiu dizer nada. Baixou a cabeça, e o pai repetiu:

— Você me ouviu? *As oferendas.*

— Eu ouvi.

O pai parou de esfregar os olhos e lançou-lhe um olhar apreensivo, com os olhos injetados.

— Vai fazer tudo que for necessário?

— Pode confiar em mim, pai.

Catulo saiu do escritório assim que pôde, sem querer ser grosseiro. Sentiu-se como alguém que corre uma longa extensão até o coração inchar no peito e quase estourar. Tudo que queria era cair no chão que cobria as cinzas do irmão. Queria ajoelhar-se, cortar uma mecha do seu cabelo com uma faca afiada, colocar suas oferendas e falar com ele.

Por muitas terras e em muitas águas
eu vim, irmão, para essa triste despedida
dar-lhe o que os mortos nos pedem,
e falar com suas cinzas silenciosas.
Desde que o destino separou irmão de irmão
vergonhosamente para sempre
aqui, agora, sigo os costumes de nossos ancestrais
e trago as oferendas para seu túmulo...
leve-as, ensopadas das lágrimas fraternais.
Eu o cumprimento, querido irmão,
digo adeus a você para sempre.

— Ave atque vale... ave atque vale... — disse em voz alta, ajoelhando-se na terra junto ao túmulo do irmão. As palavras se esvaíram no ar. — Você compreende, Marcus, que a única coisa que posso lhe dar são palavras.

Vinte e dois

Fabullus e Veranius foram enganados. Passados para trás. Voltaram da Macedônia, onde pensaram que fariam fortuna, mais pobres do que quando partiram, sacaneados pelo desprezível Piso que os contratou.

Arranje um emprego num escritório e fique rico. Os dois partiram cheios de esperança, otimismo e cobiça, sonhando com subornos, arranjos particulares com cobradores de impostos e pequenos tributos lucrativos sobre exportações. Foi a única razão para ambos terem ido parar nas províncias, segundo Fabullus. Conseguiram um bom cargo, como o pai de Catulo conseguiu para o filho com o velho governador Mêmio na Bitínia. Agora estão todos de volta, de mãos abanando. Os dois foram sacaneados pelo desprezível Piso, e Catulo teve o mesmo tratamento por parte do incompetente, corrupto e avaro Mêmio.

É sempre a mesma história com todos eles: são tapeados e injuriados. Fabullus e Veranius voltaram à estaca zero, pobres idiotas. Como homens como Piso e Mêmio podem tratar tão mal seus empregados e continuar impunes?

Hoje à noite todos estão reunidos em Roma, como nos velhos tempos. Catulo só poderá permanecer na cidade umas duas semanas, depois terá de voltar para Sírmio. Ficou impressionado, quando veio da Bitínia, ao ver o estrago que os meses fizeram no seu pai, como se anos houvessem se passado. Era Lucius quem cuidava da casa agora, com a destreza e o tato necessários para lidar com o humor instável do seu pai.

Ao voltar para casa, Catulo não foi recebido pelo pai de forma calorosa, pois seria esperar muito, mas de forma correta.

— Você vai achar bom dormir em sua própria cama — disse ele.

Na noite em que Catulo foi a Roma, seu pai ficou acordado até tarde, não para conversar, pois não tinham muito a dizer, mas para estar junto ao filho. Antes de ir para a cama, falou uma coisa que Catulo nunca pensou que ouviria.

— Não fique muito tempo em Roma, meu menino. Nós precisamos de você aqui.

Ele estava certo de que Lucius ficaria em Sírmio. Afinal, era necessário lá e sabia que Catulo voltaria logo. Mas Lucius foi contra.

— Você só cuida de si mesmo se eu ficar de olho — disse. — Perdeu muitos quilos na Bitínia. E há quanto tempo está com essa tosse?

— Eu não vou ficar em Roma, Lucius. Vou passar pouco mais de uma semana lá.

— Mesmo assim, dessa vez vou acompanhá-lo para ter certeza de que você voltará para casa. Não sei quantas vezes me maldisse por deixá-lo ir sozinho à Bitínia. Não conseguia deixar de pensar, quando vinha uma tempestade, em toda a água salgada entre nós.

A frase de Lucius chamou a atenção de Catulo. *Toda a água salgada*. O mar escuro, as ondas pulando feito cavalos. Ele no deque olhando o mar, e os respingos criando bolhas na sua capa e molhando seu rosto com água salgada.

Marcus estava na Bitínia e ele nunca mais o veria. A água salgada ficaria entre os dois para sempre.

— Você tem razão — disse Catulo. — Nós nos separamos dos outros com muita facilidade. Não acreditamos que a tempestade virá, mas vem. Foi bom receber suas cartas, Lucius. Nós nos escrevemos pouco, não é? Talvez porque não nos separamos muito.

Um sorriso passa pelo rosto de Lucius, irônico e questionador.

— A meu ver — disse com cuidado —, é melhor nos mantermos perto daqueles que amamos a escrevermos para eles.

— Talvez — falou Catulo, sorrindo também, pensando em Clódia e nas dezenas de poemas que lhe escrevera. — Lucius, quando leio Safo, penso que estou descobrindo o núcleo do passado, como se pudesse ver através da carne e dos ossos. Mas talvez não seja verdade. E aqueles que permaneceram perto dos que amavam nunca escreveram uma só palavra?

— Quando se põem os pensamentos em palavras, eles perdem a segurança. Não lhe pertencem mais. — Seu menino jamais entenderá isso. O hábito do silêncio desenvolvido por aqueles que nascem escravos penetra em seu cerne. É um tipo de poder que ninguém pode ver em seu coração. Nem mesmo seu menino, a quem ele ama mais que à própria vida.

— Não vou ficar muito tempo em Roma. Cuide do meu pai. — *Você é o meu pai*, pensou, mas não disse. *Meu verdadeiro pai, que me deu tudo que um pai pode dar a um filho.* Mesmo para ele, essa ideia parecia ímpia, perigosa, uma das verdades que não deviam jamais ser ditas.

— Não — disse Lucius. — Eu vou com você.

— Oh, deuses, como é bom voltar para Roma — diz Veranius, espreguiçando-se.

— Eu não vou ficar aqui por muito tempo — comenta Catulo, sem levantar os olhos. Fabullus já sabe disso, mas sem dúvida Veranius e Camerius vão querer tocar no assunto.

— Não vai ficar por muito tempo aqui? Como assim? Roma é sua casa, já esqueceu? Você não pode ir embora. Além do mais, não pode perder o julgamento...

— De que julgamento está falando?

— O julgamento do nobre Marcus Caelius Rufus, é claro. Você deve ter ouvido falar. Até *nós*, que chegamos a Roma há cinco minutos, ouvimos falar sobre isso.

— Mas, ao que parece, ainda não é certo se vai haver um julgamento — fala Catulo.

— Vai haver, sim — diz Camerius.

— E adivinhe quem vai defender Rufus? O Velho Cícero. Só imagino quanto isso vai lhe custar.

Todos olham para Catulo, esperando sua reação.

— Nem mesmo o Velho Cícero conseguirá ganhar dessa vez — diz Camerius, pensativo. — Sedição, agressão, roubo, crime...

— E conspiração de crime — acrescenta Veranius, observando Catulo.

É claro que pensam que Catulo sabe muito mais do que diz. Mas estão enganados, ele não faz mais parte da vida de Clódia. Dizem que Rufus planejou envenená-la. Sua posição mudou enquanto ele estava na Bitínia. A conversa sobre ela tem um cunho de zombaria que lhe dá raiva. Clódia se afastou dele, entrou num mundo de conspiração e contraconspiração, veneno e antídoto, ameaça e contra-ameaça. É o mundo do seu irmão, o ambiente em que ele nada como um peixe.

Agora talvez sua irmã esteja nadando nesse ambiente também. Clódia alega que Rufus tentou envenená-la porque ela se recusou a lhe dar dinheiro para comprar um veneno a fim de matar alguém. Uma conspiração com tantos estágios quanto o próprio inferno.

Catulo teria considerado tudo isso um melodrama escrito para a plebe se não tivesse conhecido Gorgo. O escândalo está aumentando. Desde que chegou a Roma, há dois dias, todos querem ser o primeiro a lhe contar a história.

Ele se recusa a reagir. A Clódia de quem falam não é sua Clódia. Essa é sua única defesa.

— O que andam dizendo é que vai haver uma ampla acusação contra Rufus — comenta Camerius. — Testemunhas, evidência circunstancial, todo tipo de coisa. Clódia deu um depoimento sobre o plano que ele tinha de envenená-la.

Veneno. Como ela permitiu que essa palavra envolvesse seu nome? Será que não percebe como isso é perigoso? Clódia parece sentir-se invulnerável. Mas ele não sabe mais o que ela pensa.

— Pensando bem, é tudo política — diz Fabullus depressa.

— O Belo Menino Clódio estará por trás disso, e metade dessas alegações cairá por terra antes que chegue ao tribunal.

— É claro que sim — dizem os outros.

— Mas ao mesmo tempo é imperdível ver o Velho Cícero defendendo Rufus — fala Camerius. — Você tem de ficar pelo menos para presenciar isso.

— As propriedades precisam ser administradas. Eu sou o único filho agora.

Seus amigos permanecem em silêncio. Talvez pensem que ele está fugindo. E talvez tenham razão.

— Mas você vai voltar a viver em Roma, não é? Precisa voltar. Seu velho pode cuidar de tudo, não é?

— Meu pai não está bem, eles precisam de mim lá.

Catulo não quer estragar a reunião contando o quanto as coisas mudaram para ele. Sente-se como se estivesse traindo os amigos e a si mesmo. Ele criou uma vida em Roma, a vida com que sonhou durante toda a sua adolescência. Tornou-se um romano, e não pode imaginar como será sua vida em Sírmio. Só restaram seus poemas. Clódia destruiu muitas coisas, mas não seus poemas.

Seja sincero. Ela está neles, em parte deles, indestrutível. Ele não escapará de Clódia, não mais do que pode fugir de si mesmo, apaixonado e atormentado por ela. Mas em Sírmio talvez encontre um pouco de paz.

Não peço às estrelas
uma retribuição do seu amor
pelo que não pode existir
pela verdade ou fidelidade...
tudo que desejo é livrar-me dessa doença
dessa corrupção que suga a alma...

Catulo muda de assunto para não falar do seu futuro.

— Devíamos ter tomado aulas com César e Mamurra — diz. — Eles teriam nos ensinado como tirar proveito das províncias.

— Aqueles dois sabem encher suas botas de ouro.

— E nós nunca tivemos convites para jantar, enquanto outros...

— *Outros...* Sempre outros, nunca nós — lamenta-se Veranius. — Nós nos ferramos, enquanto todos os outros voltaram cheios de dinheiro...

— Talvez a gente tenha feito as amizades erradas...

— Estávamos trabalhando para o homem errado, esse foi o problema. O maior cretino de toda a Macedônia era nosso chefe...

— *Nós* pagávamos a *ele* pelo privilégio de lamber seu cu todo dia...

— E certamente não foi por isso que decidimos aguentar todos os horrores, ou melhor, a abominável e entediante vida provinciana. A única novidade que se pode esperar nesses lugares é a revolta de alguma tribo que se recusa a compreender que *foi conquistada*. Tudo que eles querem é enfiar um dardo no seu rabo.

— Fabullus caiu de joelhos assim que saímos da prancha de desembarque e beijou o solo italiano, não foi?

— Nunca mais vou sair de Roma, juro. Eles nos chamam para trabalhar lá sob falsos pretextos, dizem que faremos uma fortuna com impostos e concessões...

— Ele ganhou dinheiro à nossa custa e nós ficamos sem nada.

— Eu sei, recebi suas cartas. Você gostou do poema que lhe mandei? — pergunta Catulo.

— Aquele poema passou de mão em mão. *Nós* fomos absolutamente discretos, como você sabe — diz Fabullus —, mas não sei como fizeram uma cópia, depois uma cópia da cópia, e por aí foi. Não sei como ninguém foi submetido a um conselho de guerra. No final, o poema estava rabiscado em todas as paredes da infantaria.

— Vamos ouvir! — diz Camerius.

Catulo olha em volta.

— Não vou recitar num sofá. Não é digno da nossa nobre profissão.

Então levanta-se, faz uma pose ciceroniana e recita algumas estrofes.

— Preciso preparar minhas valiosas cordas vocais...

— Continue antes que eu jogue na sua cabeça esses valiosos ovos de codorna.

> *Oh, ajudantes de ordens de mãos vazias,*
> *idiotas de Piso, prontos a agir*
> *com suas pequenas mochilas*

— Lembra-se da quantidade de bagagem que tínhamos?

— É que achávamos que traríamos malas cheias para casa.

> *Veranius, meu caríssimo amigo,*
> *e Fabullus, meu próprio amigo,*
> *como vão as coisas?*

— Absolutamente horríveis, do começo ao fim.

— Uma merda, no mais alto grau da merdice.

> *Comeram restos frios*
> *e muita porcaria por lá?*

— Ensopado de cabra durante cinco noites seguidas.

— Vinho que dói nos dentes.

— Gelo nas latrinas.

Vocês se deram tão mal quanto eu
lá na Bitínia com Mêmio, aquele cretino?
Oh, Mêmio, você me virava
e me penetrava lentamente, com-ple-ta-men-te,
com seu membro supercomprido!

— Supercomprido? Isso não foi nada. Eu podia sentir o pau de Piso saindo pela minha boca...

Agora vejo que vocês dois tiveram
o mesmo destino, foram usados por Piso
com um instrumento de tamanho igual
enquanto seguíamos o conselho de nossos pais
de "fazer contatos com os grandes".
Deuses e deusas, punam
o cretino Piso e o cretino Mêmio
que sujam os nomes de Rômulo e Remo.

— Sim, "cretinos" é a palavra para eles — diz Veranius, muito entristecido, enquanto os outros batem com as xícaras na mesa. — Eu tinha pavor de morrer lá. Só uma inscrição poderia ser incluída em meu túmulo: *Aqui jaz Veranius, fodido até a morte por Piso.*

Faz-se um súbito silêncio, e todos se lembram do túmulo na Bitínia. Fabullus pigarreia.

— Ele não é tão tolo quanto parece. Alguém deve levá-lo embora e enfiar sua cabeça na água da fonte.

Catulo põe os braços em volta dos ombros de Fabullus, sentindo-se animado com o vinho e o amor pelos amigos. Esses são seus verdadeiros amigos. Nunca o traíram. Voltaram mais velhos, mais resistentes, e muito bronzeados pelo sol e pelo vento.

— Vamos encher nossas taças, vamos beber por termos sido fodidos.

— Não pode ter sido tão difícil para você como foi para nós — diz Veranius. — Ouvi dizer que construíram um barco para trazerem você da Bitínia. Muito elegante.

— Há muita madeira para construção de barcos lá.

— Ouvi dizer também que é um barco de corrida — insistiu Veranius. — Como você é sortudo.

— Os dias de corrida dele terminaram. Está agora num estaleiro em Sírmio. O máximo que pode fazer é levar senhoras idosas para passear no lago.

— Senhoras *idosas?*

— Sim, senhoras *idosas*. Por que você vê sexo em tudo, Veranius?

— Porque quase não faço sexo. Nem mesmo garotas vesgas das montanhas olhariam para mim...

— Estamos esquecendo de brindar — diz Fabullus. — Cavalheiros, brindo a nós três que fomos fodidos.

— E que fodemos — completa Camerius depois do brinde, esvaziando sua taça. Ele tem uma nova namorada, que é, como sempre, muito bonita, incrivelmente inteligente, toca lira como uma profissional (que seria um atributo ainda mais precioso se Camerius tivesse algum ouvido musical) e tem as tetas mais lindas do mundo, perfeitas, redondas e rosadas como romãs, que podem ser vistas através das suas blusas finas de seda. E são loucas por Camerius...

— As tetas dela são loucas por você?

— Eu daria tudo para encontrar uma garota com tetas bonitas assim.

— Ela mostra as tetas até encontrar alguém que as admire, Camerius?

Camerius não responde. Eles não são capazes de apreciar uma garota pura, refinada e espiritual, o tipo de garota com quem se sonha...

— Antes que você a convide para trepar.

— Seus cretinos, a mente de vocês é como a Cloaca Máxima. Pensam que toda garota fica se esfregando por aí só porque são as únicas que aceitarão *vocês*. Uma garota como Múcia vai além da sua compreensão...

— Múcia? *A* Múcia? A Múcia que dá para todo mundo?

— Vocês acham que Camerius vai apresentá-la à sua mãe?

— Olhe aqui, Camerius, ela toca lira como uma profissional porque *é* uma profissional.

Ele protesta, irrita-se, mas depois ri. Está sempre loucamente apaixonado, gasta tudo que tem com a namorada, e, quando o dinheiro e o namoro acabam, escreve uma quantidade de versos desesperados antes de se recuperar para a próxima paixão. *Conheci uma garota incrível, vocês vão ver...*

Catulo ama todos eles. São seus amigos. Fabullus, Veranius, Camerius. Baluartes de amizade em um mundo sujo. Tenta dizer o quanto os ama, mas eles estão ocupados apostando quanto tempo essa nova namorada vai durar com Camerius.

A animação de Catulo termina. De repente os rostos dos seus amigos parecem distantes e inexplicavelmente brilhantes. Como encontram tanto assunto para rirem assim? Sua boca fica presa quando ele tenta sorrir. Clódia certa vez disse que ele a fazia rir, tornava suas noites divertidas. Agora não consegue mais fazer isso.

— Você está bem? — pergunta Fabullus, inclinando-se no sofá. — Tome mais um drinque.

Ele toma outro drinque e mais outros, e a noite continua. A certa altura, começa a recitar um poema que escreveu para Clódia

Quando está no meio, novos versos lhe vêm à cabeça. São tão bons que ele sabe que serão lembrados. Nesse momento, Veranius faz um comentário sobre Cíntia, e a atenção dele volta para a mesa.

— Como vai Cíntia? Pensei muito nela quando estava na Macedônia. Talvez eu apareça por lá amanhã. Você tem estado com ela?

— Você não vai encontrá-la — diz Catulo. — Ela saiu de Roma.

— *Saiu de Roma?* Mas ela não pode fazer isso. Por quê?

— Para onde foi? — pergunta Fabullus.

— Cíntia recebeu uma pequena herança e foi morar no interior para ficar mais perto do filho.

— Acho que não vai ter muitos clientes no interior — diz Camerius.

— Ela vai se sustentar com o dinheiro que herdou.

— De onde veio essa herança? De um cliente grato? Não posso acreditar que Cíntia ainda tivesse contato com sua família — diz Veranius, nitidamente aborrecido por não poder ir mais lá como sempre.

— Não tenho ideia — responde Catulo, percebendo que Fabullus o observa.

— Cíntia foi embora... Por que tantas coisas têm de mudar? Por que não podem permanecer sempre iguais? — questiona Veranius.

— Você tem razão — concorda Fabullus. — Só nós devíamos mudar, o resto deveria permanecer firme à nossa volta. Sem dúvida, descobriremos que tiveram a ousadia de construir novos blocos de apartamentos enquanto estávamos fora, e de mudar os Consulados. Mas não vamos falar de política, é muito deprimente. Parece que voltamos para um asilo de loucos. Se tiver notícia de Cíntia, meu irmão, dê lembranças minhas a ela.

Ele esqueceu que Fabullus às vezes o chamava de irmão. *Meu irmão.* Não, na verdade não esqueceu. Só ficou chocado. Essas palavras doeram nele apesar de serem ternas.

Vinte e três

Catulo dá seu nome ao escravo porteiro, mas o homem não se mexe.

— Caio Valério Catulo, para ver a dona da casa — repete com voz firme.

— Eu ouvi o que você disse — fala o porteiro.

Catulo, enraivecido, não pode acreditar que um escravo ouse falar com ele assim. Desde que voltou da Bitínia, ouviu muitos boatos sobre o que se passava na casa de Clódia no Palatino.

— Uma família de pernas para o ar, onde o escravo é o senhor, e a senhora é a escrava.

— Ou o escravo fica por cima da senhora, pode-se dizer.

Mentiras, calúnias e difamações, a que leva tudo isso? A nada, diz a si mesmo nos seus bons dias. O julgamento de Rufus parece que irá adiante, pois já foi longe demais. Há muitas alegações e muitas testemunhas. Ele acha que Fabullus tem razão, manobras políticas estão por trás da coisa toda. Clódia foi envolvida nisso — provavelmente por causa do irmão —, mas a Clódia essencial, sua menina, mantém-se à parte.

Nos seus maus dias, acredita nas calúnias. Ela é uma puta incapaz de amar ou fingir fidelidade. É dura como bronze desde que nasceu. Não conseguiu se afastar de Rufus. Tinha de ficar com ele, mas depois o detestou. Os escravos sabem disso, eles sabem de tudo. A dona da casa faz o que quer. Não leva em conta as leis dos deuses nem dos homens, por que levaria?

Não pense em tudo isso agora. Lembre-se de um cretino de cada vez. Ele não conhece esse porteiro. Segundo os boatos, há muitas caras estranhas na casa de Clódia atualmente, mas é a primeira vez que ele vem aqui desde que voltou da Bitínia. Escreveu a ela assim que chegou a Roma, e ela respondeu explicando que as coisas estavam difíceis, que ela não era dona da sua vida. Todos os seus movimentos eram observados, não podia arriscar um escândalo.

Não podia arriscar um escândalo! Essa é a minha menina, pensou. Teve vontade de lhe escrever de novo e perguntar a quem sua vida pertencia, já que não era mais dona dela. *A quem pertence, então? Pode me dizer?* Mas não escreveu. Por que fazer perguntas sabendo que não gostaria das respostas? Além do mais, só de pensar no que ela poderia escrever, Catulo se sente exausto, zangado e envergonhado. Ela envenenou seu espírito. Suas suspeitas são tão detalhadas quanto aqueles afrescos pornográficos que os velhos mantinham ocultos nos quartos. Embora se deteste por isso, não pode resistir a olhar as imagens. Catulo se consome ao pensar em Clódia na cama debaixo de outro homem.

— Administrar todas as propriedades é um pesadelo. É como governar uma província — costumava dizer Clódia depois da morte de Metelo Céler. — Se não fosse pela ajuda do meu irmão, eu não teria conseguido.

Mas ela sempre manteve pelo menos uma fachada de respeito e ordem. Esse porteiro novo e arrogante é sintoma de uma doença em um estágio mais perigoso. Clódia não está nem se importando mais em manter as aparências.

— Com quem você pensa que está falando? — diz Catulo, arrependido pela primeira vez de não ter vindo com seu séquito de escravos. Sem dúvida esse sujeito é novo e acha que uma visita não esperada pode ser desrespeitada. Ele aprenderá.

— Com Caio Valério Catulo — repete o escravo em tom de zombaria —, mas minha senhora não está em casa.

As palavras "para você" são tão subentendidas que quase dá para ouvi-las.

Lampejos de pura e inflamada fúria dominam Catulo.

— Você faltou com respeito — diz ele —, e Roma tem seu jeito de lidar com escravos que faltam com respeito. Se não quiser se ver pendurado entre duas peças de madeira na Colina Esquiline, é melhor falar comigo de forma respeitosa. Anuncie-me imediatamente à dona da casa.

O homem fez seus cálculos, e demonstrou certo medo.

— Ela não está em casa, está na casa do irmão — diz o escravo.

— *Ela* não está em casa, *ela* está na casa do irmão? Quem você pensa que é para falar dessa maneira?

— A senhora — corrige o escravo, assustado e mal-humorado.

— Assim está melhor. — A raiva de Catulo é tanta que ele mal respira e tem dificuldade de falar. Clódia ser chamada assim pelos próprios escravos o deixa enfurecido. Ela está na casa do irmão Ou talvez em outro lugar. Dizem que tem um amor novo. Catulo não acredita nesses boatos. Suspeita que muitos deles começam na sua própria casa, com intenção de encobrir o que Clódia realmente está fazendo.

— Ela sempre vai lá à tarde — o porteiro continua.

Catulo não quer ouvir nada mais desse homem. Um escravo porteiro é como parte da própria porta: vê tudo e sabe de tudo. Fecha os punhos de raiva ao pensar o quanto esse homem sabe sobre Clódia. Ela nem se dá ao trabalho de esconder o que faz.

— Eu posso saber mais para o senhor, posso saber aonde ela foi.

O escravo quer um suborno. Se Catulo lhe der dinheiro, ele abre a boca depressa. *Se quiser saber o pior sobre Clódia, essa é sua chance.*

— Traga Aemilia aqui — diz ele.

— Aemilia? — repete o escravo, espantado. — O senhor está atrasado. *Aemilia* não está mais nesta casa.

— O que está dizendo?

— Se está se referindo à Aemilia que eu conheço, ela foi embora. Ou melhor, não trabalha mais para nós.

— Está dizendo... que ela foi alforriada?

Aemilia jamais deixaria de trabalhar para Clódia por sua própria vontade.

— Alforriada? Essa é boa. Ela foi vendida. Vendida para desgraça de quem a comprou, e teve sorte de não ter sido pior. Aemilia não vai dar ordens no lugar para onde foi.

— Onde ela está?

Um escravo porteiro sabe tudo. Mas ele deu de ombros.

— Não tenho ideia, Vossa Excelência — acrescentou, num tom de zombaria.

Catulo abre a bolsa.

— Esta moeda diz que você sabe.

O porteiro abaixa a cabeça e olha a moeda.

— Desculpe, senhor, mas ainda não consigo saber.

— Aqui está outra moeda.

O porteiro olha em volta, põe as moedas debaixo da túnica e diz rapidamente:

— Na casa de Lollia.

— Na casa de Lollia?

— O senhor vai encontrar a casa com facilidade, fica à esquerda da rua dos Tintureiros, perto do mercado de flores.

— Tem certeza? Vou mandar arrancar seu couro se estiver mentindo.

— Ouvi quando eles deram o endereço para os liteireiros.

— Uma escrava vendida sendo levada de liteira? Agora sei que você está mentindo.

— Ela não parecia muito esperta, se é que me compreende. A senhora quis que saísse escondida em uma liteira.

Catulo não quer saber mais. Teve a impressão de estar vendo vermes retorcendo-se debaixo de uma pedra levantada. Mas o porteiro está interessado em falar agora.

— Aquela puta idiota teve sorte de não lhe ter acontecido coisa pior. Devia ter ficado de boca calada. Quem quer manter sua saúde não fala de coisas que acontecem nesta casa, essa é a regra número um.

Catulo vai direto à casa de Lollia — provavelmente um bordel — para Aemilia lhe contar tudo. "Vendida em desgraça." Mas Aemilia amava Clódia como um cachorro fiel ama seu dono. Ela nunca a trairia.

(*Clódia uma vez não disse que achava que Aemilia estava espionando para os Meteli?*)

Não é possível. Clódia é dona do seu nariz, é independente. Os Meteli não podem fazer nada com ela. Não podem nem entrar na sua casa sem permissão.

(*Mas se uma escrava abrir a boca sobre o que aconteceu antes de Metelo Céler morrer...*)

Aemilia guardaria os segredos de Clódia, quaisquer que fossem. Nunca a trairia.

Ele desce a ladeira e passa pelo Fórum, como que num sonho negro. Você é um tolo, Catulo. Já não é hora de entrar no mundo real? Qualquer um pode trair qualquer um.

Clódia não conseguiu afastar-se de Rufus, e Rufus, seu próprio amigo Rufus, que amava poesia e ouvia confidências de fim de noite dos bêbados, não fez o menor esforço para se manter longe de Clódia quando notou que ela estava interessada nele. Nunca admitiria que estava traindo sua amizade com Catulo.

— *Todo esse negócio com Clódia não tem nada a ver com a nossa amizade ou como eu me sinto a seu respeito. Não podemos tratar disso de modo civilizado? É só uma brincadeira entre nós dois, não é o fim do mundo.*

Todo esse negócio com Clódia... entre nós dois... Seu desgraçado, você sabia que essas palavras me deixariam amargurado. Quer tornar meu amor igual ao seu — só uma brincadeira, mas eu sei de muitas outras palavras para isso. Quanto à amizade, você nunca foi meu amigo, agora sei disso. Não sabe o que essa palavra significa. Roubou minha menina e veio para mim falar de poesia.

Você conhecia meus sentimentos, Rufus. Decidiu passar por cima de mim, depois fingiu que isso não significava nada. Nós dois éramos homens do mundo, não éramos? E "nossa Clódia" — sim, *nossa* Clódia, Rufus — ficou com os dois, não é? Nossa Clódia era uma mulher do mundo e não se podia esperar que se prendesse a padrões de uma esposa de classe média.

Você foi sempre um mentiroso, Rufus. Você a amava porque eu a amava. Queria Clódia porque eu a queria. Foi minha poesia que fez com que você a amasse, se é que posso usar a palavra "amor" para o que você disse que sentia. Ela era preciosa para mim, uma joia. Seus olhos captaram isso e você se prometeu ter esse amor também. Foi cobiça, não foi? Viu uma coisa que nunca teve, invejou um amor que nunca sentira. Talvez tenha pensado que era capaz de amar também. Talvez tenha pensado que seria divertido esmagar esse amor.

Agora a aventura terminou. Vocês se odeiam. Degenerou-se em processo e contraprocesso, e terminará nos tribunais. Todo tipo de acusações vis que podiam se fazer foram feitas. Foi a isso que chegaram, e não demorou muito.

Você não teve nem a preocupação de se afastar de mim. Sorriu para mim no Fórum hoje de manhã. Pensa que ainda pode vasculhar meu coração destroçado e chamar-me de amigo.

Amizade para você é usar as pessoas para chegar aonde quer. Um amigo como você é o pior tipo de inimigo. Você chegou perto de mim, foi solidário, penetrou nos meus segredos. E aprendeu meus pontos fracos.

Gostou de fazer isso, Rufus? Manter ocultas suas intenções enquanto eu expunha minha alma nos meus poemas? Como deve ter sorrido sozinho. Você era tão bonito, tão urbano, um homem do mundo. Mas eu o conheço. Sei que é realmente um menino glutão, que enche tanto a boca de doces que não consegue engolir porque a barriga já está cheia. Quando ninguém está olhando, cospe tudo na rua.

E agora se cansou da minha menina. Você já se alimentou dela e não a quer mais, não é? Talvez todas as acusações sejam verdadeiras. Você achou que foi maltratado por ela e que tinha direito de se vingar. É assim que os homens do seu tipo pensam. Talvez tenha realmente planejado sua vingança para voltar aonde sempre quis estar — no topo. Você sabe tão pouco de amor como sabe de amizade.

E não venha apelar para mim, Rufus, se Cícero, a língua de ouro, não conseguir livrá-lo das acusações. (Embora eu tenha certeza de que ele conseguirá; de que serve um homem como Cícero se não para transformar preto em branco?) Se estivesse passando fome na rua, eu teria prazer em vê-lo morrer com um pedaço de pão longe do seu alcance. Eu chutaria o pão para que você pulasse para alcançá-lo.

Lollia cruza os braços e o olha de cima a baixo.

— Creio que veio ao lugar errado — diz ela.

Catulo não se surpreende. A fachada da casa é estreita e suja. O cabelo de Lollia é pintado com hena brilhante, mas também é sujo. É um lugar para homens pobres que conseguem juntar umas poucas moedas de cobre para trepar no fim de semana, homens que não se importam de esperar enquanto as meninas se limpam dos outros com quem treparam antes.

Catulo arranjou um gladiador em treinamento no caminho para lhe servir de guarda-costas. Não quis usar nenhum dos seus próprios escravos. O gladiador permanece atrás dele, imenso e impassível.

— Estou procurando uma pessoa — diz Catulo. — Uma mulher chamada Aemilia. Fui informado de que estava aqui.

Lollia fecha a cara.

— Não temos ninguém com esse nome na casa.

— Acho que tem, sim. É uma ex-escrava dos Meteli.

— É melhor você entrar — diz ela, sondando a rua. — *Ele* pode esperar dentro de casa. Senão os clientes vão morrer de medo — comenta ela, rindo. — Estou brincando. Não há muito movimento a esta hora do dia.

Lollia o leva para um quarto nos fundos da casa e fecha a porta. É uma espelunca muito maior do que parece vista da rua. Há um sofá ensebado, mas os dois ficam de pé.

— Ela não é uma das nossas meninas, entendeu? — diz Lollia.

Catulo não pensava que fosse, mas bem poderia ser. Aemilia era uma mulher feia, mas não feia demais. E ali na casa de Lollia não parecia haver outro tipo de trabalho.

— Ela vai fazer o serviço pesado para mim — explica Lollia.

— Pesado?

— Vai limpar, esfregar e arrumar os quartos. Eu perdi há dois meses a escrava que fazia o trabalho da casa, e tudo ficou difícil. É claro que Aemilia ainda está se recuperando, mas me disseram que ela é muito trabalhadora. É bom que seja, a comida que está comendo tem de ter um retorno.

— Está se recuperando?

Lollia ficou um tanto alarmada.

— Pensei que você tivesse vindo da casa dela.

— Eu estive lá hoje de manhã.

— Então sabe qual era seu estado.

Ele assente.

— Ela está aqui agora?

— Está. É melhor continuar dentro de casa, foi o que me disseram. É uma boa ideia, pois do jeito que está nenhum cliente vai se interessar. Ela vai manter seu trabalho constante.

— Posso vê-la?

Um olhar familiar de avaliação e medo passa pelo rosto de Lollia. Ela dá uma olhada rápida para a porta. Gostaria que ele fosse embora. Catulo abre a bolsa e lhe dá 1 denário.

— É importante para mim conversar sozinho com ela durante meia hora, sem interrupções.

Lollia faz que sim com a cabeça, guarda a moeda no bolso do robe sujo e sai do quarto deixando um cheiro de suor azedo e perfume de violeta.

Aemilia está irreconhecível. O rosto inchado, de um amarelo-esverdeado, tem alguns hematomas e uma bandagem por cima de um dos olhos. O cabelo foi raspado na frente, onde se vê outra bandagem.

As bandagens são trapos com sangue coagulado. Ela está usando roupas que não lhe cabem direito e obviamente não lhe pertencem.

— O que aconteceu com você? — pergunta Catulo horrorizado, esquecendo de tudo o mais.

Aemilia o olha com um ar duro, mas ao mesmo tempo vago, como se não estivesse registrando bem as coisas. Não se mostra surpresa de vê-lo ali.

— Foi minha senhora que o mandou? — pergunta, com uma voz mudada. Muito rouca. Seu pescoço está enrolado num cache col, e ele pensa ingenuamente que talvez ela esteja gripada, mas logo constata que o cachecol esconde mais hematomas.

— Não, ela não me mandou. O porteiro me disse que você estava aqui.

— Ninguém deve saber onde estou — fala Aemilia, em pânico. — Minha senhora jurou que ninguém saberia.

— Ele ouviu o endereço que foi dado aos liteireiros.

— Liteireiros? — pergunta Aemilia, vagamente.

— Ele falou que você foi trazida para cá em uma liteira.

— Não me lembro bem.

Isso não foi obra de Clódia. Ela não faria uma coisa assim. Talvez batesse nela, mas não a deixaria semimorta.

Aemilia mexe o pescoço.

— Eu me sinto estranha. Sinto tonteira quando fico muito tempo de pé.

— Tudo bem, então vamos sentar aqui.

Ele tem vontade de ajudá-la, mas não consegue tocar nela quando a vê abaixar-se para sentar no sofá.

— Foi sua senhora que fez isso?

— Ela nunca faria uma coisa dessas — diz Aemilia, com um nítido tom de raiva na voz. — Ela nunca me machucaria. Minha senhora me mandou para cá para eu ficar segura.

— Então quem foi que machucou você?

Aemilia hesita. Aos poucos, levanta as mãos e mexe na bandagem de trapos por cima do olho esquerdo. A bandagem tem um nó atrás, que ela desfaz. Por um instante, nenhum dos dois diz nada. O nó está desfeito. A bandagem se solta. Com muito cuidado, ela tira o tampão de trapos.

Ela está sem um olho. Tem apenas uma inchação vermelha e macerada com um buraco no centro. Ele sente um gosto amargo na boca. Tem vontade de virar o rosto, mas Aemilia o encara.

— Minha senhora diz que fazem olhos de vidro no Egito — conta Aemilia. Seus dedos estão trêmulos. — Eles pintam o vidro para que pareça que é um olho de verdade. Custa muito dinheiro, mas ela vai mandar fazer um para mim. Eles fazem com a cor que se pedir. — Há um tom de orgulho em sua voz.

— Quem lhe fez isso? Quem tirou seu olho?

— Minha senhora mandou buscar um cirurgião. Ele disse que não dava para salvar o olho, que tinha de ser extraído, senão poderia perder a visão do outro. Disse que os olhos são solidários entre si. Então ele retirou. Minha senhora segurou minha mão. Eu apertei com tanta força que tive medo de quebrar seus ossos.

— Mas o machucado, quem fez?

— Foi o irmão dela. Aquele que chamam de Belo Menino Clódio. O senhor o conhece. Todos o conhecem.

O Belo Menino. *Ele aprecia seu estilo. Não se preocupe, ele nunca vai lhe causar problema. Meu irmão é incrivelmente gentil e leal.*

— E ele tentou estrangular você.

— Mas minha senhora não deixou. Ela entrou e o deteve. Não sabia que ela estava na casa...

— Não importa. Diga por que ele fez isso.

O olho de Aemilia o olhou fixamente.

— Ele tentou arrancar meus olhos porque achou que eu os estava espionando. Eu nunca teria dito uma só palavra. Minha senhora sabe disso. Ela o teria detido se estivesse lá quando ele foi me pegar.

O quarto parece escuro. O buraco deixado no lugar do olho de Aemilia o deixa apavorado.

— É melhor você cobrir seu olho.

— Não consigo dar o nó na bandagem atrás.

Ela passa para trás do sofá. Catulo nunca a tocou e não deseja tocá-la agora. Espera Aemilia ajeitar o tampão de trapos, pega as pontas da bandagem e dá o nó. O cabelo dela cheira mal.

— Pronto, está bem assim?

Ela põe a mão atrás da cabeça e testa o nó

— Está direito.

— Aemilia, você não está segura nesta casa. Aquele porteiro sabe do seu esconderijo. Vai contar aos outros escravos, o Belo Menino acabará ouvindo e talvez mande alguém tirá-la daqui.

— Eu fui vendida para cá. Não posso fugir, o senhor sabe o que me aconteceria. E com o olho assim, não posso me esconder.

Catulo reflete e se decide.

— Mas eu posso comprar você, Aemilia. Lollia concordará se eu lhe der um bom dinheiro. Vou mandá-la para o campo, onde estará segura.

Ela ri, com uma risada rouca.

— E por que me compraria?

— Porque não gostei da maldade que o Belo Menino lhe fez.

Aemilia se mantém em silêncio por um instante, pensando, e finalmente diz:

— Eu nunca mais veria minha senhora se fosse embora.

— Nem vai ver sua senhora, Aemilia, se o Belo Menino mandar um dos seus capangas terminar o trabalho que ele começou.

— É só o senhor que pensa isso dele. A essa altura, minha senhora deve ter dito ao seu irmão que eu não represento um perigo para ninguém. Ele só fez isso porque ficou furioso. É mal de família. O senhor sabe que ela me atacava e logo depois se arrependia.

— Clódia nunca faria uma coisa assim — diz ele, rapidamente.

— Não, minha senhora não teria coragem de me maltratar dessa forma. Prefiro ficar aqui, onde ela pode me socorrer. Vou correr o risco.

Catulo argumenta, mas não a convence. Compreende que Aemilia, assim como ele, não pode imaginar uma vida sem Clódia. Seria melhor morrer, literalmente. Não pode deixar de sentir certo respeito por ela, como se fossem inimigos que tivessem lutado no campo de batalha e, no final, cuidassem dos ferimentos um do outro.

— Foi minha senhora que fez, o senhor sabe — diz Aemilia de repente, como se quisesse pagar pela sua oferta de ajuda.

— Fez o quê? — Seu cabelo se crispa de horror. Ele sabe por intuição a que ela se refere.

— O senhor sabe. Foi ela que fez. Eu estava lá. Não ajudei em nada porque ela não permitiu. Tudo tinha de ser feito da forma exata. Eu só lavei os potes. Mas não tentei detê-la. Por que minha senhora não poderia ser livre? Ela escolhe qualquer um que a agrade e depois o deixa de lado. Talvez *ele* não gostasse disso, talvez *o senhor* não goste disso, mas ela é assim. Ninguém consegue controlá-la, não é da sua natureza. Ela me conta tudo.

— Você está mentindo, Aemilia. — Mas ele sabe que é verdade. Sente agora, naquele quarto, a raiva da escrava. Ela não lhe é grata, não é uma inimiga derrotada, toda essa bobagem de campo de batalha estava na sua cabeça, não na dela. Aemilia é uma escrava impotente e cega de um olho, porém ainda é mais forte que ele, pois tem o poder de destruí-lo. E sabe disso. E vai usar isso. Mais uma vez, seus lábios se entreabrem.

— Eu disse à minha senhora que não foi ele que mandou matar aquele pardal, mas ela não acreditou.

— Por que está me contando essas coisas? — pergunta Catulo, em voz baixa. Mas ela não responde. Não precisa responder. Seu trabalho foi feito.

Ele devia pensar no homem que morreu, mas só conseguia pensar no pardal. Não foi o marido de Clódia que o matou. Ele simplesmente morreu. Passarinhos morrem. Afinal, quanto tempo um pardal vive?

Mas vê então que há um envolvimento maior nessa história. O mosaico está completo, e ele lê as imagens de violência congelada. Foi Aemilia que matou o pardal, por ciúme. Clódia o acariciava demais. Virava as costas para Aemilia quando queria puni-la e dava toda a atenção ao passarinho; conversava com ele tão baixinho que suas palavras não eram ouvidas, e esfregava o corpinho macio nos lábios, nas bochechas...

Aemilia o matou, e fez com que Clódia acreditasse que tinha sido seu marido.

Afastou-se dela e foi para o outro lado do quarto.

— Você está se arriscando, Aemilia. Por que tem tanta certeza de que não vou contar aos Meteli o que você me confessou?

— O senhor não faria isso. Eu o conheço. O senhor não faria isso.

Aemilia tem razão. Ela o conhece muito bem. Olha-o de frente, e o olho que o Belo Menino arrancou viu talvez com mais clareza que o olho que sobrou. Viu-se separada de Clódia, mas ele não. Viu Catulo seguindo Clódia, por mais que ela o levasse às trevas, desde que ele pudesse fingir que não sabia. E pôs um fim nisso.

Vinte e quatro

É noite no Palatino. Ele chegou sozinho, não teve medo de ser atacado ao atravessar as ruas de Roma à noite. Os deuses são perversos. Destroem aqueles que desejam agarrar-se à vida e salvam os que não desejam ser salvos.

Mesmo assim, seu coração acelera quando ele percebe um movimento nas sombras. A casa do Belo Menino é perto dali, e a casa alugada de Rufus fica bem ao lado. Um pouco mais adiante, vem o muro da mansão de Clódia. Está tranquila esta noite. Não há ninguém por perto. O "palácio do Palatino" de Clódia não é melhor que o bordel barato de Lollia. A movimentação é a mesma, a única diferença é que este lugar é menos honesto. Há sempre gente entrando e saindo — o Belo Menino, Rufus e até mesmo Inácio, aquele idiota da fala arrastada, que lava os dentes com urina, e que disse "Afinal, nossa Lésbia é uma experiência que todos devem ter pelo menos uma vez na vida".

A mão de Catulo dói por causa do soco que ele deu na parede. Não há nada a fazer. Seu corpo parece coberto de piolhos.

Ele não deve pensar. Precisa encontrar um jeito de voltar para sua casa, seu lago, sua Sírmio, e ouvir o barulho da água que ouve desde que era criança e que ouvirá sempre que estiver por lá.

Vai voltar com Lucius. Pensa nele naquele momento, acordado na noite de Roma esperando que seu menino volte, como sempre faz. Lucius pensa que Catulo está em uma festa ou com alguma mulher.

— Eu jamais caio no sono até que você volte para casa — disse um dia. Catulo o imagina virando-se na cama e acendendo a vela para ler.

"Eu vou para casa", promete Catulo para si mesmo. "Nós voltaremos para Sírmio. Não posso mais viver assim."

Sombras se espalham pela fachada da casa, projetadas pelas lamparinas que queimam na entrada. É tarde, mas não tarde demais. A entrada não está trancada nem barrada ainda. O porteiro continua firme em seu posto. Catulo se enrola bem na capa e o cumprimenta. Ele acorda e se levanta assustado.

— Dormindo em seu posto! — diz Catulo. — Vim aqui falar com a sua senhora.

O porteiro tenta controlar a situação.

— Ela não está em casa.

— Diga "Minha senhora não está em casa".

— Ah, é o senhor de novo.

— Sim. Você devia estar dormindo profundamente para esquecer como deve se dirigir a uma visita.

— Minha senhora não está em casa — diz ele.

— Muito bem.

Ninguém o impedirá de entrar ali nesta noite, pois ele não tem nada a perder.

— Agora me diga a verdade. Onde ela está?

— Deve voltar logo. Devo esperar na porta até ela chegar em casa.

— Voltar de onde? Da casa de Públio Clódio Pulcro?

— Não sei. De lá ou de qualquer outro lugar — diz o porteiro, com o costumeiro toque de cinismo.

— Eu o aconselho a pensar em uma resposta melhor.

— Eu só sei que devo guardar a entrada até ela chegar.

Catulo se afasta um pouco para pensar. Pode forçar a entrada e esperá-la dentro de casa, mas o porteiro avisará a Clódia e ela estará preparada para encontrá-lo. Ele quer pegá-la desprevenida

— Eu volto mais tarde. Diga à sua senhora que estive aqui. Você sabe o nome.

Dá a volta na casa e se embrenha pelas sombras. Clódia terá de passar por ali. Se estiver em uma liteira, ele poderá parar os escravos, mas ela não vai querer ficar em evidência num transporte assim. Como a distância é curta, voltará andando, acompanhada de dois escravos com tochas.

Os olhos de Catulo se acostumaram à escuridão. É claro que essa área não é completamente escura ou silenciosa; há várias casas por ali, com lamparinas e tochas, bandos de escravos no turno da noite, ricos proprietários indo e vindo a toda hora. Mas a noite está bem fechada. Ele se sente sozinho, como se o Palatino fosse ainda uma colina verde habitada por alguns pastores vivendo em primitivas casas de pedra. O vento uivaria da mesma forma. Os pastores se virariam nos colchões de palha, sonhando que eram felizes.

Catulo, concentrado nas luzes das tochas, quase não vê Clódia quando ela passa com uma longa capa e a cabeça coberta por um capuz. Mas é ela, ele sabe pelo seu jeito de andar.

— Clódia! — diz baixinho, saindo das sombras e fechando seu caminho.

Ela respira fundo, mas não grita.

— Sou eu. Depressa, venha para a sombra. Ninguém vai nos ver.

Clódia lhe obedece. Está arfando, e, quando ele a puxa, sente seu coração batendo forte. Ela veio correndo.

— Está vindo da casa do seu irmão? — pergunta ele.

— Sim.

— Você não deve andar sozinha a essa hora.

— É bem pertinho — diz ela, com voz confiante.

— Há muita gente violenta por aqui. Verdadeiros bandidos. Você precisa tomar mais cuidado.

— Querido, é claro que tomo cuidado — diz ela rindo. — Por que não o vejo há tanto tempo? Ouvi dizer que estava de volta a Roma. Achei que estava me evitando.

— Estou falando sério, Clódia. Coisas terríveis acontecem. Conheci uma menina outro dia que foi atacada e perdeu uma vista.

Clódia congela em seus braços.

— Por que está dizendo isso?

— E quase foi estrangulada. É um milagre ainda estar viva.

— Por que está me contando tudo isso?

— Porque diz respeito a você.

— Mas não a você.

— Eu sei que não. Estou começando a ver isso. Eu pensava o contrário, mas os jovens são assim. Veem apenas o que querem. Você e Aemilia devem ter rido muitas vezes depois que eu fui embora.

Clódia o empurra para trás e olha para ele. A luz era suficiente para ele ver o brilho em seus olhos. Olhos grandes, olhos de Hera. Olhos de uma deusa que amava tanto o irmão que dormia com ele.

— Você está muito bonita.

Ela se mantém em silêncio e estuda seu rosto.

— Nós não rimos — falou.

— Não importa. Não sei por que disse isso.

Os dois ficam em silêncio de novo. Ela o olha com um jeito determinado, e ele não se mexe, como se tivesse uma máscara no rosto.

— Eu não consigo ver seu rosto direito — diz ela afinal.

— Eu sei. Está muito escuro.

— Não tão escuro assim. A lua está elevada. — Uma meia-lua aparece no céu. Ele então a vê um pouco melhor.

— Vim me despedir — diz ele.

— Está indo embora? Pensei que fosse ficar em Roma agora.

— Meus planos mudaram. Espero ficar indo e vindo de Sírmio para Roma, e talvez volte ao Oriente. Não viverei mais aqui permanentemente.

— Você está muito estranho, querido, não parece o Catulo que eu conheço. Muito frio!

— Aemilia ficou estranha depois que as mãos do seu irmão apertaram sua traqueia.

Clódia respira fundo.

— Não me culpe por isso. Eu não sabia...

— Não precisa se justificar para mim, Clódia. Acredito que você não soubesse.

Ela se aproxima mais, e seus lábios quentes tocam os dele. Têm gosto de vinho.

— Com quem você andou bebendo?

— Com meu irmão.

— Não esteve na casa de Rufus?

— Nosso caso está terminado. Mais que terminado. Estou surpresa por você não saber. — Sua voz endurece. — Somos inimigos agora. Ele me odeia e eu o odeio. Vai haver um julgamento...

— Ouvi falar — diz Catulo, interrompendo-a. Ele não quer ouvir mais nada dos seus lábios.

Ela o olha, tentando descobrir o que ele sabe e o que não sabe. Mas não consegue decifrá-lo.

— Você não tem razão de ter ciúme, meu querido poeta — diz.

Ele é seu querido poeta de novo. Ela está tentando influenciá-lo, mas o sente profundamente distante — como se sentiu com Aemilia há muito tempo, lá em Baiae. Como faz com todo mundo. *Nosso caso está terminado.* É a vez de Rufus sofrer, se ele for capaz de sofrer por ela. Não, ele não é desse tipo. Vingança é o seu estilo.

Catulo põe as mãos no rosto de Clódia e traça a linha suave do seu queixo. É perfeito. Pensa no rosto inchado de Aemilia que o Belo Menino quebrou. Pensa em Metelo Céler deitado na cama sobre a poça dos próprios excrementos, com a saliva borbulhando na boca. Como deve ter sido longo seu sofrimento até ele morrer. Clódia não estava no quarto. Se estivesse, decerto teria pena dele.

— Lembra-se do seu pardal?

— É claro que sim, como você pode pensar que eu me esqueceria dele?

— Só estava pensando. Você arranjou outro?

— Não, ainda não.

O doce pardal da minha menina
por quem ela teria arrancado os próprios olhos
e ficado cega;

Ele recita essa passagem, ainda acariciando seu rosto, e a sente sorrir debaixo dos seus dedos.

— Eu adoro esse poema — diz.

— Eu escrevi para você.

— Seus poemas mais lindos foram escritos para mim, querido.

Ela está recuperada.

— Preciso ir agora — diz Catulo, deixando a mão cair de lado.

— Avise quando voltar a Roma. — Ela não pode esconder o alívio que sente por ele não ter insistido em falar mais sobre Aemilia ou sobre seu irmão... ou sobre qualquer coisa ou qualquer pessoa.

Mas de repente chega mais perto e se aconchega nele, quase como um passarinho. Ele cheira seu cabelo quente e perfumado, e sente a doçura do seu corpo.

— Se um dia lhe dissessem... — fala ela, baixinho na escuridão — ... se um dia lhe dissessem coisas ruins a meu respeito, coisas realmente ruins, você não acreditaria, não é?

Catulo segura seu corpo quente e macio, e parece fundir-se nele como se suas vidas fossem uma só. *A última vez*, pensa, *a última vez, a última vez, a última vez. Agora você sabe como ela é.* Um instante depois a solta. Nunca mais a abraçará.

Ou abraçará? Algumas coisas não têm fim, o pardal de Clódia sempre irá saltitar e chilrear, e beijá-la, mil beijos depois centenas mais, e mais centenas...

Não se iluda. Em um momento eles se separarão e se tornarão duas pessoas de novo. Ela terá de se apressar, antes que o porteiro desista de esperar e tranque a porta da entrada.

Catulo terá de se apressar também. Pode sentir o tempo a suas costas, chamando-o.

Ele a soltará e a verá partir. Clódia sumirá de vista, até ele não poder mais dizer onde o cinza da sua capa termina e o negro da noite começa.

— Não — responde ele, ainda olhando-a —, eu não acreditaria em uma só palavra que dissessem sobre você.

Nulla potest mulier tantum se dicere amatam
vere, quantum a me Lesbia amata mea est.

Minha Lésbia, amada por mim
mais que qualquer mulher
que se considere amada.

Este livro foi composto na tipologia Kepler Std Light
em corpo 11/15, e impresso em papel off-white
no Sistema Cameron da Divisão
Gráfica da Distribuidora Record.